[美]王平 [美]魏宁 主编

周睿 译

文化南方

中古时期中国文学核心传统

陕西新华出版 陕西人民出版社

图书在版编目（CIP）数据

文化南方：中古时期中国文学核心传统／（美）王平，（美）魏宁主编；周睿译． －－ 西安：陕西人民出版社，2025.1
 ISBN 978-7-224-15210-4

Ⅰ．①文… Ⅱ．①王… ②魏… ③周… Ⅲ．①中国文学—古典文学研究 Ⅳ．①I206.2

中国国家版本馆 CIP 数据核字（2024）第 072080 号

著作权合同登记号：25-2024-264
Southern Idenlity and Southern Estrangement in Medieval Chinese Poetry
© 2015 香港大学出版社
版权所有。未经香港大学出版社书面许可，不得以任何（电子或机械）方式，包括影印、录制或通过信息存储或检索系统，复制或转载本书任何部分。
本书简体中文版由香港大学出版社经凯琳国际文化版权代理授权陕西人民出版社出版发行。
Simplified Chinese rights arranged with Hong Kong University Press through CA-LINK International LLC（www.ca-link.cn）。

文化南方——中古时期中国文学核心传统
WENHUA NANFANG——ZHONGGU SHIQI ZHONGGUO WENXUE HEXIN CHUANTONG

主　　编	[美]王　平　[美]魏　宁
译　　者	周　睿
出版发行	陕西人民出版社
	（西安市北大街 147 号　邮编：710003）
印　　刷	西安市建明工贸有限责任公司
开　　本	787 毫米×1092 毫米　1/32
印　　张	8.625
字　　数	180 千字
版　　次	2025 年 1 月第 1 版
印　　次	2025 年 1 月第 1 次印刷
书　　号	ISBN 978-7-224-15210-4
定　　价	59.80 元

如有印装质量问题，请与本社联系调换。电话：029-87205094

序言一

三十多年前，我在研究魏晋南北朝赋史的时候，就注意到建安赋向楚骚传统的复归、魏晋之际吴蜀赋与北方赋的不同、南方为东晋南渡士人提供了题材和舞台、南北朝赋史呈现明显不同的发展轨迹等文学史现象。遗憾的是，由于当时的学识和视野有限，我并没有进一步探讨这些文学史现象背后的文化意义，也没有深入挖掘这些文学作品中所蕴含的南方文学传统，探讨这些作家的南方意识与南方文化认同，因此所论难免未达一间。最近，有机会拜读王平、魏宁两位教授主编的《文化南方——中古时期中国文学核心传统》，我不仅顿有豁然开朗之感，以往研读中古诗赋的一些记忆也不禁涌上心头。

公元280年，西晋攻灭吴国，江南地区被纳入统一政权的版图。《晋书·陆机传》记张华语云："伐吴之役，利获二俊。"按照伐吴功臣、西晋著名文学家张华的说法，伐吴战役最大的收获并不是兼并了江南的疆土，而是得到了东吴两大青年才俊——陆机、陆云兄弟。而《晋书·顾荣传》则云："吴平，与陆机兄弟同入洛，时人号为'三俊'。"不管是"二俊"还是"三俊"，在当时的语境中，实际上都是一种文化符号，代表着来自东吴的人才，也代表着那时开始冒头的江南文学文化。吴国被灭之后不久，以二陆兄弟与顾荣为代表的南方才杰之士相继入洛，向北方的西晋政权寻求新的出路。他们不可能预料到，仅仅三十多年后，他们的北方同僚也不得不背井离乡，仓皇南下，在南方寻找新的立足地。

在二陆兄弟所处的时代，南北方的关系史变迁，呈现出一条盛衰离合兴亡起伏的曲线：由最初的晋吴南北对峙，发展到北盛南衰，西晋灭东吴而达成短暂统一，最终则北乱南兴，东晋继起。二陆兄弟和文化南方的离合聚散，与三国两晋政权的盛衰兴亡正相对应。陆云对哥哥陆机的文学才华，充满骄傲和自信。东汉名家张衡有一篇杰作《二京赋》，是写汉代的西京长安与东京洛阳。根据陆云《与兄平原书》可知，陆云曾建议陆机创作《二京赋》，并且坚信，只要陆机出手，其创作成就必定超越张衡。虽然陆机最终没有采纳陆云的建议，令人遗憾，但是，我们可以推测，二陆兄弟构想中的"二京"，应该是指当时西晋首都洛阳和东吴首都建业。

陆机因何缘故而未采纳陆云的建议，费人猜详。我猜测，这可能是因为陆机后来有了新的想法。据《晋书·左思传》记载，陆机初到洛阳的时候，本来有意写一篇《三都赋》，借此在洛阳文坛一鸣惊人。听说左思也正在写作《三都赋》，于是他"抚掌而笔，与弟云书曰：'此间有伧父，欲作《三都赋》，须其成，当以覆酒瓮耳。'及思赋出,机绝叹服,以为不能加也,遂辍笔焉"。按照《晋书》的说法,左思一鞭先着,珠玉在前,才使陆机辍笔,放弃了同题作赋以争高下的计划。对于这种说法,我一直有些疑惑不解:在左思赋成前后,陆机的性格何以判若两人?

最近读清代安徽桐城人光聪谐的《有不为斋随笔》,其卷甲有"《三都赋》"一条云:"左思,齐国临淄人,赋三都而推重魏,可也。陆机,吴人,且世为孙氏重臣,若赋三都而推重魏,则悖于理;改而重吴,又于时事不合,机固未宜为此赋也。初入洛欲为之,始念已谬;其见思赋佳,叹服辍笔,正以其无悖于理而有合于时事,不徒以其研核精致耳。"相对于《晋书·左思传》的说法,光聪谐的解释似乎更为合理,读罢此条,我有茅塞顿开之感。众所周知,"赋者,古诗之流也"。诗赋本是一家。京都赋这一题材类型,本来即是以都城为主题,一个都城无疑是一个区域文化的代表。《三都赋》和《吴都赋》中所写的建业,就是文化南方的代表。这样说来,西晋初年以陆机、左思为代表的南北作家围绕《三都赋》的角力,实际上是"文学与地方"议题在辞赋创作上的呈现,也可以说是"诗歌与地方"议题的一种变形。从陆机的政治立场和文化情感来说,无论是写《二京赋》,还是作《三都赋》,都必须推重吴都;然而,其时的天下早已是四海一家,新的政治时势要求大赋作者必须推重魏都也就是晋都,否则就是政治不正确。受此时局限制,陆机进退维谷,只能辍笔不为。可见,陆机最终做此抉择,不仅关涉"诗歌与地方",也关涉他的"南方意识"和"南方认同"。

2012年10月26日到27日,普林斯顿大学召开以"诗歌与地方"(Poetry and Place)为题的学术研讨会,围绕中古中国的文学与文化这一大背景展开讨论,话题饶有趣味。本书所收录的七篇专题文章,最初就是提交这一研讨会的。陆机、陆云兄弟理所当然地成为会上讨论的热点之一。会后,七位作者又经过较长时间的商量培养,对各自的论文进一步充实修订,才交付出版,先出了英文版,现在又有了中文版。这是一件可贺的事。如果说这本书的主题——文化南方的成立与中古时期中国文学核心传统的形成,是一个持续深化而且互动频繁的过程,那么,这本书的出版过程,也可以说是一个持续深化而且互动频繁的过程。这是一件可喜的事。

将近六十年前,美国著名汉学家薛爱华(Edward Hetzel Schafer, 1913—1991)教授出版其名著《朱雀:唐代的南方意象》(*The Vermilion Bird: T'ang Images of the South*, University of California Press, 1967)。2014年,该书中译本在生活·读书·新知三联书店出版。《朱雀》堪称一部"诗歌与地方"的开拓性著作,本书与《朱雀》一脉相承,异曲同工。不同的是,《朱雀》所讨论的南方侧重于岭南,时间段集中于唐代,而本书所讨论的南方则侧重于江南,时间段拉长为整个中古时期。后者因为出于七位作者之手,视角也更加多元。

王平教授和魏宁教授特撰《象征意义上的南方》,开宗明义地指出:"文学中的南方边界是不断变化和长久演进的,本书研究所关注的不是地理层面上的'南方(south)',而是文化意义上的'南国(Southland)'或'江南'(字面意思即'长江以南')。""本书追溯整个中古中国时期'南方'的文学再现的承嬗离合,上自汉廷崩溃,经由魏晋南北朝分裂,下及唐室一统。对南方文化独特性的自豪、对南方边陲异域性的焦虑，这种历时性交错游移，遂生成了中古中国文学的诸多独有特征。"这些论述富有启发性。从诗歌的角度来看，其所谓"诸多独有特征"也许可以概括为"南方诗学"。本书诸篇从这一视角切入，剖析整个中古文学乃至整个中国诗歌史，畅论"南方诗学"，小试锋芒，不同凡响。相信未来有更多人将步武其后，寻源而问津。

我出生于福建，十六岁以前都生活、成长于这个被柯睿教授的文章称为"南国远疆"的地方。二十岁以后，我移居南京，在这座中古时期最为典型的南方城市里学习、工作、生活，至今已四十年。本书最主要的几个关键词，亦即文化、南方、中古、诗歌等，也正是我日常生活与读写须臾不离的主题。机缘凑巧，上个月适有襄阳之行，在古隆中、岘山、习家池、米公祠等地稍作盘桓，流连忘返，除了《羊公碑与山公醉：襄阳的两个诗学典故》一文中着重讨论的两个有关襄阳的诗学典故，我被这座古城众多的文学故事所包围。我在岘山步道入口处，抚摩南宋李曾伯抗击蒙古军队、收复襄樊后镌刻的纪功铭，在这块摩崖石刻旁边，就是传说中著名的刘备跃马檀溪之地。从三国到西晋、南宋，几段历史记忆重叠在一起，仿佛一路与我同行，从来不曾离开。文学糅合着文化，想象融汇着象征，不但重新塑造了我的襄阳形象，也塑造了我的南方记忆。我知道，今天的福建、南京和襄阳，与中古时期的福建、南京和襄阳已经迥然不同，但是，它们肯定还在各自的历史文化记忆的延长线之上。

我与这本书颇有缘分。为本书撰文的七位学者，都是美国汉学界的知名专家，尤其以在中古中国文学研究领域的卓越成就而蜚声学界。他们的很多论著,我都曾认真拜读过,深受教益。我与他们的交谊,短者十余年,长者垂三十年。这本论集的两位主编王平教授和魏宁教授,也与我相识多年,虽然远隔千里,仍然时通音讯。疫氛初清,我即得悉此书中文版即将出版的消息,又有缘得见书稿,故简述先读为快之感,并向作者和编者致敬致贺。

程章灿

2023 年 5 月 21 日于南京

序言二

西方学者在最初接触中国文学时,喜爱进行中西两方的对比。例如著名译者阿瑟·韦利(Arthur Waley,1889—1966)在1918年的大作《中国诗歌一百七十首》(*One hundred & Seventy Chinese Poems*)里面所说:西方的诗人将男女之间的爱情理想化,中国的诗人则将它看成平常的事情,却将文人之间的友情看成美好的事。我刚开始学习中国文学时,对韦利这本书印象很深刻。这样的泛论有一定的道理,例如我们若对比杜甫和意大利大诗人彼特拉克(Francesco Petrarca,1304—1374)的诗歌,的确会发现他们对爱情的看法截然不同。但与此同时,此泛论也有它的局限性:如果因韦利的论断而认为中国诗人历来没有特别留意男女之间的关系,没有意识到人们对爱情的渴望,那么就难以读懂中国的宋词。韦利在一百年前很热情地将东亚的文学传统介绍给欧洲的读者,希望突出中国文学最鲜明的特色,因而需要在中西对比中,解释杜甫为什么没有写十四行诗之类的爱情诗,也需要说明他为何没写类似《罗密欧与朱丽叶》这样的戏剧等问题。在这样的情况下，上述泛论在当时就很有意义，否则西方读者第一次读唐诗可能会很失望。而一旦领会到韦利的意思，西方的读者就可以开始欣赏中国文人之间赠答诗的魅力。然而，在二十一世纪二十年代初，西方学者对中国文学的每个时代、每种文体、每类主题都有一定的认识。在北美和欧洲出版的汉学专著所研究的对象越来越集中，通常只处理某一种文体，或者只涉及某一位诗人，甚至只研究一部作品。此外，西方学者阅读的中国文学作品的范围越来越广，读过《花间集》和《红楼梦》的人不会接受韦利的说法，至少不会同意中西文学的差别如他所说的那样简单。

因此，西方对中国文学的研究已经没必要写中国文学和欧洲文学的差别这类庞大的主题，而可以进一步探讨中国文学史上的一些特殊课题，其中也包括文学的地域特色。从这个角度来看，这本小的论文集《文化南方——中古时期中国文学核心传统》就具有一种特殊的意义。书中论文尝试从各个方面来探讨同一个专门的主题，即所谓"文化南方"在中国中古文学里面的意义。撰写文章的学者们都意识到，中国古代文化并不是一块无分别的巨石，而是有无数内在层次的合成物。研究中国文学的外国学者已经不能简单断言中国文学具有何种特点、中国诗人对恋爱有何种想法，他们一定得首先考虑：这个文学作品属于文学史的哪个历史时段？这位文学家的身份认同是怎么样的？这些问题都属于文学研究的前提，对中国学者来说可能是习以为常的，但是对于西方学者来说，先得克服一些关于中西文化比较的很有诱惑力的泛论的影响，因此西方学术界过了很长时间才达到这样的水平。

举个例子，跟我一起主编这本书的王平教授，在《哀怨、抒情性和南方》那一篇文章中介绍了一系列抒发愁怨的作品，其中南朝宋汤慧休所作《楚明妃曲》最后一句为"结兰枝，送目成，当年为君荣"。正如王平所分析，这样的哀怨情感自然有其政治背景，因而《楚明妃曲》不是纯粹的爱情诗歌，但无论如何，也还是很美的爱情诗歌。我们并不能用一种简单的泛论对待这个作品，而说西方人重视爱情、中国人重视友情。我们需要探讨的问题，就是王平试图回答的一系列更为复杂的背景问题：为什么用"楚"妃子的口吻创作这首歌？"兰"这种植物在《楚辞》里具有重要意义，会不会与此有所关联？"楚语""楚调"为什么适合表达中古诗人的哀怨？这本论文集里面的文章，虽然没有做全面的研究，但是为后续研究打下了基础，说明了在中国中古文学中"南方"的象征意义丰富的基本原因。

参与论文集的各位作者也很清楚，"南方认同"并不是客观的历史事实。例如，康达维教授在其文章中说明陆机如何用他的作品建立他自己及其家族的吴国贵族身份，用"南金"这个有趣的词表达他作为吴国人的自尊感。陆机来自吴国是不可磨灭的事实，而他用自己的语言和文风来形容并赞美他的出生地，则属于他个人的文学创造。"南方"对我们来说也是一个关键词，一个有利于思考的提示语，而不是严格的地理界线。宇文所安在本书最后一篇文章里就做了精彩论述，"江南"重复很多次以后，就会带来"心欲的惯习化"，我们甚至可能会忘记心里所欲原本为何。一个内涵很丰富的词语，经过多年的重复使用，可能会变成空泛的套语，而后代读者却不容易区分同一词语的原有感情和文化积累之间的差别。虽然如此，作为学者，我们的职责就在于挖掘诗歌语言所改变或隐藏的多重含义。西方学者研究中国文学的终极目标并不是提出新的泛论，也并非说明西方文学和中国文学的异同，而是切近中国文学语境的主观事实，以便在独特无比的个人经验里面发掘人类共通的道理。

不管这本小书对学术界的影响如何，它对我个人的意义都不容小觑。十年前，我刚拿到博士学位的时候，受邀参与王平学长在普林斯顿大学所主持的"诗歌与地方"研讨会，这是我第一次有机会跟心目中十分尊敬的几位学者一起参与小规模的学术会议，对我来说真是莫大的荣幸。从普林斯顿飞回香港以后，跟香港大学出版社谈成这次出版项目，也是我第一次成功找到出版社，签订合约。从 2010 年到 2021 年，我都在香港的学术界工作。虽然我接受教育大多在美国，但直到 2021 年我都在香港工作。因此，作为学者和教授的我，起码有一半是在香港形塑而成。是不是因为我多年居住在中国南边的这个岛屿，所以我会想把《楚辞》翻译成英文？这本译著 Elegies of Chu 已于 2022 年由牛津大学出版社出版，可以说是本书衍生出来的项目。

谈到"文化南方"，我不能不想到饶宗颐教授。他虽然本来是潮州人，但长年住在香港，2018 年于香港永逝。正因我来到香港工作，所以有机会跟饶公见面，也有机缘将他的诗词翻译为英文诗集。饶公虽然号"选堂"，对《文选》的研究尤为出色，但他也很看重《楚辞》。他曾经说过："我读《楚辞》的时候，就相信有一个主宰。"我们在"文化南方"的传统中，能看到很多《楚辞》影响的痕迹。从战国时代开始，很多文人都被流放到南边，除了屈原以外，江淹和柳宗元都是我特别喜欢的诗人。他们到了被放逐的地方以后，并没有失望，反而在新的环境下有新的创作尝试，此外，如传为宋玉所作的《招魂》云："目及千里兮伤春心。"在本书中，我的文章探讨"伤春"这个概念的含义，就分析了这句诗在唐代文学里面的影响。虽然这只是一丝细微的线索，但是后代的诗人对它很敏感，因而在创作中化用得很多。饶公认为《楚辞》的语言包藏着一种特别的灵感，我认为这种灵感也许跟南方的一些具体的地方以及浪漫的风景有关联。

我从学者们对中国的南方和"文化南方"的探讨中受到很多启发，现在很高兴看到周睿教授为我们翻译这本论文集，使我的老师、同道和个人的初步想法得以跟中国的读者们分享，在此也致以诚挚的谢意。

魏　宁
2023 年春　于美国亚利桑那州斯科茨代尔市

作者简介

康达维(David R. Knechtges)
1968 年在华盛顿大学获博士学位,现为华盛顿大学中国文学荣休教授。

柯睿(Paul W. Kroll)
1974 年在密歇根大学获博士学位,现为科罗拉多大学中国文学荣休教授。

宇文所安(Stephen Owen)
1974 年在耶鲁大学获博士学位,现为哈佛大学詹姆斯·布莱恩特·柯南德荣休教授。

田晓菲(Xiaofei Tian)
1998 年在哈佛大学获博士学位,现为哈佛大学中国文学教授。

王平(Ping Wang)
2006 年在华盛顿大学获博士学位,现为华盛顿大学中国文学教授。

魏宁(Nicholas Morrow Williams)
2010 年在华盛顿大学获博士学位,曾任香港浸会大学孙少文伉俪人文中国研究所助理教授、香港大学中文学院副教授,现为亚利桑那州立大学中国文学副教授。

吴捷(Jie Wu)
2008 年在华盛顿大学获博士学位,现为莫瑞州立大学中国文学教授。

目 录

象征意义上的南方　　　　　　　　　　　　　　王平、魏宁／1
南金与羽扇：陆机的"南方意识"　　　　　　　　康达维／23
拟作：陆机、陆云与南北间的文化交融　　　　　田晓菲／53
哀怨、抒情性和南方　　　　　　　　　　　　　　王平／98
南国"远"疆：江淹在福建的蛮暗岁月　　　　　　柯睿／133
伤春：王勃与李白对南方文学主题的再想象　　　魏宁／164
羊公碑与山公醉：襄阳的两个诗学典故　　　　　吴捷／199
九世纪以来的江南：论心欲的惯习化　　　　　宇文所安／231
致　谢　　　　　　　　　　　　　　　　　　　　　　／252
译后记　　　　　　　　　　　　　　　　　　　　　　／253

象征意义上的南方

王平(Ping Wang)　魏宁(Nicholas Morrow Williams)

中国东南沿海的江苏、浙江、福建和广东诸省在近现代变革浪潮中始终位处前沿，引领着经济迅猛发展和文化频繁交流。长久以来，是上海和香港——而非政治中心首都北京——充当着革故鼎新的孵化基地和外来思想的门户要塞。然而，南方地区并不总是与中国发展发达的弧线同频共振，相反，它们曾经是殊方异域，令汉人闻之胆怯、望而生畏。汉字书写、传统思想、艺术礼乐的古老起源都在北方：殷商王朝的腹地在河南，周的王土中畿在陕西；相较而论，对南方地区的垦殖和同化以融入华夏中国经历了千年漫长进程，对中国文化和社会的形成亦具有奠基意义。

本书致力于通过分析南方在诗歌中的表现来探讨这一主题。南方在中国文学史是一个举足轻重的概念，特别是在中国中古时期；大致是从秦汉帝国的建立之后公元纪年伊始，一直延续到赵宋王朝一统天下之前。这一时代既包括了魏晋南北朝漫长的分崩离析(220—589)，也继之以隋唐的帝国一统(581—907)。纵观整个中古时期，南方对中国文人而言具有双重意味。一方面，它与荆楚古国和伟大的诗人政治家屈原息息相关，因此构成中国文学的核心传统之一；另一方面，它又被视为文明世界之外的一个凶险的边缘地带。尤值一提的是，南疆是以屈原为首的一批主要作家的放逐之地；然而政治贬黜也是诗歌创作灵感之源，远离权力中心亦催生出中国传统中一些出类拔萃之作。

　　文学中的南方边界是不断变化和长久演进的，本书研究所关注的不是地理层面上的"南方（south）"，而是文化意义上的"南国（Southland）"或"江南"（字面意思即"长江以南"）。南方是处在中华帝国版图边缘上的一个相对概念——在物质上充满异国情调，生长着北方人一无所知的稀奇水果和怪异动物，也是苗人、越人等部族栖息的家园；在身体和文化属性上虽疏远间离，在文学表达的创新性和主观性上反倒成为中古中国文人塑造自身新身份的地方。传统中国的精英文化有很多地方都能找到这种"南方认同"和"南方疏离"相互作用的痕迹，从上海外滩到香港九龙，当代南方人时至今日仍能意识到这一遗产的存在。尽管引证或演变的形式各异，但南方的象征意义仍然生机盎然。本书的诸位作者并未试图给出一个统一的定义，而是各自追溯由汉迄唐及以后的南方象征主义的差异化表现与再现，正如香港作词人陈少琪（Keith Chan）为一首流行歌曲填词写道："迷途恋人们以为江南情不变。"

古楚之国

　　中国文学中关于南方的文化记忆在《楚辞》中有淋漓尽致的表

述。尽管《楚辞》中有些诗作晚至汉代方才撰成，但这一文集形成的核心推动力确是源于一直保持独立的楚国文化（在公元前223年被秦国灭掉之前）。[1] 相较于现代中国地理版图而言，楚国并不特别"偏南"，它以今天的湖北、湖南二省为中心，国力极盛时领土一度拓展至今天的河南、山东、安徽和江苏等地区；然而在战国时期它是最南端的诸侯国，尽管与列国接触交流频繁，却仍然保有与其南方取向相关的文化独特性。在中古中国的观念里，南方是既陌生又熟悉，既隶属于中华文化圈但又被赋予亘古弥新、自成一格特性的王国一隅。

中古中国时期，虽然通常以长江及其支流作为楚国与北方各诸侯国的边界，但疆域不断消长变化的楚国本身并非"南方（south）"的主要地理参照；用以标示这些文化价值的基本术语并不直接指代楚国本身，而是指向更难界定的"南国"（Southland）。诸如习惯归于屈原名下的《橘颂》一诗中，就出现了"南国"一词：[2]

　　　　后皇嘉树，橘徕服兮。
　　　　受命不迁，生南国兮。

这里的"橘"喻指世德之臣，但也被具化为"橘生淮南"，从而

---

[1] 对古楚国的综论，参看 Constance A. Cook（柯鹤立）and John S. Major（马绛），*Defining Chu: Image and Reality in Ancient China*, Honolulu, HI: University of Hawai'i Press, 1999.
[2] 洪兴祖：《楚辞补注》卷4，白化文等点校，中华书局，1983，第143页。

含蓄地将贵族美德与这一南方传统加以联系。这里的"南国"一词字面直译是"南方之国",由此可见这种南方认同之感在作为地方性的楚地选集《楚辞》中巩固了"楚辞"的传统概念。① 也许这种概括不能反映出文集内容的方方面面,但至少它肯定适用于颂美南方之橘的诗作。

虽然很难断定此诗是否确由屈原本人所作,但《橘颂》显然是被后世当作屈原的原创来解读的,因此,"橘"所指代的不仅是德厚流光的贵族廷臣,也是楚国这位即使被疏远流放依然忠不违君、彪炳千古的文化英雄。不过,屈原不仅仅是"南国"的代表,也是被贬至南方的典型。事实上,早期文献中对南国的最为重要的记载之一是将"江南"定为屈原的流放之地,② 这个"江南"可能指的不是"长江以南"或通常意义上的南国,而是楚国疆域西南边陲的一个特定地理区域,也称黔中郡(今湖南西部)。③

正如屈原是一位兼具文化归属者和异议持有者身份的双面人物一样,当楚国被纳入统一的秦汉帝国版图以后,它在这一域界的意识中也维系着一种矛盾的角色。尽管仍然充满南方的异域情调,但楚国的文化传统在整个帝国中具有突出的甚至是核心的重要性。楚国是汉室祖庭的龙兴之地,楚语楚歌广为流布,楚境的物质文明体现了上古时期中国的繁华发达,我们可以透过近年来南方古墓发掘出的保存完好的文物文化来略窥一斑;然而与此同

---

① "盖屈、宋诸骚,皆书楚语,作楚声,纪楚地,名楚物,故可谓之'楚辞'。"见黄伯思:《东观余论》卷下,四库全书本,第77a—b页;人民美术出版社,2010,第179页。
② 据王逸《离骚序》"迁屈原于江南"语,见洪兴祖:《楚辞补注》卷1,第2页。
③ 对江南的界定,参看饶宗颐:《楚辞地理考》,九思出版有限公司,1978。

时，它还是从未被位处黄河流域的华夏文化中心所同化的"南方"。因此，在南方与中心的关系上，始终存在着一种中古中国由汉迄唐时期形成并延续至今的模糊矛盾性。

也许楚国的奇特之处存在于"或然"出现的另一种历史里——战国时代群雄逐鹿，楚国是最接近（无论是地理空间还是国家实力）秦国的对手，楚国一统天下是一种撩人心弦的愿景设想。著名的纵横家苏秦就曾游说楚王说：①

> 楚，天下之强国也。大王，天下之贤王也。楚地西有黔中、巫郡，东有夏州、海阳，南有洞庭、苍梧，北有汾陉之塞、郇阳。地方五千里，带甲百万，车千乘，骑万匹，粟支十年，此霸王之资也。

苏秦盛赞楚国疆域辽阔，西至黔中、巫郡（延入今四川〔重庆〕和湖南西部地区），东括夏州（今湖北武汉），在征讨东邻越国后楚国甚至把疆域推至大海之滨的海阳，即今扬州以东的长江口；南向覆及浩瀚洞庭，疆域甚至拓深至苍梧以远，即今与广西接壤的湖南最南端。而与敌国秦、韩、魏及其他诸侯争夺激烈的北方边界紧靠汾丘和陉山（分别在今河南许昌周边的襄城、郾城），并向郇阳（今陕西南部）延伸。楚国原是诸侯割据中最强大的列国之一，具备代秦一统的潜力，因此，作为当前政权的一种

---

① 刘向集录，范祥雍笺证，范邦瑾协校：《战国策笺证》卷14，上海古籍出版社，2006，第787页。

象征性替代选项,楚国仍然具有某种意义。

值得注意的是,尽管楚国与南方偏远地区山水相连,但它仍是腹地诸侯国之一,其疆域实际上涵盖了长江北岸的诸多地方。① 公元前三世纪初,敌手秦国蚕食鲸吞楚国西部边境,并于公元前278年一举攻破了楚国都城郢。此后,楚国疆土向北向东推移。事实上,汉高祖刘邦的故里沛县(位于今江苏徐州附近),就只是在公元前286年宋国被灭后才为楚国所控。

许多地理术语都带有明显的南方性。在《橘颂》中,"南国"被笺注者王逸释为"江南"的同义词。"江南"字面直译为"长江以南地区",但其范围也涵盖扬州及长江北岸的一些地方,故而或许英译成 the Yangtze River region in the south 或更宽泛的 Southland 更准确些。这里是相对于楚国而言的南方,但楚国本身即是战国列强中地处最南端的。然而,随着汉帝国的疆域拓张,其边界相较于先秦时期的楚国进一步向南推进,南方逐渐包括了今福建和广东地区。

南方意识源自楚国的本体。这种对南方物产、语言或族群价值的自豪感,标举着一种与中原(中央)或北方文化分庭抗礼的差异化主张。楚辞中的"辞",虽然有时仅指日常用"词/辞",但在先秦时代,通常是一种特定的动机性、论辩性或仪式性的言辞。跟《诗经》相比,《楚辞》常被定性成"阴",是为主流正统的"阳"的阴向对应之极,但却以其向心性和普遍性形成了一种自我的经

---

① 魏理(Arthur Waley)在其书附录中指出这一点,参看 idem., *The Nine Songs: A Study of Shamanism in Ancient China*, London: George Allen & Unwin, 1955, p. 59.

典性或反经典性，因此，南方被视为与北方文化原创力桴鼓相应。

"阴"力在南方的地理环境中俯拾皆是，特别表现在水这一意象上：从泱泱长江（这一时期"江"字特指长江，后世才成为江河的普通代指名词）到浩浩洞庭（今天湖北、湖南的省名源出于此，即分别位处洞庭湖之北、南），处处可见。在中国传统宇宙观中，水往往被赋予阴性特质，这也是楚国具有阴性身份的标志之一。到了唐代，长江沿岸地区孕育出一些繁华都市，尤以太湖之滨的苏州为盛，"江南"一词也开始主要指向山明水秀的太湖一带。不过，一如屈原汨罗投江之事所蕴含的神话意味那样，在战国和两汉时期，三江七泽的南方更可能与戒备或恐惧的心理相关。

相比于先秦列国，楚国和楚辞还有一层宗教信仰的区别。楚辞中经常使用萨满的角色形象——萨满给死者招魂，与神灵对话，在天地神游。各种原生于南方泽国的芳草香花和奇珍异石，以其天然或雕琢之态装扮神女临凡。先前有史家如班固对此口多微词，言其"信巫鬼，重淫祀"，[1] 尽管有这样的道德批评之声，对于中国读者来说，楚辞的精神动力和信仰影响时至今日仍然是一种特色独具的内在力量。

在中国历史长河里，南方常被视为一个禁忌丛生、恶疾缠身和蛮瘴附体之地，犯事戴罪的官员屡遭流放至此。楚辞中的核心形象屈原，这位楚国贵族"忠而被谤"，流放江南。[2] 根据诸多保

---

[1] 班固：《汉书》卷28下，中华书局，1962，第1666页。
[2] 屈原被放逐的确切地点仍存争议，本书《伤春：王勃与李白对南方文学主题的再想象》一文的讨论就是一例。

存在楚辞作品的传说,屈原愤而投江、杀身成仁,成就忠臣殉道之楷模,传颂歌咏文辞之声名。而被放逐也蕴含了某种救赎的可能,一如"逢时不祥""不忍浊世"的屈原追寻人格永正、青史留名那样。尽管远离权力中心,但他作为文化英雄的身份远胜于任何一位楚国之君。当西晋灭亡之后,中原王朝退守长江流域,这一文化层面的胜出变得愈发重要。定都建康(今南京)的整个南朝时期,中国上层精英文化仿佛与屈原一样被流放,在南方重新落地生根。屈原和士大夫之间的这种认同感在后世持续存在,"整个屈原传说中隐含着对流亡士大夫和雅文化本身的一种意义深远的类比性"。①

更确切地说,《楚辞》保留了雅文化中与《诗经》的古典传统相颉颃的一种特殊维度。事实上,在传统书目分类中,《楚辞》通常与"经"典分道扬镳而被置于"集"部之首。然而,正因为为其他经学诸典所斥,《楚辞》才披上了纯文学的外衣,比《诗经》的经典传统更能代表纯属想象上被疏离的声音。② 那些怀想南方而又徘徊其外的诗人们与屈原感同身受,在某种程度上来说他们都在自己的世界里无所适从、流移失所。或真实、或想象的南方,激发了文人的诗意文心,使其以清词丽句纾解自己的愁山闷海。

---

① Laurence A. Schneider, *A Madman of Ch'u: The Chinese Myth of Loyalty and Dissent*, Berkeley, CA: University of California Press, 1980, p.13; 中译本见劳伦斯·A. 施耐德:《楚国狂人屈原与中国政治神话》,张啸虎、蔡靖泉译,湖北人民出版社, 1990,第14页。
② 参看 Stephen Owen, *Traditional Chinese Poetry and Poetics: The Omen of the World*, Madison, WI: University of Wisconsin Press, 1985, pp.254-263; 中译本见宇文所安:《中国传统诗歌与诗学:世界的征象》,陈小亮译,中国社会科学出版社, 2013,第166—172页。

因此，在中古中国的历史想象中，南方涉及多重面向：标识区域性身份的标签、自此流放的场域等，但最引人瞩目的地方，还是超越了流亡本身的文化优胜感，其借由楚辞这类文本形式得以永久流传。所有这些要素都与南方的文学呈现息息相通，只是在某个特定时段某一要素可能显得更为突出。楚辞的定义并非一成不变，正如后世的通行版本多认定其为屈原的诗集而不是泛指楚风歌辞。随着政治控制的边界向南和向西拓展，南方的地理空间亦不断南移。①

本书追溯整个中古中国时期"南方"的文学再现的承嬗离合，上自汉廷崩溃，经由魏晋南北朝分裂，下及唐室一统。对南方文化独特性的自豪、对南方边陲异域性的焦虑，这种历时性交错游移，遂生成了中古中国文学的诸多独有特征。从这一原生角度来探讨该主题能对中国诗的历史发展产生全新认识，诸如地方性逾矩如何超越礼教、对传统主题的重塑如何适应新语境，以及南方的象征性关联之影响力如何经久不衰，等等。源自南方的灵感不断显形于前生后世、诗词歌赋之中。而对屈原的文学崇拜的全部意义在于——在国君失信、国土覆亡之后，这位正直无畏的士大夫竭忠尽智的品行，将为后世所铭记缅怀。

合入大汉

南方的地理意义和文化意义之间的脱节在汉代已是不争之

---

① 参看本书中柯睿对江淹如何体会福建难以忍受的偏远与蛮荒的讨论。

实。尽管首度统一中国的秦始皇是货真价实的北方人,然而实际上维系统一局面的汉室却是南方身世。自刘邦于公元前206年建立汉朝起,刘氏家族遂在皇位上坐了近四百年。"汉"是长江最长支流的名称,它发源于秦岭,一路朝南,流经古楚之地,在楚国故都附近汇入长江。刘邦以汉江流域为发迹之本,对抗自称是楚王后裔的强劲敌手项羽。不过,刘邦故里沛县也在楚国之境,而且实际上距离项羽家乡亦不远,故而传统上被称为"楚汉之争"的这场亡秦大战事实上却是两位楚人之间的决斗,这位被封为"汉王"的楚国布衣最终胜出,并把"汉"定为国名,而这一新建帝国恰恰是从他的楚地同胞手上夺取下来的。

在楚汉争霸中有两首歌辞为人所记,一首出自胜出者即未来的汉高祖之手,另一首是高贵的失败者的绝命词——项羽在与他的战驹和爱妃虞姬诀别之际吟唱道:①

力拔山兮气盖世,时不利兮骓不逝。骓不逝兮可奈何,虞兮虞兮奈若何。

虞姬听罢,举剑自刎。而另一边,刘邦在还乡沛县的邀集宴上演绎了一首曲,席间有一百二十名童子和声助兴:②

大风起兮云飞扬,威加海内兮归故乡,安得猛士兮守

---

① 司马迁:《史记》卷7,中华书局,1982,第333页。
② 同上书,卷8,第389页。

四方。

大汉新帝在唱这首歌时并没有意识到他的诗歌格律是楚辞体,跟他的对手自刎前吟唱之曲是同一诗体,两诗的相似性在英译中以破折号表示,对应原作中的文言助词"兮"。这一文言助词表示语音的停顿或延长,在楚辞中多有使用,从而成为南音的标志之一。通过使用楚辞诗体来彰显开国皇帝以及与其势均力敌的对手在各自人生中最为戏剧化时刻的心声,南方的诗与乐同帝国文化的相关性得以极为生动地展现。

然而,楚地远离位于长安(今西安)和洛阳的皇权中心,这意味着在汉人的想象中它逐渐退居次要地位,成为一个边缘化、低等化、遍布蛮风瘴雨的荒甸泽国。或许正是居庙堂之高的北方士族如此认为,但楚地文辞不仅从未离场,反而不断繁荣——不仅为分封南方的诸王所醉心研习,在中央政府官僚体系中也被广泛应用。事实上,汉代宫廷文学侍从用以颂美大汉荣光的华丽文类——赋,就受到了楚辞的很大影响。汉赋多是鸿篇巨制,充斥着对帝国气象、丰饶物产,更重要的是对文治武功的溢美之词。但颇具讽刺意味的是,很多南方文人偏好使用极富表现力的拟声词和方言词,这种语言的混沌性及生僻性或许正是汉赋广为流行的理由之一。

楚国先民未被颂赋所承继的一大基本素质是其哀婉之调,而这成为文人在困境中书写或私人化创作时的决定性特征。史学家司马迁很早就提出了这一看法,即作者被赋予怨悱而非复仇的角色,能够增加诗意化抒情的力度和深度,而这一传统可能长久根植于民谣中。这一表现性和哀怨性的角色在《诗经》和汉代宴飨曲中有不少例证，但在个体文人采用混同"作者—角色"的方式向不同时空的听众读者传达自己内心思想之际，抒情诗由此而生，时间大概是在汉末。抒情诗的诞生，既是南方精神得以复兴这一漫长进程的肇始，也是作为地域的南方以诗为媒介和平台加以建构的滥觞。正如有学者指出，"历史遗迹崩塌或焚毁之时，中华文明似乎并不觉得自己的历史遭受到亵渎或滥用，只要这些遗迹能够被取代或重置，其意义功能就能重获新生……真正照见永恒人类瞬间的体现只能存于文学之中"。[1] 阐释中国文明的文学性通常也是非常"南方式"的。

众所周知，尽管这种南方禀性的起源来自古楚之地，但在大汉帝国统治下，楚传统被不断规范化和经典化。作为以文人自我概念为本的一种文学作品体裁，楚辞传统不仅是一种被动流放，也是一种主动认同。楚辞的仿作尤其明显地体现了这一点，它们遵循同一格律，铺陈相似意象，甚至直接借用屈原本人之口发声。这一体裁的部分汉代作品也被收入《楚辞》，而后世列朝的文人也持续以此诗体进行创作。郑毓瑜《归返的回音——地理论述与家国想像》一文研究汉魏晋时期的部分早期辞赋作品，[2] 论述了诗人从政治中心被"放逐"后如何通过构建"反放逐"的对立身份来

---

[1] Frederick Mote(牟复礼), "A Millennium of Chinese Urban History: Form, Time, and Space Concepts in Soochow," *Rice University Studies* 59.4 (1973): 51.
[2] 郑毓瑜：《归返的回音——地理论述与家国想像》，见郑毓瑜：《文本风景：自我与空间的相互定义》，麦田出版公司，2005，第55—113页。

否定自己的疏离感，① 比如谢灵运就以山水之乐建构谢氏家族传统的"反放逐"文学。她还进一步指出"放逐文学"（行旅赋）和"地理志"之间的"异同错杂的关系"，这些被放逐者来到相对陌生的地方，他们的书写又成为帝国地理图志的重要信息来源。从屈原开始，南方放逐文学不断寻求重新确立相对于中央的自我权威。

汉亡之后的南方认同

楚国为后世初建了南方的文学轮廓，但不同的地方都能够以"南方认同"为保护色来区别于"北方"，它们以不同形式共享与权力中心的疏离感，即使实际地理空间相去甚远，亦多以楚国的文化和历史为掌故影射。汉亡之后，三国争霸天下，南方的主要势力是吴国，其始建都于建业（今南京），控制着南方和东南诸省。而在吴国覆灭、西晋一统之后，吴地的一些当地遗民仍然对前朝效忠，本书康达维和田晓菲的文章将聚焦于此主题。对五世纪的一位文人而言，贬官福建意味着流放到一个偏远蛮荒之地，其失望程度堪比屈原（见柯睿文）。

汉王朝延续四个世纪以来，中国的地区差异被帝国精英们对大一统的文化和政治的强调所掩盖。但到了公元二世纪末，王朝在群雄割据混战中覆灭，三国时代随之而来。尽管曹氏所建立的

---

① 郑毓瑜在这里借用了纪廉（Claudio Guillén, 1924-2007）论文里的术语，见"On the Literature of Exile and Counter Exile," *Books Abroad* 50 (1976): 271-280.

魏国势力最强，但也为长江流域的吴国和以四川为基地的蜀国所抗衡。虽然三分天下的局面仅持续数十年，司马氏便篡魏自立并攻灭吴蜀，但是三国争锋却给后世留下了引人注目的象征意味。

地域身份的形成在这一时期的文学中开始轮廓初现，在这方面的研究中颇具代表性的当数台湾大学林文月教授1992年发表的《潘岳陆机诗中的"南方"意识》一文。① 通过对一北一南之重要诗人的对比，林教授检视了二人诗中"南"字②的应用情况。之后的 2003 年，康达维（David R. Knechtges）刊文《南柑还是南金？——西晋文学中的地域认同》(Sweet-Peel Orange or Southern Gold? Regional Identity in Western Jin Literature)。二位教授都明确指出，身为三国混战时期为晋所灭的吴国后裔，陆机保留着浓厚的南方身份意识，他虽然北上入洛为仕，却对彼地诸如违德悖礼或清谈玄学的文化风潮甚感不适。

本书康达维和田晓菲的文章在这一方向上继续深入探究。康达维之文探讨陆机对故土吴地的乡愁中未曾被涉及的面向。这一特定的南方地区并非楚国，而是在战国和三国时代都是楚之劲敌的地域，而这里的"南/北"对立平行于楚国与北方的对立。事实上，陆机的北方友人、诗坛对手潘岳就以《楚辞》中的橘树意象来戏称陆机，据古籍所载"橘生淮南则为橘，生于淮北则为枳"而言其"在南称柑"。陆机也在自己诸多篇什里间接地通过丰富多彩的自我形象塑造，抒发自己深沉的思乡浓情和强烈的吴地身份认

---

① 林文月：《潘岳陆机诗中的"南方"意识》，《台大中文学报》1992年第5期，第81—118页。
② 译者注：包括与"南"字相关之词。

同。康文特别留意到陆机以极具吴郡色彩的地方特产羽扇为题的赋作《羽扇赋》，假借宋玉之口成赋的情节设置在战国时期楚襄王当权的语境之中。赋曰"皆委扇于楚庭，执鸟羽而言归"，以"时代舛误"的文学创新把传统楚文化背景和眼前的物质实体融为一体。这一时代错置的安排凸显出的文化差异证明了"地域身份认同"对解读西晋文学的广泛意义。

田晓菲之文则从另一截然相反的角度来研究同一主题。尽管对康达维的结论并无异议，但她别具只眼地指出陆机身为南人的身份认同与对京洛及其名士(如曹氏家族)的景仰崇拜相存相依。把自己比作产自南方的羽扇(fan)之时，陆机自己即成为北方文化的"粉丝(fan，即崇拜者)"，这两种情感的交织正是解读陆机与其弟陆云的文学作品的关键所在。"二陆"兄弟殚精极思地改写北方乐府民歌，以更为精巧的风格加持个人化的烙印，毋庸置疑，这样做的动机多半源自他们的"入洛南人"的特殊身份。田文接着追溯了南朝文人以《棹歌行》旧曲填新词的流变个案：《棹歌行》本是宣威耀武的军乐歌辞，陆机对其逐句改写，到了萧梁王朝宫廷诗人手上成了颇受欢迎的俗乐曲调，主题也置换成涉江采莲的田园景象，由此这首乐府就能以融入了楚辞典故意象的新面貌来彰显"南朝梁廷的文化优越性"。这种对文学传统的改造和重塑用以确认、创造、提升地域身份认同，由于西晋时代的地域身份认同感在四世纪初衣冠南渡之后并没有消失而是衍变成新的形态结构，故而这些后世对乐府主题的精巧再构就特别值得关注。田晓菲在其《烽火与流星：萧梁王朝的文学与文化》(*Beacon Fire and Shooting Star: The Literary Culture of the Liang* [502-557])书中对"南/北"二元对立结构有着精彩的阐释,例如讨论"北方"边塞诗和"南方"吴声西曲情歌及其产生的历史背景之间的关联性。①

汉王朝的分崩离析和政治分治的局面并没有导致文化的分裂,而是不断地促进地域文化上的整合。这里所说的地域身份认同,吴国的也好,南方的也罢,或是别的什么地方,往往是以有助于宏大整体建构的方式存在,比如南方的橘树贡奉君王,或是南人陆机以崇拜者之姿书写京洛等;但南国疆土还是保持着殊方异域的情调,南方作为放逐之地、疏离之所的文学共鸣依然流传。陆机在称誉羽扇之时并未忽略羽之所本——鹤的奉献牺牲:

> 累怀璧于美羽,挫千岁乎一箭。委曲体以受制,奏双翅而为扇。

陆机对吴地遗产引以为豪,其中似乎充满着他对吴国束戈卷甲和拱手而降这一事实的无法忘怀。正如白鹤一样,陆机也只有在失却自身的某一部分之后才能在庙堂中赢得尊重。个体的失败或能换来文化上的胜利,这始终是楚国传统和屈原传奇中的核心部分之一。

---

① Xiaofei Tian, *Beacon Fire and Shooting Star: The Literary Culture of the Liang*(502-557), Cambridge, MA: Harvard University Asia Center, 2007, pp. 310-366;中译本见田晓菲:《烽火与流星:萧梁王朝的文学与文化》,中华书局,2010,第238—276页。

除了楚国之外，东晋、(刘)宋、(南)齐、梁、陈这一系定都建康的短命南方王朝也是界定南方至关重要的时期。311年京都洛阳陷落匈奴之手，西晋王室衣冠南渡以重建中原文明。在南方发展起来的新文化主流的主题，往往都是对北方故土的莼鲈之思，以及在背井离乡中文化混杂存亡绝续的踌躇之情。正是在这一时段里，南方有了赋予其华夏文化中心身份的全新要求。

南渡中原士族的新身份可用周顗的名言精准概括："风景不殊，正自有山河之异"①——而这句话据说是他在西晋亡国之后所说。尽管中国不同地域的文人或能操持通用的方音，认同共同的文化，然而提到南方，无论是山河还是难以言喻的其他方面都仍有其显而易见的独特之处。以地理区域为媒介去审视中国文学颇能发人深省，因为中国文化史意义上的"南方"恰好具有这一功能，其既是一个地貌或地理概念，更是一个文学传统主题，一种夹杂着传统联想和复杂暗喻的老生常谈。

楚国和屈原日久年深地影响着南朝的文学文化，而文人又在自己南渡的经历中对屈原重燃认同情愫，王平的文章《哀怨、抒情性和南方》就对诗歌传统的楚国渊源提出了极富新见的看法。在把五言诗人分为三大谱系加以品评的诗论专著《诗品》的序言中，作者钟嵘提到的"汉妾"与"楚臣"并举，二者都被视为"失去"的原型人物：楚臣定是指的屈原，而汉妾则可能是与"怨"文学脉脉相通的两位汉代女性——班婕妤或王昭君——之一。王文

---

① 刘义庆著，余嘉锡注：《世说新语笺疏》卷2，上海古籍出版社，1993，第92页。参看英译本 Richard B. Mather(马瑞志), *A New Account of Tales of the World*, 2nd ed. Ann Arbor, MI: University of Michigan, Center for Chinese Studies, 2002, p. 47.

指出，这一指称实际上是错误的选项，因为她俩也不过是脸谱化的刻板形象，是涉及某种放逐或丧亲的女性怨旷群像其二而已。这些不同的人物形象都是由班氏家族（或许出于故意）建构的，尤其是班固编纂《汉书》厥功至伟，这与在撰著《史记·屈原列传》一事上司马迁的角色惊人地相似。司马迁强调屈原之作"忧愁幽思""盖自怨生也"，无论是否合乎史实，此说都不免有失偏颇。王文进一步论证《汉书》中女性怨旷的表现同样是刻意人为的，但对五言诗的走向更具深远意义，此文揭示的是一个不断生成的、自始至终建立在楚辞遗风和屈原神话之上的文学传统。

柯睿（Paul Kroll）的《南国"远"疆：江淹在福建的蛮暗岁月》一文把目光投向了南朝仕官江淹，其因忤逆主上而于474年至477年间被贬福建屈任县令。柯文指出，彼时南渡的中原士族已经完全适应了他们栖身的江南地区，只有远如福建这样的比"南"更南的南国远疆，才能唤起他们曾经有过的那种似曾相识的危机感。柯睿细读了系年于闽、以赋为主的江淹作品，凸显江淹来到这样一个荒凉和陌生的地方时的悲痛与苦闷，并以精准的英译传达这些作品最扣人心弦的特征之一——江淹是如何调动楚辞话语去适应新的南方。不过与此同时，江淹也在不断发现认同福建的别具一格的新奇，他以《草木颂》组诗十五首特别刻画了当地的奇花异草。尽管江淹仍在哀叹自己的远谪，但就像欣赏他在"此地"发现的花木之异美那样，其实他已经在情感上开始适应他的南方居所。

唐代的南方主题

到了唐朝，南方的不同地域开始萌发孕育各自有别于汉且前所未见的诗学特征。自古以来与楚相续、未见太多文学嬗变的荆州地区(在今湖北、湖南)，至唐始现自己的独特身份(本书《羊公碑与山公醉：襄阳的两个诗学典故》一文予以专论)；唐代文人远谪岭南地区(在今广东、广西)的新奇见闻在薛爱华(Edward H. Schafer)的《朱雀：唐代的南方意象》(*The Vermilion Bird: T'ang Images of the South*)一书中有广泛而深入的介绍，这本力作也是本书的主要灵感源泉之一。而江南在文人文化中的地位与日俱增，甚至可以说到了令人情何以堪的地步，苏州、扬州等江南地区在唐代之时，对中原士人而言已经从殊方异域、路途遥遥的偏远之地，变成了声色犬马、湖山怡情的温柔之乡。

直至唐代，尽管文人的旅迹可能早已远超于屈原放逐地的范围之外，但是楚地和广义上的南方依然是他们文学灵感的活水之源。魏宁(Nicholas Morrow Williams)的《伤春：王勃与李白对南方文学主题的再想象》一文追溯楚辞的语言和意象对后世诗作的影响。通过对李白两篇鲜少为学界关注的赋文的文本细读，魏宁特别指出二文可被视为楚辞作品《招魂》中部分章句的笺注，在这些看似寻常的"春去也"的诗句背后隐藏着屈原神话，特别是魂魄出窍的古代信仰的深晦影响，这是屈原传说在唐及唐代之后持续施加作用力的一个方面。对"楚臣"和楚辞各体的征引，不仅指向屈原被逐自沉这一历史事件，而且指向关于生死的永恒概念，代表春愁的其他南方传统在李白的另两首诗中也佐证了这一分析。

如同柯文所示，魏文对王勃和李白的解读，同样勾勒出楚辞传统的某些特定表达是如何在数世纪之后仍能保持其余响的。与此同时，江南——曾是放逐和贬谪的原型地——本身已然进化成一个文化中心，而在恰当语境中知名诗人复兴楚辞语词之际，一些耳熟能详的传统主题成了套例惯习。本书的最后两文讨论了南方主题的文学表现在唐代的嬗变历程，不过，文学转变并不总是与中国社会和政治版图变化的节点亦步亦趋的。

吴捷的《羊公碑与山公醉：襄阳的两个诗学典故》讨论唐诗中围绕襄阳的特定场域所形成的两个新文学主题。以后见之明来说，这两个主题均非历史的必选之项，而是在后世诗人选择和重塑某些特定元素中渐成气候的。羊公碑之所以成为特具潜力的意象，或是因为其整合了诸多重要文学主题；而对很多诗人而言，习家池亦非他们饮宴或赋作的实际场所，但凭借出自想象空间的文学指涉，其变得日趋流行。以神话即历史的观点解释这些特定典故，使其最终沦为童蒙之学的陈腔滥调，这不免令人联想到屈原传说同样也是简化了根植于原生故事中的一些矛盾——汉代对屈原的评价颇具争议性，对其无谓地沉江自殉的批评不绝于耳。

宇文所安（Stephen Owen）的结章《九世纪以来的江南：论心欲的惯习化》指出江南作为欲望的惯习化庸常形象早已失却原有的修辞学意义，在晚唐诗词中的江南是代表着迷人风光和醉人盛事的惯例化形象，反对和怨诉的形象并未断绝，但业已系于其他的地理场域和文学征引之中。宇文所安细剖了包含着自身矛盾和自我抹除的江南新"身份",尾声以苏轼的一首词作结来引向北宋文学,其中"'江南好'凝结为典而频被征引,但其承载的厚重关联之义在简单的表述中渐趋遁形"。这种对具有"厚重性"的修辞术语的惯习化和简约化,本身就是文学传统延续传承的必备之举,宇文所安表示,"陌生化"通常是使旧有文学主题与当下经验建立新关联的必要步骤。

纵观历史长河,对于当地人或是流放者,一如诗人或是廷臣,南方的身份认同的内涵各异。而本书诸文所构建的南方意象也都立足于真实的个体经历,其中有些生动感人的故事直至数个世纪之后仍然意味深长。薛爱华的《朱雀:唐代的南方意象》研究侧重于唐诗中所记录的具体物象,但同样涉及情感与现实的互动关系:[1]

> 中古时代,北人听到喜鹊叫或燕子语,心中都会涌起幸福之感,听到猿鸣或者鹧鸪啼,则会因思乡而落泪。正是像张九龄这样的南人作品,使后代人有可能看到大自然在当地人眼中的本来面目,而不带任何情感或者地域偏见。归根究底,南方的朱雀有可能褪去其古典时代的象征色彩,而变成一个可喜的现实存在。

---

[1] Edward Schafer, *The Vermilion Bird: T'ang Images of the South*, Berkeley, CA: University of California Press, 1967, p.47;中译本见薛爱华:《朱雀:唐代的南方意象》,程章灿、叶蕾蕾译,生活·读书·新知三联书店,2014,第93—94页,此处从程译。

宇文所安的文章展现了南方从具有"古典象征色彩"的所在转变成当下"桃源现世"的一则实例，不过，宇文所安跟本书的其他作者均表明，从"桃源现世"很容易重新沦为"象征色彩"，成为另一个具有文化意义的主题可能会掩盖其原有意义。因此，对中古中国诗人来说，重新确认地域或个人的身份认同，是在面临大历史的洪流时所能做出的努力和尝试，这是出于自我目的对传统象征符号的重新占有和挪用。而对南方身份疏离的刻画叙述，不管是异质的还是贬谪的，其本身都在身份确认中起着一定的作用；但不管屈原传说或者南方典故在身份建构中占有多大比重，这一身份未必一定是"南方性"的，而更应是士大夫，特别是"忠而被谤"的忠愤者的身份。诗人对历代伦常制度和文学遗产的体认只能经由放逐和疏离之举得以强化，以此作为确认自我忠贞不渝和高风亮节的方式。从某种意义上来说，南方可视为整个中国诗歌传统的"壶中洞天"。

南金与羽扇： 陆机的"南方意识"

康达维(David R. Knechtges)

林文月教授在 1992 年发表了一篇研究西晋诗人潘岳和陆机的"南方"意识的文章，在其中细致地"比较'南'字在二家诗中所具有的异同意义"。① 林教授认为，潘岳在黄河北岸任职之时所作诗中提到的"南方"，是他热切盼归的黄河南岸地区，尤指都邑洛阳；而陆机在去吴入洛后所撰的抒发桑梓之念诸篇里的"南方"，皆指向其故乡吴郡，特别是通常被认为是其出生之地的华亭——本文稍后会细加讨论其确切位置。

珠玉在前，不同于林文以"诗"为本，本文打算主要聚焦于陆机的《文赋》来对其"南方"意识再加检讨，这些作品能为我们了解陆机如何塑造其"南方"身份提供丰富信息。我们先来看看陆机的

---

① 林文月:《潘岳陆机诗中的"南方"意识》,《台大中文学报》1992 年第 5 期, 第 81—118 页。

一些生平传记。①

前文曾有提及，陆机的祖地在吴郡吴县（今江苏苏州），他出生于东吴名门之家，② 是孙吴丞相陆逊之孙、镇军大将军陆抗之子，也是陆云之兄。

陆逊是东吴开国皇帝孙权的早期拥趸，③ "权以兄策女配逊"。219 年，陆逊率吴军大败蜀将关羽而为孙权论功封赏，"封华亭侯（华县乡亭）"。④ 但这个"华亭"并不是后来陆氏望族家业所在之地，⑤ 而陆家栖居的那个"华亭"也非行政区划而仅是陆氏祖产之名，位于浙江北部今嘉兴以南，划归昆山或由拳地区。⑥ 公元三世纪时，华亭是一处曲水深谷的风光胜地，也以"鸣于九皋、声闻于野"的鹤群栖息之地闻名。陆逊是孙权手下最得力的干将之一，在去世前一年官拜丞相；⑦ 245 年，他卷入皇族嗣子

---

① 陆机生平传记参看高桥和巳「陸機の傳記とその文學」『中國文學報』11/12，京都大学文学部中国语学中国文学研究室，1959/1960，pp.1-57，49-84；长谷川滋成「六朝文人伝：陸機・陸雲伝(晋書)」『中国中世文学研究』13，广岛大学文学部中国中世文学研究会，1978，pp.35-72；蒋祖怡、韩泉欣：《陆机》，载《中国历代著名文学家评传》第 1 卷，吕慧鹃、刘波、卢达编，山东教育出版社，1985，第 297—314 页；Lai Chiu-mi(雷久密), "River and Ocean: The Third Century Verse of Pan Yue and Lu Ji," PhD diss., University of Washington, 1990, pp.88-119, 383-388.
② 对吴郡陆氏的研究见王永平：《六朝家族》第四章"忠义世家——吴郡陆氏之家族文化"，南京出版社，2008，第 302—343 页。
③ 陆逊生平参看陈寿：《三国志》卷 58，裴松之注，中华书局，1959，第 1343—1354 页。
④ 见陈寿：《三国志》卷 58，第 1345 页。
⑤ 封授陆逊的华亭封邑位于华县，在今山东费县，距吴郡甚远。参看李姝：《陆机籍贯考》，《北京化工大学学报》（社会科学版）2009 年第 1 期，第 84—88 页。
⑥ 李姝：《陆机籍贯考》；刘设好：《陆机籍贯与行迹考论》，《南京师大学报》（社会科学版）2010 年第 4 期，第 125—131 页。
⑦ 陈寿：《三国志》卷 58，第 1353 页。

之位的政治斗争，孙权对其行事有诸多不满，"累遣中使责让逊"，据《三国志·陆逊传》(卷58)所载，"逊愤恚致卒，时年六十三"。①

245年陆逊离世后，陆抗统领其父部众，成为对抗以司马昭为帅的魏军主力的中流砥柱。是时不少将领叛吴降魏，但陆抗不事二主，在265年司马炎建立晋朝以后仍对吴主效忠。272年，将军步阐据城降晋，陆抗派兵进围西陵(今湖北宜昌西南)以防其沦陷敌手，夺取西陵之后，步阐被处决且"夷其族"。② 或是嘉其忠勇，陆抗于273年拜大司马、荆州牧(治所襄阳，今湖北襄阳)，这一广袤而重要的疆土传统上多由陆氏家族担任要职。然而，274年秋，陆抗病逝。③

陆抗有六子：陆晏、陆景、陆玄、陆机、陆云和陆耽。嗣子陆晏袭父之爵，除了最年幼的陆耽之外，另四子"分领抗兵"。是时陆机不过十四岁，却被授牙门将军。④ 279年12月，晋朝派出一支二十万大军自西伐吴，陆抗临终之前曾上书吴主"乞以西方为属"。晋军势如破竹，"所至辄克"，许多东吴将领不战而降；但是，陆机的两位兄长——陆晏和陆景——都在与晋军统帅王濬的交锋中兵败身死。⑤

---

① 陈寿：《三国志》卷58，第1354页。
② 同上书，卷48，第1169页；卷52，第1240页；卷58，第1356页。
③ 同上书，卷58，第1360页。
④ 萧统编，李善注：《文选》卷16引王隐《晋书》，上海古籍出版社，1994，第723页；卷17引臧荣绪《晋书》，第761页。
⑤ 陆晏于280年3月22日监守夷道(今湖北宜都西北)时遇害，陆景于次日同地身死，见陈寿：《三国志》卷58，第1360页；房玄龄：《晋书》卷17，中华书局，1974，第761页。

据《晋书》所述，晋伐吴灭之后，陆机及其弟陆云"退居旧里（华亭），闭门勤学，积有十年"①，直至289年被征入洛，任职晋廷。晋伐之后不久，陆机"遂作《辩亡论》二篇"，以议论长文来总结评说吴亡之因。② 学界对陆机初次入洛的确切时间存有很多争论，本文并不会就此问题详加检视诸家之说。③

对陆机生平年谱最为详尽的研究莫过于南京大学俞士玲教授的近著《陆机陆云年谱》，本书主要参照了俞教授对陆机入洛早期

---

① 房玄龄：《晋书》卷54，第1467页。二陆是否被掳至北（或是入洛）仍存争议，对这一问题的总结参看俞士玲：《陆机陆云年谱》，人民文学出版社，2009，第29—32页。
② 《辩亡论》参看萧统编，李善注：《文选》卷53，第2310—2327页；房玄龄：《晋书》卷54，第1467—1472页。外译参看Emile Gaspardone, "Le Discours de la perte du Wou par Lou Ki," *Sinologica* 4 (1958): 189-225; David R. Knechtges, "Han and Six Dynasties Parallel Prose," *Renditions* 33 & 34 (1990): 78-94.
③ 对陆机初次入洛的系年考证的诸论包括：朱东润：《陆机年表》，《国立武汉大学文哲季刊》第1卷第1期，1930，第173—187页，收入南江涛编《文选学研究》下卷，国家图书馆出版社，2010，第170—184页；姜亮夫：《陆平原年谱》，古典文学出版社，1957；陈庄：《陆机生平三考》，《四川大学学报》（哲学社会科学版）1983年第4期，第64—68页；傅刚：《陆机初次赴洛时间考辨》，《上海师范大学学报》（哲学社会科学版）1986年第2期，第55—57页，收入傅刚《汉魏六朝文学与文献论稿》，商务印书馆，2016，第461—467页；沈玉成：《〈张华年谱〉〈陆平原年谱〉中的几个问题》，《文学遗产》1992年第3期，第27—34页，收入沈玉成《沈玉成文存》，中华书局，2006，第265—278页；蒋方：《陆机、陆云仕晋宦迹考》，《湖北大学学报》（哲学社会科学版）1995年第3期，第76—86页；姜剑云：《陆机入洛疑案新断》，《洛阳大学学报》2003年第1期，第14—16页；姜剑云：《陆机入洛时间及次述问题》，收入《太康文学研究》，中华书局，2003，第232—245页；顾农：《陆机生平著作考辨三题》，《清华大学学报》（哲学社会科学版）2005年第4期，第60—67页；李秀花：《陆机的文学创作与理论》，齐鲁书社，2008，第211—212页；王林莉：《陆机太康事迹考》，《鞍山师范学院学报》2009年第2期，第58—60页；王林莉：《陆机初次入洛时间新探》，《长沙大学学报》2011年第1期，第81—82页；刘运好：《陆机籍贯与行迹考论》，《南京师大学报》（社会科学版）2010年第4期，第125—131页；李晓敏：《陆机生平考辨二则》，《中北大学学报》（社会科学版）2012年第1期，第88—92页。

生涯的记载。据臧荣绪《晋书》所载,"太熙末,太傅杨骏辟机为祭酒"。① 杨骏为晋武帝的杨皇后之父,在武帝统治晚期实揽大权。太熙年号用至290年农历四月(公历4月27日),但并无文献征引提及陆机是否出任是职。俞士玲认为尽管杨骏辟召陆机为祭酒,但随着290年10月18日司马遹被册立为皇储,"又仪征为太子洗马";② 事实上,臧荣绪《晋书》也特别提到"杨骏诛,征机为太子洗马"。③ 291年4月23日,杨骏于一次宫廷清洗中伏诛受戮。大多数史料都记录陆机与其弟陆云,还有二陆的同乡兼姊夫顾荣,三人时号"洛阳三俊"。三人入洛系年于282年,由此似可推断陆机晚至292年方在京邑走马上任,因为据俞著所说,陆云和顾荣于洛都朝中拜官任职要比陆机早十年。④

陆机入洛之时,朝中同僚可考者有何劭、王戎、刘寔、和峤、傅咸、潘尼、冯熊和张载等。大概也在这一时期,二陆兄弟结交了元老名士张华,初见即备受推崇:"平吴之利,在获二俊。"⑤张华是时位高权重,身兼左光禄大夫、侍中、中书监数职,⑥ 他把二陆荐于洛阳诸公,其中一位是祖籍高平(今山东邹城东南)的刘宝(生卒不详)。二陆兄弟"既往,刘尚在哀制中,性嗜酒;礼毕,初无他言,唯问:'东吴有长柄壶卢,卿得种来不?'

---

① 萧统编,李善注:《文选》卷24,第1154页。
② 俞士玲:《陆机陆云年谱》,第107—109页。
③ 萧统编,李善注:《文选》卷20,第949页。
④ 俞士玲:《陆机陆云年谱》,第49—51页。
⑤ 刘义庆著,余嘉锡注:《世说新语笺疏》卷2,第88页。
⑥ 廖蔚卿:《张华年谱》,《文史哲学报》第27期,1978,第1—96页,收入廖蔚卿《中古诗人研究》,里仁书局,2005。

陆兄弟殊失望,乃悔往"。①

或许同样源自张华的引介,二陆还拜见过太原(今山西太原)世家晋阳王氏的王济,他是在280年伐吴大计中功不可没的主将王浑的次子,也是和峤的内弟,迎娶了常山公主②而与晋武帝关系亲善。陆机诣见王济,王济欲辱,"前置数斛羊酪,指以示陆曰:'卿江东何以敌此?'陆云:'有千里莼羹,但未下盐豉耳!'"③

这些逸事不仅是无礼的北方人施加于二陆兄弟的侮辱,也可被视为横亘在东吴名门和北方世家之间的"文化嫌隙"的实例。④ 正如前文所提,二陆兄弟出自东吴最为显赫的望族世家中的一支,对吴地的古老传统有着深远认同,认定自家嗣承于太伯和仲雍的文化血脉,而二人"皆周太王之子",即中国历史上的周氏贤王古公亶父之后。在商代晚期,"季历贤而有圣子昌",而"太王欲立季历以及昌"——季历是太伯、仲雍之幼弟,姬昌(后世的周文王)之父——"于是太伯、仲雍二人乃奔荆蛮,文身断发,示不可用,以避季历",在"荆蛮"之地封土建邦,"自号句吴"。⑤ 据称太伯以梅里(今江苏无锡东南的梅村)为句吴都邑,

---

① 刘义庆著,余嘉锡注:《世说新语笺疏》卷24,第770页。
② 房玄龄:《晋书》卷42,第1205页。
③ 刘义庆著,余嘉锡注:《世说新语笺疏》卷2,第88页。
④ David R. Knechtges, "Sweet-peel Orange or Southern Gold? Regional Identity in Western Jin Literature," In *Studies in Early Medieval Chinese Literature and Cultural History: In Honor of Richard B. Mather and Donald Holzman*, Paul W. Kroll and David R. Knechtges eds., Provo, UT: T'ang Studies Society, 2003, pp. 27-79.
⑤ 司马迁:《史记》卷31,第1445页。

南金与羽扇：陆机的"南方意识"　29

传位十九世，直至寿梦；寿梦薨后，句吴之民迁于吴，即今之苏州。①

　　陆机写了不少关于他的祖地故里吴郡的作品，其中一首题为《吴趋行》的乐府诗值得留意。② 该题可能是《吴趋曲》的异文，据崔豹的《古今注》所载，"《吴趋曲》，吴人以歌其地也"。③ 虽然陆机之作是现存仅见的一首以此为题的诗例，但如果崔豹所言属实的话，那么陆机此诗也应归于"吴人以歌其地"（吴人撰、歌吴乡）的传统。④ 的确，陆机《吴趋行》正是如此表现的。

　　　　楚妃且勿叹，齐娥且莫讴。
　　　　四座并清听，听我歌吴趋。
　　　　吴趋自有始，请从阊门起。
　　　　阊门何峨峨，飞阁跨通波。
　　　　重栾承游极，回轩启曲阿。
　　　　蔼蔼庆云被，泠泠祥风过。
　　　　山泽多藏育，土风清且嘉。
　　　　泰伯导仁风，仲雍扬其波。
　　　　穆穆延陵子，灼灼光诸华。

---

① 司马迁：《史记》卷31，注1，第1445页。
② 萧统编，李善注：《文选》卷28，第1308—1309页。
③ 同上书，卷28，第1308页。
④ 陆机的《吴趋行》是《乐府诗集》中的同题独作（参看郭茂倩编《乐府诗集》卷64，中华书局，1979，第934页）。陆机著，刘运好校：《陆士衡文集校注》卷6，凤凰出版社，2007，第584—585页。

>　　王迹隤阳九，① 帝功兴四遐。
>　　大皇自富春，矫手顿世罗。
>　　邦彦应运兴，粲若春林葩。
>　　属城咸有士，吴邑最为多。
>　　八族未足侈，四姓实名家。
>　　文德熙淳懿，武功侔山河。
>　　礼让何济济，流化自滂沱。
>　　淑美难穷纪，商榷为此歌。

陆机描绘东吴都会，叙述点首先从城池北边的主入口阊门开始。据称该门是在吴王阖闾治下由伍子胥指挥建成的，"以象天门，通阊阖（西）风也"。② 陆机遂提及此地之福气风水，覆"庆云"、迎"祥风"，"山泽多藏育，土风清且嘉"，物产丰饶、民风淳朴。

恰如开国君主太伯、仲雍，吴国亦多出明君；而陆机对吴国一位名士格外不吝溢美之词，他就是延陵子，一称延陵季子，亦即吴国世袭显贵季札。季札是吴王寿梦的第四子，也是其最年幼的儿子，"寿梦（临终前）欲立之，季札让不可，于是乃立长子诸樊"。长兄即位元年，"让位季札，季札谢……弃其室而耕"。公

---

① "阳九"是指周期系统的一轮时期，《汉书·律历志》引《易》九厄曰："凡四千六百一十七岁，与一元终"，其中的灾岁是由阴阳变化引发，"初入元，百六，阳九；次三百七十四，阴九"，以此再延推七个阶段，每一轮回，"经岁四千五百六十，灾岁五十七"。参看班固：《汉书》卷 21 上，第 984 页。译者注："隤"，《乐府诗集》作"颓"。

② 赵晔：《吴越春秋》卷 4，四部备要本，中华书局，1920，第 1b 页；周生春注《吴越春秋辑校汇考》，上海古籍出版社，1997，第 39 页。

元前548年,"诸樊卒,有命授弟余祭(寿梦第三子),欲传以次,必致国于季札而止"。然而,季札不恋朝政,"封于延陵"。据不同的考证,延陵位于今常州或丹阳附近。季札被认为是古代礼乐的权威之一,据传孔子说"延陵季子,吴之习于礼者也",① 季札因在公元前544年"聘于鲁,请观周乐"时发表对演奏《诗经》诸乐的独到见解而名震天下。② 陆机把季札访北形容成"灼灼光诸华",③ 想必是由此暗示季札能向北方人展示吴国亦具丰富的文化传统的一面,包括精通古代礼仪。

陆机在第二十一句诗中提到了东吴的建国之君——"大皇自富春",孙权祖籍富春(今浙江富阳),于229年以"吴"为号称帝。221年,陆机祖父陆逊被孙权任命为大都督,率吴军于次年大破刘备,并在244年官拜丞相。④

第二十三句起陆机盛赞吴国人才济济,"邦彦应运兴,粲若春林葩;属城咸有士,吴邑最为多",而堪称国士无双的人则来

---

① 郑玄注,孔颖达疏,吕友仁整理:《礼记正义》卷14,上海古籍出版社,2008,第423页。
② 左丘明著,杜预注,孔颖达疏:《春秋左传正义》卷39,襄公二十九年,阮元:《十三经注疏》,上海古籍出版社,1997,第2006页。
③ 关于季札的研究,参看孙淼:《太伯、季札让国事件简析》,《史学月刊》1992年第5期,第1—5页;陆建方:《季札考》,《东南文化》1993年第6期,第109—116页;张曾明:《季札及其在吴文化发展史上的地位》,《苏州教育学院学报》1997年第4期,第84—86页;谢忱:《季札探索二题》,《常州工业技术学院学报》1996年第3期,第50—53页;张承宗:《季札及其故里延陵考略》,《苏州大学学报》(哲学社会科学版)2008年第1期,第109—113页。
④ 考论孙权与陆逊关系参看松本幸男「孫呉政權と陸氏の群像」『学林』22,立命馆大学中国艺文研究会,1995,pp.1-30;王永平:《陆逊与孙权之关系及其政治悲剧之原因考论》,《扬州大学学报》(人文社会科学版)2005年第1期,第82—88页;王永平:《孙吴政治与文化史论》,上海古籍出版社,2005,第215—234页。

自吴郡,他对自己的陆家名族尤为自豪:

> 八族未足侈,四姓实名家。

据张勃的《吴录》所载,"八族,陈、桓、吕、窦、公孙、司马、徐、傅也"。① 陆机认为八族不如吴郡的名家四姓"顾、陆、朱、张",② 照他所说,包括他自己的陆氏在内的四姓名家"文德熙淳懿,武功侔山河",文治武功都出类拔萃,一如吴国先祖列王以及季札那样,他们最突出的美德在于对礼仪的精准掌控和对权位的厚义礼让。

陆机、陆云兄弟也在自己的家族史上着墨甚多,徐公持将之定义成"父祖情结"的表现。③ "情结"这一术语用在二陆身上似乎太过,因为作为心理学术语其通常指的是精神上的异常。④ 然而

---

① 萧统编,李善注:《文选》卷28,第1309页。《吴录》研究参看松本幸男「張勃呉録考(附增補呉録地理志)」『学林』14/15,立命馆大学中国艺文研究会,1990,pp. 260-302;「續張勃呉録考(附呉録紀傳)」『学林』16,1991,pp. 40-90;二文收入松本幸男『魏晋詩壇の研究』,朋友书店/中国艺文研究会,1995,pp. 835-925。
② 刘义庆著,余嘉锡注:《世说新语笺疏》卷8,第491页。吴郡四姓应与东吴四姓望族有所区别,参看张承宗:《三国"吴四姓"考释》,《江苏社会科学》1998年第3期,第117—122页;张旭华、王宗广:《"吴四姓"非"东吴四姓"辨——与张承宗先生商榷》,《许昌师专学报》2000年第4期,第64—67页。
③ 徐公持:《魏晋文学史》,人民文学出版社,1999,第358页。
④ 参看《牛津英语词典》(Oxford English Dictionary)的定义:"一组由个人无意识地与某一特定主题相关联的情绪交错的观点或精神因子,产生于被压抑的本能、恐惧或欲望,并经常导致精神变态,常以定义词为前缀,如自卑情结、恋母情结等;因此,在模糊的口语用法上是指一种执念的精神倾向或迷恋。"见"在线牛津英语词典"(OED Online,2012年8月14日访问),2012年6月,牛津大学出版社,http://www.oed.com.offcampus.lib.washington.edu/viewdic-tionaryentry/Entry/37671。

毋庸置疑的是，二陆兄弟有着强烈的父祖勋业观念，特别是在其父陆抗过世和其国东吴倾覆之后，这一情感常常诉诸笔端。例如在 302 年，陆云撰文《祖考颂》称美陆逊、陆抗，① 是年陆机亦作《二祖颂》，今虽亡佚不存，但陆云曾在给陆机的一封家书中提及此文。② 陆云颂文追溯陆氏家谱上至有妫氏（"在周之衰，有妫之后"）和公元前 672 年奔齐避祸的陈国太子完（"光宇营丘，奄而东海"）；③ 而在齐地居至汉初，"遭世多难，子孙荡析，逐于南土"，其所指则为汉高祖治下授为吴令的陆烈，他逝后安葬是乡，子孙世代遂世居于吴。④

尽管二陆对家世功绩引以为豪，但一些北方士族仍对他们抱持轻慢态度，他们所遭受的最为典型的一次人身攻击来自北方名门望郡的范阳涿（今河北涿州）人卢志。"卢志于众坐，问陆士衡（机）：'陆逊、陆抗，是君何物？'"对他者尊辈只能称字、不可称名，这是古代避讳礼仪，卢志此言冒犯陆机，其"答曰：'如卿于卢毓、卢珽。'士龙失色。既出户，（陆云）谓兄曰：'何至如此，彼容不相知也？'士衡正色曰：'我父祖名播海内，宁有不知？鬼子敢尔！'"⑤据魏晋南北朝一则流行的志怪小说所载，卢志的曾祖——东汉大儒卢植乃是卢充和女鬼幽婚所生，⑥ 其亦是卢毓之

---

① 陆云著，刘运好校：《陆士龙文集校注》卷 6，凤凰出版社，2010，第 880—910 页。系年 302 年参看俞士玲：《陆机陆云年谱》，第 275—278 页。
② 陆云著，刘运好校：《陆士龙文集校注》卷 8，第 1049 页。
③ 司马迁：《史记》卷 36，第 1578 页。
④ 欧阳修、宋祁：《新唐书》卷 73 下，中华书局，1975，第 2965 页；亦见俞士玲：《陆机陆云年谱》，第 328 页。
⑤ 刘义庆著，余嘉锡注：《世说新语笺疏》卷 5，第 299 页。
⑥ 干宝：《搜神记》卷 16，中华书局，1979，第 203—205 页。

父、卢珽之祖——而卢珽也就是折辱陆机的西晋名士卢志之父。①虽然这一故事可能纯属虚构，但影射出了西晋初年东吴和京洛文化的冲突失谐。

陆机也为另一北方名士所黜辱，这人就是知名文人潘岳。陆机任职太子洗马之时与贾谧相熟②，贾谧是贾后的内侄、贾充的继孙，是西晋初期权势滔天的廷臣之一。贾后是晋惠帝的正配，惠帝是太子司马遹之父，但由于惠帝愚钝昏庸，贾后擅权，通过委派权戚、掌管机要从而在实际上把持了朝政。③

凭借与贾后的裙带关系，贾谧在朝中窃踞要津，依附其身边的文人"以文才降节事谧……号曰'二十四友'"，④ 包括二陆兄弟、潘岳、石崇、挚虞、左思等。297 年，陆机返京转尚书殿中郎。次年，贾谧令潘岳以己之名代作四言长诗赠贺陆机回洛，该诗共十一章，每章八句；陆机亦以相同体式的答诗往复。⑤

潘岳是荥阳的北方士子，荥阳与京洛相去不远，适娶杨肇之女，而杨肇正是 271 年挥麾伐吴的将领之一，但在 272 年于西陵为陆抗所破，因战败之责，被免为庶人。⑥ 基于这段家族经历和

---

① 房玄龄：《晋书》卷 44，第 1255—1256 页。俞士玲将其系于 296 年，见俞士玲：《陆机陆云年谱》，第 123—124 页。
② 贾谧生平参看房玄龄：《晋书》卷 40，第 1172—1174 页，更详尽的研究参看徐公持：《浮华人生：徐公持讲西晋二十四友》，天津古籍出版社，2010，第 1—46 页。
③ 房玄龄：《晋书》卷 31，第 964 页。
④ 研究"二十四友"的新近力作包括徐公持的《浮华人生：徐公持讲西晋二十四友》和张爱波的《西晋士风与诗歌——以"二十四友"研究为中心》(齐鲁书社，2006)。
⑤ 潘岳诗见《文选》卷 24，第 1152—1155 页；陆机诗见《文选》卷 24，第 1138—1143 页；详论及英译见 Knechtges, "Sweet-peel Orange or Southern Gold".
⑥ 房玄龄：《晋书》卷 34，第 1016 页。对潘岳家世和婚姻的详论见王晓东：《潘岳研究》，上海古籍出版社，2011，第 14—41 页。

与岳父素相亲善的缘故,潘岳对陆机抱持敌意就不足为奇了。

潘岳全然替贾谧代言赋诗,在诗章中多处出现了对陆机祖地江左东吴的轻蔑之见,下引诸句即可见一斑:①

> 三雄鼎足,孙启南吴。
> 南吴伊何,僭号称王。
> 大晋统天,仁风遐扬。
> 伪孙衔璧,奉土归疆。
> 婉婉长离,凌江而翔。
> 长离云谁,咨尔陆生。

首句中提到的"三雄"指的是互争雄长的魏、蜀、吴三国的力量,接下来的数句中潘岳唯一指名道姓的是吴国——"僭号称王",把吴国末帝孙皓斥为"伪孙",在晋军/君之前罪已"衔璧",这是"面缚衔璧"之说的简称,通常用在最为屈辱的投降场合上。②

述毕孙皓的覆灭,潘岳又直指陆机本人,把他比作背离南方故土、飞抵长江以北的一只灵鸟——"长离"。这一鸟名比较生僻,本文译作 noble bird,有时被释为象征南方的"朱鸟",因而用以指代南民陆机就恰如其分了。③ 表面上看似恭维,但潘岳随

---

① 萧统编,李善注:《文选》卷24,第1153页。
② 最权威的出处当是《春秋左传》僖公六年,《春秋左传正义》卷13,《十三经注疏》,第1798页。
③ 萧统编,李善注:《文选》卷15,第672页。

后数句又把陆机刻画成栖于海隅九皋之鹤，"爰应旌招，抚翼宰庭"，而来赴京任命，这显然喻示了"晋朝统治政清人和、迩安远至，吸引着像陆机这样的名士弃隐从仕"。[1]

潘岳对陆机的最后一击出自该诗的最后一节：[2]

立德之柄，莫匪安恒。
在南称柑，度北则橙。

这里提到两种柑橘属水果，"柑"多指的是无籽小蜜橘或蜜橘；"橙"则指的是"苦橙"或"酸橙"，又名塞维利亚橙。[3] "柑"只在南方生长，[4] 根据一些古代文献的记载，"橘逾淮而北为枳"，这里的"橘"显然指的是"柑"，移植到北方就变成"枳"。[5] 尽管潘岳对柑橘进行了"改名换姓"，但基本观点却是换汤不换药，即"陆机既离南土，本质已变"，暗示"现在陆机从他的南国家乡迁移至北，就像南柑纡尊降贵、稍逊一筹了，南方的名门贵

---

[1] Knechtges, "Sweet-peel Orange or Southern Gold," p. 36.
[2] 萧统编，李善注：《文选》卷24，第1155页。
[3] Hu Shiu-ying(胡秀英), *Food Plants of China*, Hong Kong: The Chinese University Press, 2005, pp. 492, 496-498; Francine Fèvre and Georges Métailié, *Dictionnaire Ricci des plantes de Chine*, Paris: Association Ricci, 2005, pp. 139, 436.
[4] Hui-lin Li(李惠林), *Nan-fang ts'ao-mu chuang*, *A Fourth Century Flora of Southeast Asia*(南方草木状), Hong Kong: The Chinese University Press, 1979, pp. 118-119.
[5] 郑玄注，贾公彦疏：《周礼注疏》卷39，第5b页："橘逾淮而北为枳"，收入阮元：《十三经注疏》，1815，艺文印书馆影印，1965. 对这一现象的研究参看 Joseph Needham, Lu Gwei-jen, *Science and Civilization in China*, *vol. 7: Biology and Biological Technology, Part I: Botany*, Cambridge: Cambridge University Press, 1986, pp. 104-109；中译本见《中国科学技术史》第6卷·生物学及相关技术·第1分册·植物学，李约瑟、鲁桂珍著，袁以苇等译，科学出版社，2006。

族现在也得在西晋新主手下北面称臣"。①

陆机对这一诮辱如此反驳:②

> 惟汉有木,曾不逾境。
> 惟南有金,万邦作咏。

生长于汉江以南的树,就是潘岳诗中比作陆机的"柑"。"南金"出自《诗经》的一章(毛诗,第299首),用以赞颂鲁国国君拥有接受南方诸侯纳贡的实力:③

> 翩彼飞鸮,集于泮林,
> 食我桑黮,怀我好音。
> 憬彼淮夷,来献其琛。
> 元龟象齿,大赂南金。

末句所提的"南金"可能指的是铜,甚至是青铜,东吴一带以富含铜矿的大铜山而知名,④ 该地区的铜和青铜在周代就是敬献

---

① Knechtges, "Sweet-peel Orange or Southern Gold," p. 37.
② 萧统编,李善注:《文选》卷24,第1142页。
③ 毛亨传,郑玄笺,孔颖达疏:《毛诗正义》卷20—1,阮元:《十三经注疏》,第612页,即《鲁颂·泮水》,"鲁国国君"指僖公。
④ 韦昭认为这些铜山在故章(鄣)郡(今浙江安吉东北),见班固:《汉书》卷35,第1904页,注1;《太平寰宇记》亦云"鄣山之铜"在此,见乐史:《太平寰宇记》卷94,中华书局,2007,第1890页;但另提"大铜山"在广陵旧地(江都县)西,在今江苏仪征东北,见乐史:《太平寰宇记》卷123,第2443页。

朝廷的珍贵贡品。① 陆机在答诗中以上引四句来回应潘岳将他比作"南柑"这一提法。据称"橘生淮南则为橘，生于淮北则为枳"，其品质会退化，因此，陆机进一步宣称自己是更具价值的"南金"。对此，《文选》李善注曰："金百炼而不销。"②陆机和其他被召入洛仕晋的吴人常被比作"南金"，③ 比如，张华在给褚陶的一封信中就哀叹二陆去洛之后，"常恐南金已尽"。④

尽管陆机、陆云受到像张华这样的北方政治人物的礼遇，但他们清楚地知晓，作为刚被晋室征服的新土旧士，他们在新朝北地常会被视为异乡人和敌对者，因此，在294年，陆机在对吴王司马晏的《诣吴王表》中自陈"臣本吴人，靖居海隅"；⑤ 而在302年，他又在致谢成都王司马颖的《谢平原内史表》中说"臣本吴人，出自敌国"。⑥ 303年，司马颖"以机行后将军（河北大都督），督王粹、牵秀等诸军二十万"，卢志、王粹、牵秀以陆机"羁旅单宦，顿居群士之右，多不厌服"。⑦ 而宦人孟超甚至当面折辱陆机："貉奴能作督不？"⑧此事不久，陆机的仇敌谗谮"其有异志"，"遂（与其二子同）遇害于军中"。

---

① 孔安国传，孔颖达疏：《尚书正义》卷6，第12b页，《十三经注疏》，第148页；毛亨传，郑玄笺，孔颖达疏：《毛诗正义》，卷20—1，第20a页，《十三经注疏》，第612页。
② 萧统编，李善注：《文选》卷24，第1142页。
③ 房玄龄：《晋书》卷68，第1814、1832页。
④ 刘义庆著，余嘉锡注：《世说新语笺疏》卷8，引《褚氏家传》语，第431页。
⑤ 陆机著，刘运好校：《陆士衡文集校注》，第1261页。
⑥ 同上书，卷9，第888页。
⑦ 陈寿：《三国志》卷58，第1361页。
⑧ 房玄龄：《晋书》卷54，第1480页。

301年，陆机为司马冏"收付廷尉"，被判处决，有赖于司马颖"救理之，得减死徙边（北疆）"，旋即"遇赦而止"。然而此时，陆机的两位吴国同乡——顾荣和戴若思——以"时中国多难"为由"咸劝机还吴"，陆机以"志匡世难"的说辞"故不从"。①

这并不意味着陆机不想返乡。比如，陆机在296年就流露出强烈的倦翼知还、回乡归宁的愿望，这一年他写了一系列"思乡"主题的赋，② 第一篇便是《思归赋》。③ 陆机在此赋序中称"以元康六年冬取急归，而羌虏作乱，王师外征"。元康六年秋八月（296年9月14日—10月13日），"秦（州）、雍（州）氐、羌悉叛，推氐帅齐万年僭号称帝，围泾阳（今甘肃平凉西）"；十一月（296年12月12日—297年1月10日），晋廷"遣安西将军夏侯骏、建威将军周处等讨万年"，周处战死疆场，叛乱直至299年春正月才得以扑灭。④ 氐羌兵乱，归乡延期，故曰"惧兵革未息，宿愿有违"，陆机在赋文中亦有所指：⑤

　　冀王事之暇豫，庶归宁之有时。
　　候凉风而警策，指孟冬而为期。

---

① 房玄龄：《晋书》卷54，第1473页。对陆机生平此事的系年见俞士玲：《陆机陆云年谱》，第237页。
② 对其这组作品的研究见顾农：《陆机还乡及其相关作品》，《文学遗产》2011年第5期，第18—23页。
③ 陆机著，刘运好校：《陆士衡文集校注》卷2，第145—147页。
④ 房玄龄：《晋书》卷4，第94—95页。
⑤ 陆机著，刘运好校：《陆士衡文集校注》卷2，第146—147页。

仍在适洛之时，陆机又撰写了第二篇赋——《怀土赋》，表达了"去家渐久、怀土弥笃"而难以归宁的沮丧之感：①

> 伊命驾之徒勤，惨归途之良难。
> 愍栖鸟于南枝，吊离禽于别山。
> 念庭树以悟怀，忆路草而解颜。

296年冬，陆机终于得以踏上还吴之旅，他写下《行思赋》来抒发其去洛归南的喜悦之情：②

> 背洛浦之遥遥，浮黄川之裔裔。
> 遵河曲以悠远，观通流之所会。
> 启石门而东萦，沿汴渠其如带。
> 托飘风之习习，冒沉云之蔼蔼。
> 商秋肃其发节，玄云霈而垂阴。
> 凉气凄其薄体，零雨郁而下淫。
> 睹川禽之遵渚，看山鸟之归林。
> 挥清波以濯羽，翳绿叶而弄音。
> 行弥久而情劳，途愈近而思深。
> 羡品物以独感，悲绸缪而在心。

---

① 陆机著，刘运好校：《陆士衡文集校注》卷2，第134—135页。
② 同上书，卷2，第140—141页。

嗟逝官之未久,① 年荏苒而历兹。
越河山而托景,眇四载而远期。
孰归宁之弗乐,独抱感而弗怡。

可惜上引三赋都无足本,仅以残章形式保存在文学选集中。这里特别值得留意的是,尽管陆机表达了强烈的"怀归之思",但他实际上并未在赋文中提到他乡关何处——在吴或在南。

陆机的东吴情结的微妙表述,于浴贤称之为他的"文化倾情",这种情结令人惊讶地出现在一首关于羽扇的诗作中,② 这篇题为《羽扇赋》的篇章亦非全本,好在存世的文本也足以让我们能很好地去洞见其内容体量。③

学界认定最早的羽扇文物实体于 1978 年在湖北江陵的天星观战国楚墓出土,此墓系年于公元前 340 年左右。这把扇子的上部由横形的木片和半圆形的竹片构成,扇面由羽毛排列拼接而成,羽根由丝带系定于长约两米的扇柄之端,很可能充作皇家礼

---

① 陆机著,刘运好校:《陆士衡文集校注》卷 2,第 141 页。译者注:原书"未"作"永"字。按《艺文类聚》卷 27、《七十二家集》本、影宋钞本、陆贻典校本、清钞本俱作"永"。
② 于浴贤:《论陆机赋的东吴情结》,《贵州大学学报》(社会科学版)2003 年第 2 期,第 52—57 页。
③ 该赋文本见欧阳询:《艺文类聚》卷 69,文光出版社,1974,第 1214 页;徐坚:《初学记》卷 25,中华书局,1962,第 604—605 页;严可均:《全上古三代秦汉三国六朝文·全晋文》卷 97,第 4b—5b 页,世界书局影印,1969,中华书局影印,1958 年,第 2014—2015 页;金涛声:《陆机集》卷 4,中华书局,1982,第 33—34 页;王德华:《新译陆机诗文集》卷 4,三民书局,2006,第 102—106 页;陆机著,刘运好校:《陆士衡文集校注》卷 4,第 244—254 页;韩格平、沈薇薇、韩璐、袁敏:《全魏晋赋校注》,吉林文史出版社,2008,第 316—317 页。

仪用具。①

延至汉末而不迟于魏晋，有据可考出现了用以生风取凉的小件羽扇，尤推鹤翎为首选，② 这一类型的羽扇用在鏖战指挥之时最常被提及。早在东晋，裴启的《语林》就记载了著名军师诸葛亮在长安附近渭河之滨与司马懿的对战中挥舞着或称白扇或曰毛扇的物件来"指麾三军"之事，诸葛亮的传统形象也多与"羽扇纶巾"相联系。"毛扇"既可指"茸扇"亦可是"羽扇"，孙机认为"毛扇并非羽扇，而是麈尾的别名"，而庄申则认为毛扇就是羽扇。③《语林》以残本传世，但多数后世文献对其征引时均作"白羽扇"，故而当以庄申之说为是。④

麈尾是以"麈"之尾制成的一种拂子或掸子，学界对"麈"为何物各持其说，薛爱华(Edward Schafer)提出了四种假说：一、来自中国东北的非汉民族肃慎的贡品"大鹿"，但不确定是麋鹿还是马鹿；二、东北马鹿，北美马鹿的近亲一支；三、一些中国文献指

---

① 湖北省荆州地区博物馆：《江陵天星观1号楚墓》，《考古学报》1982年第1期，第71—116、143—162页，重点关注第105页文字、图29—5、版图22—7。
② 庄申：《扇子与中国文化》，东大图书股份有限公司，1992，第40页。
③ 孙机：《诸葛亮拿的是"羽扇"吗？》，《文物天地》1987年第4期，第11—13页（重收于《书摘》，2016年第11期，第70—72页）；庄申：《扇子与中国文化》，第40页。
④ 裴启著，周楞伽校：《裴启语林》，文化艺术出版社，1988，第11页。还有若干文献提及"白羽扇"，如李昉：《太平御览》卷702，商务印书馆影印，1975，中华书局影印，1960，第8b页，第3133页；《太平御览》，卷774、第4b页，第3432页；吴淑著，冀勤校：《事类赋注》，卷15引《语林》，中华书局，1989；虞世南：《北堂书钞》，上海古籍出版社，1987，卷118、第5a页，卷134、第5b页，徐坚：《初学记》卷25，第604页，以上均引《语林》。以"毛扇"相称的文献包括虞世南：《北堂书钞》，卷115、第5b页；李昉：《太平御览》，卷687、第7b页，第3067页；欧阳询：《艺文类聚》卷67，第1189页，以上除《太平御览》引《蜀书》外均引《语林》。仅有李昉：《太平御览》，卷307、第8b页引《语林》作"白毛扇"，第1414页。

称"麈"是"驼鹿",又称西伯利亚麋鹿、欧亚驼鹿或西伯利亚驼鹿;四、华南鹿,可能是水鹿。① 孙机认为是驼鹿,② 范子烨论证是麋鹿。③ 据孙机的说法,"古人将其(驼鹿)尾毛夹在柄中,制成一种类似拂子之物,就叫麈尾",虽然用以拂拭蚊蚋蝇蚁,但"因为它的轮廓像扇子,所以也叫'麈尾扇'"。④

目前已知最早的麈尾可能是六朝晚期的制品,现存于奈良正仓院八世纪藏品中,柿木质柄,长 61 厘米,尾毫尚存少许,但是出自何种动物仍不得而知。⑤

魏晋时期,清谈家谈玄论道之时均雅持麈尾,⑥《世说新语》中王导手握麈尾主持清谈的这一段记载就是雅集盛会的一个

---

① Edward H. Schafer, "Cultural History of the Elaphure," *Sinologica* 4.4 (1956): 266-268.
② 孙机:《羽扇纶巾》,《文物》1980 年第 3 期,第 83 页。译者注:原书所示出处中并无"驼鹿"之说,而后注释 87 中的《中古文人生活研究》一书持"驼鹿"说,疑误。
③ 范子烨:《中古文人生活研究》,山东教育出版社,2001,第 198—204 页。
④ 孙机:《诸葛亮拿的是"羽扇"吗?》。
⑤ 傅芸子『正倉院考古記』,文求堂,1941, pp. 90-94;王勇「麈尾雜考」『佛教藝術』175,日本佛教藝術学会,1987, pp. 73-89;王勇:《日本正仓院麈尾考》,《东南文物》,1992 年 3/4 期,第 205—209 页。
⑥ 对这一主题的详尽讨论参看贺昌群:《〈世说新语〉札记(麈尾考)》,《国立中央图书馆馆刊》复刊 1 号,1947,第 1—5 页;白化文:《麈尾与魏晋名士清谈》,《文史知识》1982 年第 7 期,第 79—82 页,收入《古代礼制风俗漫谈》,国文天地杂志社,1990,第 233—238 页;叶国良:《诗文与礼制(4)——六朝名士的道具:麈尾》,《国文天地》第 11 卷第 4 期,1995,第 43—47 页;范子烨:《麈尾的功用与源流略说》,《东南文化》1998 年增刊(六朝文化国际学术研讨会暨中国魏晋南北朝史学会第六届年会论文集),第 87—89 页;范子烨:《中古文人生活研究》,第 197—241 页;宁稼雨:《魏晋士人人格精神——〈世说新语〉的士人精神史研究》(《〈世说新语〉中的执麈之风》一节),南开大学出版社,2003,第 206—215 页;牛犁:《麈尾与六朝清谈》,《江苏技术师范学院学报》2011 年第 5 期,第 38—41 页。

缩影:①

> 殷中军〔浩〕为庾公〔亮〕长史,下都,王丞相〔导〕为之集,桓公〔温〕、王长史〔濛〕、王蓝田〔述〕、谢镇西〔尚〕并在。丞相自起解帐带麈尾,语殷曰:"身今日当与君共谈析理。"既共清言,遂达三更。

有些清谈家过分耽于玄学,身据要津仍敷衍政责,比较典型的一例是王衍,其官至尚书令、军中侯,在任元城令期间,"终日清谈"。《晋书·王衍传》如是说:"妙善玄言,唯谈《老》《庄》为事。每捉玉柄麈尾,与手同色。……累居显职,后进之士,莫不景慕放效。……矜高浮诞,遂成风俗焉。"②

从现有证据来看白羽扇确是吴地特产,关于其产地起源和流入北方的情形在嵇含——嵇康的兄长嵇喜之孙——所写的《羽扇赋》中描述得最为详尽,他在序言中写道:③

> 吴楚之士,多执鹤翼以为扇,虽曰出自南鄙,而可以遏阳隔暑。昔秦之兼赵,写其冕服,以□侍臣。④ 大晋附吴,亦迁其羽扇,御于上国。

---

① 刘义庆著,余嘉锡注:《世说新语笺疏》卷4,第212页。
② 房玄龄:《晋书》卷34,第1236页。
③ 严可均:《全上古三代秦汉三国六朝文·全晋文》,卷94、4b页,第2000页。
④ 此处原文阙一字。

这里"上国"一词在这一历史时期通常指代中原地区，更多情况是特指京邑洛阳。同代的傅咸亦作《羽扇赋》，尽管较嵇文简略，但他也证实羽扇产自吴地："吴人截鸟翼而摇风，既胜于方圆二扇，而中国莫有生意。灭吴之后，翕然贵之。"这里的"中国"指的还是洛阳。①

能与羽扇联系在一起的东吴名士中，陆机的同乡顾荣就是一例。305 年，陈敏在历阳（今安徽和县）谋反，任命孙吴大将甘宁的曾孙甘卓为扬州刺史，"假江东首望顾荣等四十余人为将军、郡守"，但顾荣"有贰心"，"伪从之"，并与周玘怂恿甘卓一起"潜谋起兵攻敏"。陈敏率军应战甘卓，"（敏）不获济，荣麾以羽扇，其众溃散"，逃窜至江乘（今江苏句容北）而为忠兵所杀，而击溃陈敏的顾荣"事平，还吴"。②

陆机的《羽扇赋》是西晋文学关于这一主题书写的诸作之一，同题共写的文人应该还包括潘尼、嵇含、张载，以及另一吴地文士闵鸿，③ 而他们的这些作品当是在 300 或 301 年前后写成的。④陆机并未把赋文的语境置于他自己的时代，而是放在了战国时期

---

① 严可均：《全上古三代秦汉三国六朝文·全晋文》，卷 51、5a 页，第 1752 页。
② 房玄龄：《晋书》卷 68，第 1813 页；卷 100，第 2618 页。
③ 张载之文见严可均：《全上古三代秦汉三国六朝文·全晋文》，卷 85、2a-b 页，第 1949 页；闵鸿之赋载于《全上古三代秦汉三国六朝文·全三国文》，卷 74、9b-10a 页，第 1452 页。闵鸿，东吴广陵人，与纪瞻、顾荣、贺循、薛兼号为"五俊"。
④ 陆侃如和刘运好均将此赋系于 300 年，参看陆侃如：《中古文学系年》，人民文学出版社，1985，第 790 页；陆机著，刘运好校：《陆士衡文集校注》卷 4，第 244 页。俞士玲称潘尼、傅咸、张载的同题之作当作于陆机为太子洗马任上的 294 年，但仍又将此作系于 301 年，见俞士玲：《陆机陆云年谱》，第 105、250 页。陆云在作于 300 年左右的与兄书中曾提及陆机的《羽扇赋》，见陆云著，刘运好校：《陆士龙文集校注》卷 8，第 1112 页。

楚襄王的宫廷里:①

> 昔楚襄王会于章台之上,山西与河右诸侯在焉。大夫宋玉、唐勒侍,皆操白鹤之羽以为扇。诸侯掩麈尾而笑,襄王不悦。宋玉趋而进曰:"敢问诸侯何笑?"

楚襄王,又称楚顷襄王,公元前298年到公元前263年在位。章台,又名章华台,是楚灵王于公元前535年建成的楚国离宫,其具体位置何在众说纷纭,最有可能在今湖北潜江西南,② 考古学家也在潜江西南的龙湾镇东北发掘考证章华台遗址。③ "山东"地区在战国时期一般指的是崤山或华山以东之地,因此,会于襄王宫廷的诸侯来自北方的中原地区。宋玉和唐勒都是襄王宫中的优秀辞赋家。

陆机继续写道:④

> 诸侯曰:"昔者武王玄览,造扇于前,而五明安众,世繁于后,各有托于方圆,盖受则于箑蒲。舍兹器而不用,顾奚取于鸟羽?"

---

① 陆云著,刘运好校:《陆士衡文集校注》卷4,第244页。
② 谭其骧:《云梦与云梦泽》,《复旦学报》1980年"历史地理专辑",第11页,注11。
③ 方酉生:《楚章华台遗址地望初探》,《中原文物》1989年第4期,第46—50页;《试论湖北潜江龙湾发现的东周楚国大型宫殿遗址》,《孝感学院学报》2003年第1期,第24—26、82页。
④ 陆机著,刘运好校:《陆士衡文集校注》卷4,第245页。

据崔豹《古今注》所载,"五明扇,舜所作也。既受尧禅,广开视听,求贤人以自辅,故作五明扇焉",崔豹还提到"秦汉公卿士大夫皆得用之,魏晋非乘舆不得用"。① 而"安众扇"我们所知甚少,《太平御览》转引《妇人集》的一段逸事称,"没太子妻季氏为夫所遣,妇与夫书,并致安众扇两双"。②

宋玉随即以韵辞加以回应:③

> 夫创始者恒朴,而饰终者必妍。
> 是故烹饪起于热石,玉辂基于椎轮。
> 安众方而气散,五明圆而风烦。
> 未若兹羽之为丽,固体俊而用鲜。　　　　　　[1节]
>
> 彼凌霄之伟鸟,播鲜辉之菁菁。
> 隐九皋以凤鸣,游芳田而龙见。
> 丑灵龟而远期,超长年而久眄。
> 累怀璧于美羽,挫千载乎一箭。
> 委曲体以受制,奏双翅而为扇。　　　　　　[2节]
>
> 则其布翮也,差洪细,秩长短;
> 稠不逼,稀不简。　　　　　　　　　　　　[3节]

---

① 崔豹:《古今注》卷上,四库全书本,商务印书馆,1936,第8a页。
② 李昉:《太平御览》,卷702、第6a页,第3133页。
③ 陆机著,刘运好校:《陆士衡文集校注》卷4,第245—246页。

于是镂巨兽之齿,裁奇木之干。
移圆根于正体,因天秩乎旧贯。
鸟不能别其是非,人莫敢分其真赝。
翩姗姗以微振,风飔飔以垂婉。
妙自然以为言,故不积而能散。　　　　　　　　[4节]

其执手也安,其应物也诚;
其招风也利,其播气也平。
混贵贱而一节,风无往而不清。
宪灵朴于造化,审真则而妙观。　　　　　　　　[5节]

"诸侯曰'善'。……襄王仰而拊节,诸侯伏而引非。皆委扇于楚庭,执鸟羽而言归。(襄王遂)属唐勒而为之辞(乱)曰":①

伊鲜禽之令羽,夫何翩翩与眇眇。
反寒暑于一掌之末,回八风乎六翮之杪。

此赋足本不存,故而对个别诗句的翻译只能暂系于此,然而陆机的修辞策略却很清晰,羽扇就是他吴地出身的标志。正如这篇赋的开篇章句所述,此扇由"白鹤之羽"制成,在南方的楚国宫廷是极受追捧的饰物,战国时期楚廷御用知名文人宋玉和唐勒手

---

① 陆机著,刘运好校:《陆士衡文集校注》卷4,第246页。"眇眇"后有"性劲健以利□,每箕张而云布"二句,句末有"引凝凉而响臻,拂隆暑而□到。驱嚣尘之郁述,流清气之悄悄"四句。

持即此物也；而北方诸侯则持另一不同的雅器——麈尾。上文已述，麈尾是身居京洛的魏晋清谈家的雅好之饰，但无论是麈尾还是白鹤羽扇在战国时期都未问世，因此陆机把二物年代置于彼时语境显然是转移视线的明智之举，意在提请读者注意他欲写的并不是真正的古代楚国宫廷，此二物仅用以指向更为当下的意义：南国特产羽扇很可能代表陆机这样的东吴名士，而麈尾则对应着北方文人，尤指那些贱辱陆机及其他入洛吴人的人；北方诸侯们"委扇（麈尾）于楚庭，执鸟羽而言归"必然也是陆机对东吴文化胜于北方文化的另一机巧论断。

赋的韵文章句可分五节，一节一换韵。第一节由前八句组成，阐释万物皆守由简（"朴"）到繁（"妍"）的原则。陆机以原始烹煮方式始于热石，最初交通工具源自椎轮为类比，似乎在暗示安众扇和五明扇皆太过简朴粗糙，无法摇曳生劲风、有效降暑凉（"气散""风烦"），进而在结句中点出羽扇既实用又美观。后一说可以被认为是陆机在微妙暗示他和其他入洛吴人就像羽扇一样是当用之才，但这也可能只是一种过度阐释。

第二节从第九句到第十八句描述的是为制作此扇提供羽翎的鸟类，其高飞于凌霄，深居于皋泽，寿命也很绵长（龟鹤遐龄），这些都是中国古代传说中的鹤的相关特质。[1] 尽管坐拥长命之福，鹤却常被一箭射中而裁其羽翎以制扇。

在第十九句到第二十三句组成的第三节里，陆机论及羽扇的

---

[1] 鹤与九皋的联系首见于《诗经·鹤鸣》，见毛亨传，郑玄笺，孔颖达疏：《毛诗正义》，卷11—1，阮元：《十三经注疏》，第433页。

制作和设计，所有的羽毛对称排列，粗细相间、长短相配（"差洪细，秩长短"），排布遵循中庸之美——不偏不倚、无过不及（"稠不逼，稀不简"）；末句以挥扇之声比于清悦和谐的箫管之乐来作结。

第二十四句到第三十三句组成了第四节，陆机在此节详细阐述羽扇的构造，强调其形体的天然属性。此节前四句先说扇体的制作，"镂巨兽之齿，裁奇木之干"，随后按照羽翎的天然样态把羽根插入扇体自然排列（"移圆根于正体，因天秩乎旧贯"），形象逼真到"鸟不能别其是非"，摇扇之羽，如鸟之振翅而清风徐来（"翩姗姗以微振，风飐飐以垂婉"），顺应"自然"之势的设计制作既是浑然天成，也易于生凉驱热。

最后一节从第三十四句到第四十一句结束，描述了扇之"执手"的使用情况。陆机再次强调羽扇的自然性，"其应物也诚"，所以"其招风也利，其播气也平"，此外他还提到扇子不区分社会层级，"混贵贱而一节，风无往而不清"。此节结句又一次提到了它的"灵朴"乃造化之功。

与其说此赋表露了陆机的地方身份，倒不如说是对魏晋玄学家文风的彰显。① 简朴、自然、无为的老庄思想是这一时期玄学书写中的流行主题，但陆机并不常被划为玄学家，② 部分六朝文

---

① 对此赋的玄学特征的讨论，参看俞士玲：《陆机陆云年谱》，第 250—251 页。
② 据《晋书》(卷 54，第 1486 页) 所说，"云本无玄学，自此谈老殊进"，陆云入洛之前似乎未涉玄学，这一情形应也适用于陆机。

献记录了陆机并不长于谈"玄"的一则逸事:①"晋清河陆机初入洛,次河南之偃师。时久结阴,望道左,若有民居,因往投宿。见一年少,神姿端远,置易投壶,与机言论,妙得玄微。机心服其能,无以酬抗,乃提纬古今,总验名实,此年少不甚欣解。既晓便去,税骖逆旅,问逆旅妪,妪曰:'此东数十里无村落,止有山阳王家冢尔。'机乃怪怅,还睇昨路,空野霾云,拱木蔽日,方知昨所遇者信王弼也。"

此事实属无稽,撇开其超自然和奇幻性的特征不说,在现存另一文献中,遇见王弼鬼魂的也非陆机而是其弟陆云,② 但这个故事也许可视为陆机与京洛名士对峙的又一例证,尽管对方是以鬼魂现身的。这一故事相当符合陆机与北方名门望族颉颃的常见模式,起初他与王弼在"言论玄微"上棋输先著,随后却在"提纬古今,总验名实"方面扳回一城。虽然纯属虚构,但这一逸事能被解读为陆机的另一种身份认同,他在与北方魏晋名流的哲思玄学的竞辩中稍逊一筹,因此正如故事所言,入洛前陆机在与玄学大师、论辩高手王弼的交锋中就略处下风,然而他在其他方面的思想知识体系上绰有余裕——精通经学、史学和名家子学,而这些领域在东吴学术传统中享有极高的声誉。③ 根据同是东吴世家

---

① 刘敬叔著,范宁校:《异苑》卷6,中华书局,1996,第53页;郦道元著,杨守敬、熊会贞疏,段熙仲、陈桥驿校:《水经注疏》卷16,江苏古籍出版社,1989,第1440—1441页。
② 陆云轶事的英译参看 Sujane Wu(吴愫珍),"The Biography of Lu Yun (262-303) in *Jin shu* 54," *Early Medieval China* 7 (2001): 31-32.
③ 王永平:《六朝家族》,第327—333页。

出身的葛洪之说，陆机"深疾文士放荡，流遁遂往，不为虚诞之言"，① 这表明陆机对王弼、王衍(前文提及他是西晋玄学名家之一)诸君的清谈玄辩甚是反感。由此可见，尽管陆机的《羽扇赋》未褪尽玄学色彩，但他自己仍继承着江左东吴实证式文化传统的衣钵，倾向于考证具体现实而非幽奥玄理。

这一时期的中国还存在诸多南方的文化，包括以两湖为中心的古楚文化、福建的闽(越)文化、两广的(南)越文化、浙江的(东)越文化，以及江苏的吴文化等。陆机的身份认同和身份意识根植于吴文化传统，用以代表其地方身份的"南金"和"羽扇"都是独属于吴地的文化特产。至于他在玄学和礼教方面的知识结构在多大程度上反映了其吴地文化传承的印记，这或许难以确指，但我们确能从他的作品中了解到的是，他的文化意识和文化倾情不只是笼统的"南方的"，而且是更为具体的"吴地的"。

---

① 葛洪著，杨明照笺：《抱朴子外篇校笺》下册，中华书局，1991，第751页。

拟作：陆机、陆云与南北间的文化交融

田晓菲(Xiaofei Tian)

公元280年，西晋(265—317)灭东吴，中国重归一统。此后十年，吴地的物华人杰纷纷涌入位于北方的晋都洛阳，引起那些身处宫廷生活和权力中心之间的绮襦纨绔的关注。北人尤为心仪的奇物之一是羽扇，特以鹤翎为常。北地制扇或方或圆，取材亦竹亦丝；而吴地羽扇在形状和质地上则与之大相径庭，由此成为洛阳士族阶层的时兴饰物。①

北人撰有数篇羽扇赋说明了其受欢迎的程度。这些赋作中常常流露出一种对征服之土的新奇事物纡尊降贵之感。例如，嵇含的赋序就不免带有居高临下的口吻：②

---

① 傅咸《羽扇赋》序："吴人截鸟翼而摇风，既胜于方圆二扇，而中国莫有生意，灭吴之后，翕然贵之。"见严可均：《全上古三代秦汉三国六朝文·全晋文》卷51，第1752页。关于这一时期羽扇使用及其赋作的详论参看本书前篇康达维之文。
② 严可均：《全上古三代秦汉三国六朝文·全晋文》卷65，第1830页。

> 吴楚之士，多执鹤翼以为扇。虽曰出自南鄙，而可以遏阳隔暑。昔秦之兼赵，写其冕服，以□侍臣。大晋附吴，亦迁其羽扇，御于上国。

再如，潘尼之扇赋曰："始显用于荒蛮，终表奇于上国。"① 鸟翼所制羽扇如过翼般自"荒蛮"至"上国"而备受青睐，其社会等级的攀升恰似禽鸟一飞冲天。

潘尼勾勒出的羽扇行迹很容易与南方士族北上入晋的历程相联系。公元三世纪八十年代中，东吴世胄华谭举为"秀才"，入洛赴试，晋武帝"亲策之"。一策曰"吴蜀恃险，今既荡平。蜀人服化，无携贰之心；而吴人趑雎，屡作妖寇"，帝疑"吴人轻锐，难安易动乎"，问华谭："今将欲绥静新附，何以为先？"华谭坦言吴地"旧俗轻悍"，对曰"当先筹其人士，使云翔闾阖"②，即云招揽他们为朝廷效力。翔鸟这一隐喻恰与借以代"鹤"的"羽扇"对应起来。

在入仕晋廷飞黄腾达（"云翔闾阖"）的人中，作为南方名门望族之后的陆机、陆云兄弟是魏晋南北朝文坛上影响深远的知名文人。晋灭吴后，二陆退居旧里，积有十年，直至289年被征北上入洛。与羽扇遭遇如出一辙，他俩在洛阳也受到了差若天渊的"礼遇"——既有对其才华真诚的识赏与倾仰，也有对其"亡国之

---

① 严可均：《全上古三代秦汉三国六朝文·全晋文》，卷94，第2000页。题虽曰《扇赋》，实则言羽扇。
② 房玄龄：《晋书》卷52，第1450页。

余"身份赤裸的敌意与蔑视。① 二陆兄弟遭遇北方名士的折辱、南北的冲突失谐以及陆机作品中的典型地域意识等议题,前贤已多有宏文论述,② 诸作揭示了在纷繁复杂的社会力量相互争夺角力的背景下,一个新近统一的帝国中存在的地域认同问题。然而,对三世纪南北文化冲突的强调往往掩盖了一个事实,即二陆也极度迷恋北方的历史、建筑、音乐等文化。北方士族将他们视为"异族",而在他们眼里北方也是"异国",就像所有疏离感和异域感并存的殊方绝域一样予人以无限灵感与无尽激亢。

更为直率的兄长陆机对自身的南方传统抱持着强烈的自豪感,入洛后他创作甚夥,其中以一篇《羽扇赋》回敬了北方名士对南物的轻蔑,捍卫了名值。不难看出,"羽扇"(fan)就是诗人自己的化身;但在另一种意义上来说,身为北方文化仰慕者的陆机又算是"粉丝"(fan),当他"御于上国",为那里的所见所闻深深吸引之际,他的诗赋也由此呈现出新式拟作(fan writing)的诸多特

---

① 此两种差别礼遇在《晋书·陆机传》均有记载。政坛耆旧名士张华尤重二陆("华素重其名"),而当朝驸马王济却对其恶语相讥,见房玄龄:《晋书》卷54,第1472—1473页;同样是王济,他当面称华谭为"亡国之余",见《晋书》卷52,第1452页。王济之父王浑率军伐吴,功成后于吴宫庆宴上也有对吴人的类似言辞("及吴平,王浑登建邺宫酾酒,既酣,谓吴人曰:'诸君亡国之余,得无感乎?'"),见《晋书》卷58,第1570页。
② 诸如林文月:《潘岳陆机诗中的"南方"意识》,《台大中文学报》1992年第5期,第81—118页;佐藤利行『西晋文学研究:陸機を中心として』,白帝社,1995,中译本见《西晋文学研究》,周延良译,中国社会科学出版社,2004;唐长孺:《读〈抱朴子〉推论南北学风的异同》,收入唐长孺:《魏晋南北朝史论丛》,河北教育出版社,2000,第337—367页;David R. Knechtges, "Sweet-peel Orange or Southern Gold? Regional Identity in Western Jin Literature," in Studies in Early Medieval Chinese Literature and Cultural History: In Honor of Richard B. Mather and Donald Holzman, eds. Paul W. Kroll and David R. Knechtges, Provo, UT: T'ang Studies Society, 2003, pp. 27-79.

征。前辈学人已充分论证陆机所存有的"南方意识",但本文更关注的是二陆对"北方"的痴迷,尤其留意到陆机诗赋作品中反映出的其对北方文化的微妙迷思。地域和文化的挪移导致了文本的重置,其表现在陆机对北方乐府题材的改写,在体式和思想上提炼升华至"优"本。文末会讨论陆机对北方文化的再塑是如何反过来影响之后南北朝时期"文化南方"的铸造的。

双城记

谁会比今天的罗马公民更不了解罗马的历史呢?
抱歉我要说没有别的地方比罗马更不了解罗马自己。①
——彼特拉克(Petrarch)

包括陆氏在内的南方士族都声称自家嗣承于显赫北方先祖世家;② 然而比这一神圣血统更重要的是他们与北方互享的文化遗产,其祖庭就在东周与东汉的都城——洛阳。

或许除了长安之外,在当时的中华帝国里少有别的城市能如都城洛阳那样引起人们的交口称赞、无尽向往和怀旧感伤,二陆入洛亲见其境之前,一定对这座城市憧憬已久。爱德华·吉本(Edward Gibbon)曾这样追忆他的首次罗马之行:"时隔二十五年,

---

① Francesco Petrarch, *Rerum familiarum libri* (*Letters on familiar matters*), Aldo S. Bernardo trans., Albany, NY: State University of New York Press, 1975, p. 293.
② 司马迁:《史记》卷31,第1445页;陆云著,刘运好校:《陆士龙文集校注》卷6,第881—885页。对这一问题的考论参看 David R. Knechtges, "Sweet-peel Orange or Southern Gold? Regional Identity in Western Jin Literature," pp. 42–45.

我无法忘记也难以表达当年初次走近并踏入这座永恒之城时那样激荡人心的强烈情绪。一个不眠之夜过去了，我迈着高傲的步伐踏上了古罗马广场遗址，每一值得纪念之地——罗穆卢斯(Romulus)挺拔矗立之处、塔利(Tully)慷慨演说之场、凯撒(Caesar)遇刺倒下之所——都一下子尽呈目前。"①吉本所说很好地概括了读者对终在其眼前具象化的阅读对象的某种反应；遗憾的是，现存资料中并没有任何关于二陆入洛第一印象的记载。陆机"京洛多风尘，素衣化为缁"一联常被引以表明他对浮华俗世和晋廷权势的不喜之情，② 其在乐府诗《君子有所思行》中安排叙述者从山顶视角俯望繁华都会的热闹喧嚣：③

> 命驾登北山，延伫望城郭。
> 廛里一何盛，街巷纷漠漠。
> 甲第崇高闼，洞房结阿阁。
> 曲池何湛湛，清川带华薄。
> 邃宇列绮窗，兰室接罗幕。

洛阳"北山"即著名的北邙山，东汉、曹魏、西晋的王公贵族皆葬于此。这一观景视角既给城市生活富足繁奢的图景蒙上了一层讽刺的阴影，也为此诗后半段"容华随年落""宴安消灵根"的沉

---

① Edward Gibbon, *The Autobiographies of Edward Gibbon*. John Murray ed., London: J. Murray, 1896, p. 267.
② 题为《为顾彦先赠妇诗》，见逯钦立：《先秦汉魏晋南北朝诗》，中华书局，1983，第682页。
③ 逯钦立：《先秦汉魏晋南北朝诗》，第662页。

重警示埋下伏笔。

这首乐府诗的起句呼应着两处早期诗文本,其一是梁鸿的《五噫歌》:①

> 陟彼北芒兮噫。
> 顾览帝京兮噫。
> 宫室崔嵬兮噫。
> 民之劬劳兮噫。
> 辽辽未央兮噫。

其二是曹植的《送应氏》诗二首其一,同样以登高望远开篇,尽管所见的洛阳满目疮痍:②

> 步登北邙阪,遥望洛阳山。
> 洛阳何寂寞,宫室尽烧焚。

陆机对早期诗作的呼应显示了其对北方文学传统的熟稔程度以及对"北邙望洛"这一主题的创新。

除了拥有一般城市的活色生香外,陆机笔下的洛阳更是一座由文学作品建构起来的文字影像之都,也是一座由文化记忆催生共鸣的实体物质之城,在这里,南北人士共同拥有文化追忆的痕

---

① 逯钦立:《先秦汉魏晋南北朝诗》,第 166 页。
② 同上书,第 454 页。

迹比比皆是。298年陆机任著作郎之后，欲令洛城在文字中不朽而撰《洛阳记》一卷，① 该作仅传残章存于评注和类书等文献中，② 不过饶是如此，断简残编中仍能一窥原书风貌，开卷当首谈洛阳的远古建城缘起和现有城池规模："洛阳城，周公所制，东西十里，南北十三里。"③

陆机既记述城门，留意其功能特点，④ 也描述城中两处大型皇宫建筑群及其"以云母著窗里"的楼阁台观，⑤ 还提到观星测象的"灵台"、官方学府"太学"等重要的文化地标。他对175年立于太学堂前的石经⑥记录尤为精准，"本碑凡四十六枚，西行，《尚书》《周易》《公羊传》十六碑存，十二碑毁……"⑦也对洛城"夹道种榆槐树"印象深刻，"宫门及城中大道皆分作三，中央御道，……唯公卿尚书章服道从中道，凡人皆行左右，左入右出"，⑧ 其大道宽度肯定是远胜于当时建制规模要小得多的东吴都城建邺（今南

---

① 系年据《册府元龟》所载"陆机为著作郎，撰洛阳记一卷"，见王钦若：《册府元龟》卷560，中华书局，1994，第6730页；亦见陆机著，刘运好校：《陆士衡文集校注》卷6，第1417页。
② 佚文残篇参看金涛声：《陆机集》，第183—185页；陆机著，刘运好校：《陆士衡文集校注》，第1287—1294页。二本皆非全本，故而本篇引文采古本而非现代排印本。
③ 欧阳询：《艺文类聚》卷63，第1133页。史为乐认为"陆机《洛阳记》所载洛阳的范围，很可能不是指城垣的范围，而是讲当时洛阳的一些建筑物和居民居住区的实际范围"，见史为乐：《陆机〈洛阳记〉的流传过程与历史价值》，《殷都学刊》1991年第4期，第29页。
④ 例如对宣阳门及其冰室的描述，见李昉：《太平御览》卷68，第452页。
⑤ 欧阳询：《艺文类聚》卷63，第1134页。
⑥ 译者注：即《熹平石经》。
⑦ 范晔：《后汉书》卷60，李贤注，中华书局，1964，第1990页。
⑧ 李昉：《太平御览》卷195，第1070页。

京)的主路。① 陆机不仅记录公众场所,比如繁闹的"三市"及知名的铜驼街,并引俗语云"金马门外集众贤,铜驼陌上集少年";② 而且提及城居空间,如云"百郡邸,在洛城中东城下步广里中",③ 甚至超出城垣所属而关注畿辅周遭,如洛阳东南五十里的嵩高山。④

尤其引人注目的是,陆机以文字构筑之城去度量现实物质之都,实则再次说明了其对北方文学的熟知:⑤

> 吾常怪谒帝承明庐,问张公,张公云魏明帝在建始殿,朝会皆由承明门。然直庐在承明门侧。

"谒帝承明庐"即曹植《赠白马王彪》⑥开篇起句,"张公"即声名籍甚的文学和政治人物、对二陆有宠遇之恩的张华。

《洛阳记》或许算不上鸿篇巨帙,⑦ 但它是现存最早的洛阳地记。是时撰写地志多是记录自家故里的风土人情或殊方异域的奇

---

① 东晋立都"建邺",更名"建康"。王导重建建康城仍被非难:"丞相初营建康,无所因承,而制置纡曲,方此为劣",见刘义庆著,余嘉锡注:《世说新语笺疏》卷2,第156页。
② 李昉:《太平御览》卷191,第1054页;卷158,第899页。
③ 同上书,卷181,第1009页。
④ 萧统编,李善注:《文选》卷16引李善注,第731页。
⑤ 同上书,卷21引李善注,第1016页;卷24,第1123页,后引"魏明帝作建始殿"恐是抄本讹误,因为建始殿在魏明帝父君魏文帝时便已投用,见陈寿:《三国志》卷2,第76页。建始殿位于洛阳北宫。
⑥ 逯钦立:《先秦汉魏晋南北朝诗》,第453页。
⑦ 魏徵:《隋书》,卷33"经籍志"载"《洛阳记》一卷,陆机撰",中华书局,1973,第982页。

珍异玩。① 陆机当然无法宣称自己对洛阳的了解堪比本地人士，不过他对洛阳的关注是以"外地人""造访者"身份为其所吸引，于他而言，这座城市虽云"他乡"，他却早已经由文本阅读而与之不可思议地相近相亲。据知陆机原本也打算为魏蜀吴三国都城各作一赋，但在曾被他讥为"伧父"的左思先行写就令人叹为观止的《三都赋》后，陆机"遂辍笔焉"。②《洛阳记》会不会是陆机创作宏图夭折后的闲写之作？还是说他就是想要书写这座令他倾心的城市？毕竟与弟陆云的家书中陆机多次以赞叹口吻谈及洛阳胜迹。③无论如何，他或许不会像奥古斯都时代文人普罗佩提乌斯（Propertius）那样宣称"吾以忠诚之诗以垒高墙（in loyal verse would I seek to set forth these walls）"，但他定是希望如贺拉斯（Horace）所说"吾建丰碑，坚比金石（built a monument more lasting than bronze）"，然而，洛阳街上的铜驼早已荡然无存。尽管陆机经营的文本之城业已坍塌，但其残存的碎片瓦砾却仍映照出了一位南人对北都的迷恋之意。

另一北方都市邺城也与二陆"过从"甚密。对二陆而言，邺城

---

① 魏徵：《隋书》卷33，第982—987页。陆机《洛阳记》之前别有《洛阳记》四卷，作者失载。尽管《隋书》通常按时间顺序排列书籍，不过佚名之作往往置于同一主题作品系列之首，然而在此推断，佚名的《洛阳记》极有可能归名于一位我们所知甚少的作者华延俊，其所撰《洛阳记》在诸多评注与类书中多为征引，但可能在南宋时就已经散佚。该书残篇提及晋元帝南渡江东，因此华延俊当是生活于东晋时或之后，一部佚名的元代地志《河南志》（学者推断当是承继于宋敏求的同名之作）对其有征引，见张保见：《宋敏求〈河南志〉考——兼与高敏、党宝海先生商榷》，《河南图书馆学刊》2003年第5期，第79—82页。
② 房玄龄：《晋书》卷92，第2377页。"伧父"乃是南人对北人的蔑称。
③ 金涛声：《陆机集》，第179页。

历史更为晚近,这里曾被权霸曹操作为主据点,其子曹丕自立建魏,而最终魏朝为西晋司马氏所篡。曹操生前已赢得传奇声名,他的政治军事天赋和强势个性人格让其敌友都为之敬畏。① 记录其生平逸事的《曹瞒传》"吴人作",传文把曹操描绘成一个"酷虐变诈"之人,但仍不乏超凡魅力。② 陆机、陆云兄弟都是曹操的仰慕者。

约于写就《洛阳记》的同时,陆机正在晋廷任著作郎,恰有机会遍览秘阁群书,从而偶得曹操遗令,"忾然叹息,伤怀者久之",故作《吊魏武帝文》,此文被收入《文选》这本经典的先唐文学选集中(选辑者萧统亦是曹氏父子的后世追慕者)。③ 然而,陆机的吊序——尤其是当中引用曹操遗令的文段——却比吊文本身更有名。陆机在序言中设置了自我身份与虚构对象间的主客问答,以此来表达对曹操的怜悯和遗憾,饶是枭雄,其在人生最后时刻亦不得不屈从于感伤情调。

> 观其所以顾命冢嗣,贻谋四子,经国之略既远,隆家之训亦弘。又云:"吾在军中,持法是也。至于小忿怒,大过失,不当效也。"善乎达人之谠言矣!持姬女而指季豹,以示四子曰:"以累汝!"因泣下。伤哉!曩以天下自任,今以爱子托人。……然而婉娈房闼之内,绸缪家人之务,则几乎密

---
① 据称某战前"贼将见(曹)公,悉于马上拜,秦、胡观者,前后重沓",见陈寿:《三国志》卷1,裴松之注引王沈《魏书》,第35页。
② 严可均:《全上古三代秦汉三国六朝文·全三国文》卷75,第1455—1456页。
③ 萧统编,李善注:《文选》卷60,第2594—2601页。

与！又曰："吾婕好妓人，皆著铜雀台堂。于台上施八尺床、䍁帐，朝晡上脯糒之属。月朝十五日，辄向帐作妓。汝等时时登铜雀台，望吾西陵墓田。"又云："余香可分与诸夫人，诸舍中无所为，学作履组卖也。吾历官所得绶，皆著藏中。……"①

陆机评及曹操遗令中让人感触良深的种种，并以"若乃系情累于外物，留曲念于闺房，亦贤俊之所宜废乎"收束全文。纵观通篇吊序及吊文，陆机多以空间隐喻来呈现宏大生命的波澜壮阔（"咨宏度之峻邈，壮大业之允昌"）与个体死亡的弹丸斗筲之间的强大张力，而后者既意味着弥留之人对内在幽密空间（"密"也有封闭、私密、隐秘之意）的关注，也可指身后之躯的方寸安息之地——文中表述为"区区之木""蕞尔之土"。

陆机在吊文中以诵览曹操遗愿文本的方式回应历史过往，不过他的解读通过对历史事件的鲜活再现实现了具象化：不仅重构出曹操临终的场景，而且想象出曹家姬妾凝望其墓的画面。"汝等时时登铜雀台，望吾西陵墓田"一句里不能确指曹操是在对谁嘱托，多半是对他那遵从遗嘱的儿子们；而陆机刻意将聆听对象设定为曹操妻妾们，营造出中国古典文学中最负盛名的充满哀思与空虚的悲景之一，生成了这一独特自足且绵延不绝的诗歌传统。②

---

① 陆机著，刘运好校：《陆士衡文集校注》卷9，第904—905页。
② 同上书，卷9，第926页。

> 徽清弦而独奏,进脯糗而谁尝。
> 悼穗帐之冥漠,怨西陵之茫茫。
> 登雀台而群悲,眝美目其何望。

在想象铜雀台上的女子之时,陆机从历史想象转向空间想象,以铜雀台为人欲的愚昧性与必亡的悲怆性的共生之所。他还将序和文中反复重申的曹操宏大生命的波澜壮阔延展至"穗帐之冥漠"和"西陵之茫茫";陆机借"客"之口,用空间概念来阐述个人生命——"死生者,性命之区域",此处"死亡"在铜雀台被赋予了有形之体。

陆机对曹操遗令过于伤情,"客"于此质问"临丧殡而后悲,睹陈根而绝哭"。在"客"看来,亲见丧殡现场方会本能地产生哀伤之感;但陆机却认为对于擅于想象的读者而言,遗文足以使时间空间历历可辨,甚至比实物具象还要飘逸灵动:

> 览遗籍以慷慨,献兹文而凄伤。

呼应历史、承续过往,陆机通过"解读"文本来实现,而陆云则通过"解读"实地来完成。302 年,陆云为成都王司马颖表为内史,"其夏又转大将军右司马于邺都"(司马颖 299 年"镇邺")。[1]

---

[1] 据《晋书·陆云传》载,"(司马)颖将讨齐王冏,以云为前锋都督。会冏诛,转大将军右司马",是为 303 年初,见房玄龄:《晋书》卷 54,第 1484 页;然而据陆云《岁暮赋》序自称"永宁二年春,忝宠北郡,其夏又转大将军右司马于邺都",则当是 302 年,见严可均:《全上古三代秦汉三国六朝文·全晋文》卷 100,第 2031 页。

与其兄检视曹操"遗令"不同，陆云检省的是曹操的建筑"遗事"：①

> 省曹公遗事，天下多意，长才乃当尔。作弊屋向百年，于今正平夷塘，乃不可得坏，② 便以斧斫之耳。尔定以知吏称其职，民安其业也。

在邺城，陆云亲访曹魏宫室遗址群，尤重曹操所建"三台"：铜雀台、金虎台和冰井台。数封寄与其兄的尺牍记录下他对这些遗迹的迷恋：

> 一日案行，并视曹公器物，床荐、席具、寒夏被七枚，介帻如吴帻，平天冠、远游冠具在。严器方七八寸，高四寸余，中无鬲，如吴小人严具状。刷腻处尚可识。梳枇、剔齿纤綖皆在。拭目黄絮二在，垢黑，目泪所沾洿。手衣、卧笼、挽蒲、棋局、书箱亦在，奏案大小五枚；书车又作歧案，以卧视书。扇如吴扇，要扇亦在。书箱，想兄识彦高书箱，甚似之。笔亦如吴笔，砚亦尔。书刀五枚，琉璃笔一枝，所希闻，景初三年七月，刘婕好析之，见此期复使人怅

---

① 陆云著，刘运好校：《陆士龙文集校注》卷8，第1042页。
② "夷塘"有"谄/谘塘"或"谘堂"等异文。徐锴《说文解字系传》中"谘"条目引文："曹公所为屋，坏其谘塘不可坏，直以斧斫之而已。"见徐锴：《说文解字系传》卷5，中华书局，1987，第47页。

然有感处。器物皆素，今送邺官大尺间数。① 前已白：其繐帐及望墓田处，是清河时。② 台上诸奇变无方，常欲问曹公："使贼得上台，而公但以变谲因旋避之。若焚台，当云何？"此公似亦不能止。文昌殿北有阁道，去殿丈，内中在东，殿东便属陈留王，内不可得见也。③

此信前半部分读起来就像一份财产清单，似乎还萦绕着曹操私人物件的残存气息，它们皆属于其主人生前常用贴身之物。陆云对发梳和黄絮上的污垢印象尤深，这种"迹"并非那种国君人主式宏伟抽象的"事迹"，而是历史人物的肉身遗留下的物质"印迹"。陆云细致检视着这些物件，似能以此与过往人物直接接触而无须借助文本。

在对曹操私物的描述中，陆云不断将其与吴地相似物件加以类比，显然是想让其兄也"得见"这些物件。在对寻常日用性（如"严器……如吴小人严具状"）的宣称之外另有一件他声言"希闻"的物件——一支历经损毁仍藏于内府中的琉璃笔，笔断之时恰在七夕（七月初七）这一牛郎织女久别重逢的传统佳日那天。陆云何以得知这一时间，折断琉璃笔的婕妤是谁，皆已不可考，但如此私密的细节却指向某个讳莫如深的故事及某段被刻意掩盖的历史，而深具讽刺意味的是，这支断笔本该用于记录以使故事和历史流传下来。残破的琉璃成为"过去"的物质象征，与过去既比肩

---

① "今送邺官大尺间数"句义不明，此取"尺间"作"尺简"。
② 陆机时任清河内史，"是清河时"或为文字缺损。
③ 陆云著，刘运好校：《陆士龙文集校注》卷8，第 1034—1035 页。

而立地联结，又无可挽回地断裂。这一事实也体现在当时宫室群的空间布局中：陆云无由得进文昌殿东，因为那是被篡位的曹魏末帝所居之地。

陆云纵笔之时，魏朝灭亡也不过数十年，曹魏皇室的诸多子嗣让他与这段历史有着真切绵延的关联。他结识"文天才中亦少尔"的崔君苗，即曹操之孙曹志之婿。崔君苗对陆机之文极为欣赏，据陆云所载，崔君苗"见兄文，辄云欲烧笔砚"而不复创作；① 他还曾与陆云同题竞写、切磋高下。302年夏，陆云作《登台赋》，② 这恰是212年铜雀台新建落成，三曹父子登台之时，曹操钦定其子曹丕、曹植同作之题。③ 陆云给其兄的书札中写道：

> 前登城门，意有怀，作《登台赋》，极未能成，而崔君苗作之。聊复成前意，不能令佳。而羸瘁累日，犹云愈前二赋，不审兄平之云何？愿小有损益一字两字，不敢望多。音楚，愿兄便定之。④

后来他将崔赋寄与陆机："今送君苗《登台赋》，为佳手笔。云复更定，复胜此不？知能愈之不？"⑤

值得留意的是，这两封书简都强调了悉心细读和润色原作的

---

① 严可均：《全上古三代秦汉三国六朝文·全晋文》卷102，第2045页。
② 同上书，卷100，第2032—2033页。
③ 陈寿：《三国志》卷19，第557页。曹操的《登台赋》仅存两句，但曹丕和曹植的同题之赋的残篇则相对较长。
④ 严可均：《全上古三代秦汉三国六朝文·全晋文》卷102，第2043页。
⑤ 陆云著，刘运好校：《陆士龙文集校注》卷8，第1141页。

想法。陆云自言完成己作《登台赋》而致"羸瘵累日",让人联想到"登台"或"筑台"所需耗费的体力;而写就一篇登台之赋的劳心劳力,并不比登台或筑台之举要来得轻松。

崔君苗《登台赋》惜已不存,而陆云赋作却幸得流传,并与九十年前曹植的同名之赋相映成趣。后者颂扬曹操对汉王室的卓绝贡献,希冀其父声名惠泽远扬、生命贵尊无极;而陆赋则云"感旧物之咸存兮,悲昔人之云亡",以赞颂魏朝末帝顺承天命、让位于晋作结:

> 清文昌之离宫兮,虚紫微而为献。①
> 委普天之光宅兮,质率土之黎彦。
> 钦哉皇之承天兮,集北顾于乃眷。②
> 诞洪祚之远期兮,则斯年于有万。

西晋亡于十四年后,但陆云未能亲见,因为就在 303 年,他与其兄陆机为成都王司马颖所戮,也就是他写就《登台赋》的后一年。

陆云对北地、北人(尤其是曹操)的迷恋,在他的邺城书写中比比皆是。与曹氏家族在阅读和现实中所形成的各方文学性关联,仿佛还能增益其打通今昔、联系古今的宏愿。陆云数度将曹

---

① "紫微"即北斗第七星(北极星),是代指帝王之相的"帝星"。陆云著,刘运好校:《陆士龙文集校注》卷 1,第 142 页。
② 此句化自《诗经·皇矣》"乃眷西顾"句,见毛亨传,郑玄笺,孔颖达疏:《毛诗正义》,卷 16—4,阮元:《十三经注疏》,第 519 页。

操遗物寄与陆机作为馈礼,让其兄亦能私享余味。一次,他把两钿"曹公藏石墨"送给陆机,"云烧此消复可用(墨)";① 另一次,他的赠礼是一件更私密的曹公物件,令人不免希冀陆机绝不至于真正付诸日用:"近日复案行曹公器物,取其剔齿纤一个,今以送兄。"②这些尺简表明了二陆都是曹操的狂热崇拜者。陆云还翰中所云"其緫帐及望墓田处",很可能是对陆机《吊魏武帝文》的此唱彼和。

曹丕断言的"贵远贱近"恐怕是全人类的通病。③ 这样的心态也使得一个南方人充满敬意地去端详北方通都大邑及其前朝风流人物,对其加以阅读和书写。讽刺的是,"他乡人"把某地的"吾乡人"异化成"他乡人",而这位"他乡人"却通过阅读和书写"反认他乡是故乡",发出"此心安处是吾乡"的感叹。

拟 作

> 我们是旅居者,如在我们自己的城市里,像陌客一般四处游荡,是你们的书籍导引我们,如同再次归家,以使我们最终能够认清我们是谁,身在何处。④
>
> ——西塞罗(Cicero)

---

① 严可均:《全上古三代秦汉三国六朝文·全晋文》卷102,第2041页。
② 同上书,卷102,第2045页。
③ 语出《典论·论文》,见严可均:《全上古三代秦汉三国六朝文·全三国文》卷8,第1097页。
④ Marcus Tullius Cicero, *Academica*. Book I, C. D. Yonge trans., London: George Bell and Sons, 1880, p. 7.

将陆机和曹魏帝君联系起来的契机之一是后者对北方宫廷乐的浓厚兴趣。曹操自己就是音乐行家，据称其"及造新诗，被之管弦，皆成乐章"。① 现存曹操诗几乎全为乐府，著录于旨在记录宫廷乐章的《宋书·乐志》之中。曹操之子、曹魏开国皇帝曹丕及其继任者魏明帝曹睿皆痴迷音乐，他俩积极投身于魏廷宫乐的创制和演奏，这些宫廷乐经过一定的调整和修正后在晋廷仍可入乐演奏。②

与"正统"郊庙歌辞相比，曹操所倾心的乐章较为随意不拘，通常归为"相和曲"或"清商乐"，往往伴以弦乐。③ 陆机在诗集中收录了大量"乐府旧题"，还别撰一组对东汉末年非一时所作的无名氏"古诗"的"拟"作。乐府诗在其早期阶段还未形成后世的文类特征，"古诗"和"乐府"之间的区别主要在其出处的功能性，也就是说，如果某诗恰好源出于某一音乐文献，那它就被归为"乐府"，多冠题名曰"□□行"；但同一文本在其他文献中则可能被称为"古诗"。陆机的"拟古诗"和乐府诗共同组建出一个多沾溉于北方宫廷音乐传统的文本库。

首先应该说明的是，目前没有更多内部或外部证据能为这些作品系年，有些学者认为陆机的拟古诗作于孙吴时期，而有些学

---

① 陈寿：《三国志》卷1，第54页。
② 曹丕和曹睿为宫廷乐奏创作了不少"乐府"，二帝治时的宫廷乐改式见沈约：《宋书》卷19，中华书局，1974，第534—539页；西晋对魏廷宫乐的沿用和改式见房玄龄：《晋书》卷22，第676、679、684—685、702—703页。尽管国家仪仗之曲(至少是词)须得修订以适应新王朝的统治需要，但娱情之曲却无此必要。
③ 王僧虔论曰："今之清商，实由铜雀，魏氏三祖，风流可怀。"见郭茂倩：《乐府诗集》卷44，第638页。司马光论曰："魏太祖起铜爵台于邺，自作乐府，被于管弦，后遂置清商令以掌之。"见司马光：《资治通鉴》卷134，中华书局，1956，第4220页。

者则将之归为吴亡以后之作;不过本文倾向于雷久密(Chiu-mi Lai)认为这些诗作可以直接标为"无法系年"的观点。① 由于陆机拟作的特性(下文详论),本文既不认可这些拟作是为了磨砺其写作技巧的说法,也不赞同这些"原始文本"就是"民间/俗"文学的论调,因为这些"原始文本"若非著录于宫廷乐目的话,就根本不会被保留下来。换言之,无论这些"原始文本"的"原初出处"为何,自东汉至西晋的递传中它们已然成为宫廷乐奏中"相和曲"或"清商乐"的有机部分,正因如此,陆机很可能是入洛后才开始频繁获知和接触这些乐府的。

陆机的拟古诗要遵循"拟"的系列限定,即"用修辞等级较高的语言逐句重写原作(的方法)"。② 他所写的乐府诗也多有前代"原作",故而他以繁复手法对其加以呼应。与其拟古诗类同,陆机的乐府诗也以其摛藻雕章、镂金错彩而闻名于世,较之"原始文本"表述更显精致典雅、修辞更为雍容华贵,彰显出一种高度自觉的文学创作技法,这使得诸多当代学者不认为陆机的拟作是初学乍练的试笔之作,而另附"逞工炫巧""青出于蓝"等他说。③ 虽然这些想法可能萦于陆机心中,但他的诗歌创作其实体现了一位南人对北方音乐传统的迷恋、挪用,终至修正校准。

---

① Chiu-mi Lai, "The Craft of Original Imitation: Lu Ji's Imitations of Han Old Poems," In *Studies in Early Medieval Chinese Literature and Cultural History*, pp. 117-148.
② Stephen Owen, *The Making of Early Chinese Classical Poetry*, Cambridge, MA: Harvard University Asia Center, 2006, p. 261;中译本见宇文所安著,胡秋蕾、王宇根、田晓菲译:《中国早期古典诗歌的生成》,生活·读书·新知三联书店,2012,第311页。
③ 参见赵红玲:《六朝拟诗研究》,上海辞书出版社,2008,第105—118页;陈恩维:《模拟与汉魏六朝文学嬗变》,中国社会科学出版社,2010,第208—210页。

当代文化和文学研究中的同人(粉丝)文学理论在此特具启发性。以同人小说为先锋的同人文学被描述为"制造出明知是异化的异化"作品，而正是"通过有意识地援引他作得以与其一并纳入文本体系"这一事实将同人小说的情况与"互文性"区分开来，后者被一些学者认为适用于所有文学作品。① 同人小说代表着社会层面上较次属族群的口味，因为"大多数同人小说的作者都是女性，这是她们对当下大多数媒介产品总是忽视女性需求的直接回应"。② 同人小说的学者们发现吉尔·德勒兹(Gilles Deleuze)关于重复和差异的论述对研究同人文学别有裨益，据德勒兹的说法，"重复"于原作而言不是机械的、次要的，而是本身包含"一种伪饰和置换的'差异'"。粉飞客(fanfic)学者借助德勒兹的理论摆脱了原作与新作之间固有的等级落差的概念，而后者常被诋为"衍作"而已。③

陆机得益于北方宫廷乐而创作的拟古诗和乐府诗就体现了同人书写的众多特征。宇文所安《拟作》一章中聚焦于陆机对古诗的仿写/仿真，指出"拟"在三世纪"特别发生在文本层面上的，呼应一个应该是固定的已存文本"(因此不同于早期诗人多参与民间口头诗歌创作)，而且"在使用已存诗歌材料的形式中，也只有'拟'

---

① Abigail Derecho, "Archontic Literature: A Definition, A History, and Several Theories of Fan Fiction," In *Fan Fiction and Fan Communities in the Age of the Internet*, Karen Hellekson and Kristina Busse eds., Jefferson, NC: McFarland & Company, 2006, p. 65.
② Ibid., p. 71.
③ Ibid., pp. 73-74.

要求与原作自始至终保持差别"。① 对"差别"的要求至关重要：陆机在创作乐府诗和拟古诗时总是有差异地进行重复。最直白地说，他的仿写提升了"原始文本"的修辞水准；更深一步来说，他进献的是一个超越原始文本中他认为不适于统一帝国意识形态的新版本。虽然他身非女性，但在社会从属性上来说他被赋予的却是女性化的地位——既是大晋皇廷的臣民，又是前朝亡国的南人；然而，他通过改写北方音乐传统并有意明确对其"优化"，以此融入主流文化。陆机的拟作在五世纪时激生出更多的拟作，正如德里达所说："文本库永远敞开。"②

学界对陆机的拟古诗研究已是汗牛充栋，而对他的乐府诗的关注则相对寥落，但后者在对原有曲词的改编上其实呈现出更多独创性。本文试举两例。

第一首先看《顺东西门行》。③ 现存早期乐府中未见同题之作，但《宋书》中著录有《西门行》和《东门行》，④ 其中《西门行》抄录如下：⑤

---

① Stephen Owen, *The Making of Early Chinese Classical Poetry*, pp. 261-62；中译本见《中国早期古典诗歌的生成》，第 311—312 页。
② Jacques Derrida(德里达)，*Archive Fever: A Freudian Impression*, Eric Prenowitz trans., Chicago, IL: University of Chicago Press, 1995, p. 68.
③ 逯钦立：《先秦汉魏晋南北朝诗》，第 269 页。"顺"通"巡"，视行也。
④ 沈约：《宋书》卷 21，第 617—618 页。一首以"鸿雁"开篇、题为《却东西门行》的乐府归名于曹操，但它仅见于晚出的《乐府诗集》里，见郭茂倩：《乐府诗集》卷 37，第 552 页。序引沙门智匠《古今乐录》(作于六世纪)曰："王僧虔《技录》云：《却东西门行》，荀录所载，武帝《鸿雁》一篇，今不传。"此说与本《技录》所说"今不歌"（《乐府诗集》卷 37，第 554 页）不同，后者即言曲辞仍在、曲调已佚。《乐府诗集》或有这首乐府诗的可靠来源，且存疑俟考。
⑤ 英译参考 Stephen Owen, *The Making of Early Chinese Classical Poetry*, p. 182.

> 出西门，步念之。今日不作乐，当待何时。
> 夫为乐，为乐当及时。何能坐愁怫郁，当复待来兹。
> 饮醇酒，炙肥牛。请呼心所欢，可用解愁忧。
> 人生不满百，常怀千岁忧。昼短而夜长，何不秉烛游。
> 自非仙人王子乔，计会寿命难与期。
> 人寿非金石，年命安可期；贪财爱惜费，但为后世嗤。

《宋书》还收录异文，一本云其与上本前四节/行全同，"烛游"后结句为：①

> 行去之，如云除，弊车羸马为自推。

《乐府诗集》既录载了《宋书》前一版本，注曰"晋乐所奏"，也誊抄了另一异本，标为"本辞"：②

> 出西门，步念之，今日不作乐，当待何时？
> 逮为乐，逮为乐，当及时。何能愁怫郁，当复待来兹。
> 酿美酒，炙肥牛，请呼心所欢，可用解忧愁。
> 人生不满百，常怀千岁忧。昼短苦夜长，何不秉烛游。

---

① 沈约：《宋书》卷21，第617—618页。
② 郭茂倩：《乐府诗集》卷37，第549页。宇文所安的英译对倒数第二句稍作修改，参看 Stephen Owen, *The Making of Early Chinese Classical Poetry*, p. 183.

游行去去如云除，弊车羸马为自储。①

吴兢在《乐府古题要解》中对《西门行》概言之又曰："又有《顺东西门行》，为三、七言，亦伤时顾阴，有类于此。"②再来看陆机诗：

出西门，望天庭，阳谷既虚崦嵫盈。
感朝露，悲人生，逝者若斯安得停。
桑枢戒，蟋蟀鸣，我今不乐岁聿征。
迫未暮，及时平，置酒高堂宴友生。
激朗笛，弹哀筝，取乐今日尽欢情。

将陆诗与无名氏《西门行》略加比较就可窥见陆机对文学研习的重视程度。日升之地"阳谷"和日落之所"崦嵫"作为神话中的地名曾出现在诸如汉赋和楚辞的各类文献中；作为对人生无常的惯用隐喻的"朝露"在早期文本中也屡屡得见，从《汉书》到曹操的

---

① 参看宇文所安对末二句的讨论，见 Stephen Owen, *The Making of Early Chinese Classical Poetry*, pp. 183-184；中译本见《中国早期古典诗歌的生成》，第216—217页。本文在解读令人费解的"如云除"不同于此，而是考虑到具有及时行乐主题的《诗经·蟋蟀》中的"除"："今我不乐，日月其除"（见《毛诗正义》卷6—1，第361页）。不过，这些乐府诗/古诗中或许只是言辞的呼应和声效的联系，而非在"只是一个大的主题与话题网络的实现方式之一"中被如实翻录，参看 Stephen Owen, *The Making of Early Chinese Classical Poetry*, p. 183.
② 郭茂倩：《乐府诗集》卷37，第549页，此引与毛晋本略差："诸家乐府诗又有《顺东西门行》"，该异文清楚地表明，这一乐府诗题名下并无佚名原作，见丁福保：《历代诗话续编》，中华书局，1983，第30页。

《短歌行》，再到曹植的《赠白马王彪》，陆机无疑对其极为熟谙。① 而更值得注意的，是陆机对《论语》中孔子所说"逝者如斯夫"的引用。② 第三行出现了两处文本引用：其一"桑枢戒"典出《庄子》，原宪居贫，"桑以为枢"，但其"匡坐而弦"；③ 其二"蟋蟀鸣"化自《诗经·唐风·蟋蟀》，"蟋蟀在堂，岁聿其莫。今我不乐，日月其除"。有趣的是，末句"日月其除"中的动词"除"，与《西门行》异本中模糊不清令人费解的短语"如云除"中的动词一毫不差，古诗中的行乐主题在陆机诗中清晰可辨。

次行未见具体的文本指涉，但"置酒高堂宴友生"当然是对《西门行》中"饮醇酒，炙肥牛"一段更为雅致的改写。陆机以出自《诗经》的"友生"代之"心所欢"，④ 选择刻画宴会的空间环境即"高"堂而不再着笔于"肥牛"这类满足口腹之欲的"俗"物。

末节中的文学典故将这首直白的"及时行乐"之作引至未确定的方向。张衡的《西京赋》以"取乐今日，遑恤我后"讽刺西汉王公贵族的骄奢淫逸和享乐放纵，⑤ 陆机此诗原样照搬张衡此说，是否暗示了"我死之后，哪管/将会洪水滔天"的心境？若果是如此，此作就不是浅白地勉励人们把握光阴、享受当下，而是暗含了某

---

① "人生如朝露，何久自苦如此"，见班固：《汉书》卷54，第2464页。
② 何晏解，邢昺疏：《论语注疏》卷9，阮元：《十三经注疏》，第2491页。
③ 庄周著，郭庆藩辑：《庄子集释》卷9，中华书局，1961，第975页。
④ "虽有兄弟，不如友生"（《诗经·常棣》），见毛亨传，郑玄笺，孔颖达疏：《毛诗正义》卷9—2，阮元：《十三经注疏》，第408页。译者注：郭茂倩：《乐府诗集》卷37，第554页；陆机著，刘运好校：《陆士衡文集校注》卷7，第693页，首句读作"日出西门望天庭"，第四联读作"追未年莫及世平"。原书从《乐府诗集》。
⑤ 严可均：《全上古三代秦汉三国六朝文·全后汉文》卷52，第763页。

种解构字面意思的自我批判意义，并为前句的"及时乎"埋下了谶式阴影——而《西门行》中则没有这样的模糊性，也不存在对应许之乐的负疚感。

东汉硕儒蔡邕曾对清商曲辞颇有微词："其词不足采著。"①他点名批评的其中一首《出郭西门》，考虑到中古早期诗歌题目的流变性，该作极可能是前文所提《西门行》，而陆机把《西门行》改写成了一首文采飞扬、逞工炫巧的乐府。

尤值一提的是，陆机似乎拟仿的是《宋书》收录的异文，其诗仅有五节而非六节，且"桑枢戒"这一文典所改写的"弊车羸马"的居贫事典亦仅见《宋书》异文本（或《乐府诗集》另本）中。《宋书》异文还采用了一段独特的"三三七"言的格式，而在陆诗中则被通篇运用。

陆机似乎颇为偏爱这一特殊诗格，他在另一首乐府《鞠歌行》序中写道：②

> 按汉官阁有含章鞠室、灵芝鞠室。后汉马防第，宅卜临道，③连阁、通池、鞠城，弥于街路。《鞠歌》将谓此也。又东阿王诗"连骑击壤"，④或谓蹙鞠乎？三言七言，虽奇宝名器，不遇知己，终不见重。愿逢知己，以托意焉。

---

① 郭茂倩：《乐府诗集》卷44引，第639页。
② 陆机著，刘运好校：《陆士衡文集校注》卷7，第618页。
③ 马防兄弟以生活奢靡闻名："大起第观，连阁临道，弥亘街路"，见范晔：《后汉书》卷24，第857页。
④ 东阿王即曹植，其《名都篇》云"连翩击鞠壤"。陆机所引或是对此五言句的缩略。

陆机怀揣着一种外来者的热情"考察"洛阳的自然景观和北方的诗歌图景，以此来探究《鞠歌行》的源起。陆机并未具体解释这一特殊诗格的引人入胜之处，不过值得注意的是，当时有一首北方乐府在对南方经典诗辑《楚辞·九歌》①中的改适另写时，恰采用了同一诗格。② 备受瞩目的是，陆机将自己定位为能欣赏北方诗格律真正价值的"知己"，把这种"三言七言"诗格视为"名器"来传情达意，希冀以创作此类诗格来吸引惺惺相惜的读者。此序在很多方面都体现了陆机对"奇宝待赏"的北方音乐传统的看法，以及他浸入北方传统创作的高度自我期许。

接下来看一看陆机对《从军行》旧题改写的新作。现存前作有两首同题之作，一是魏廷知名乐师左延年的两首曲辞残本，二是重量级诗人王粲的组诗五首和两篇断章。③ 左诗残本之一存录于唐宋类书中：④

从军何等乐，一驱乘双驳。
鞍马照人目，龙骧自动作。

---

① 译者注：即《山鬼》。
② 逯钦立：《先秦汉魏晋南北朝诗》，第 261 页。
③ 此五诗在《文选》中题为《从军诗》，见萧统编，李善注：《文选》卷 27，第 1269—1273 页，但《乐府诗集》将其视为"乐府"，此亦表明在此阶段"诗"和"乐府"之间界限模糊。
④ 徐坚：《初学记》卷 22，第 537 页，"目"字异文为"白"；李昉：《太平御览》卷 358，第 1775 页。

左诗其二见于《乐府诗集》引沈建的《乐府广题》:①

> 苦哉边地人,一岁三从军。
> 三子到敦煌,二子诣陇西。
> 五子远斗去,五妇皆怀身。

王粲组诗非一时之作,五首皆录于《文选》,首章作于贺曹操征降张鲁"以美其事"的216年初,② 二至五章则多认为是作于其随曹公征吴(于班师回朝途中病殁)时的216年末。③《文选》本的组诗首章起联如下:

> 从军有苦乐,但问所从谁。

对照左氏两首残诗,王粲此联似乎分拆二诗首句中的"乐"与"苦"而熔铸成词,这或许暗指边塞戎伍生活的书写套路:要么是歌颂充满豪情壮志的从军之乐,要么是哀叹沙场征战的艰辛之苦,以及由此产生的对故乡妻儿的莼鲈之思。

值得关注的是,《文选》本王粲组诗中的另四首描摹的是征吴之役,其两篇断章"楼船凌洪波"同样述及军橹水战,也可确指是

---

① 郭茂倩:《乐府诗集》卷32,第475页;逯钦立:《先秦汉魏晋南北朝诗》,第411页。
② 陈寿:《三国志》卷1,第46页。
③ 萧统编,李善注:《文选》卷27,第1270页。

征南之战。① 相比而言，左诗残本其二出现的敦煌、陇西等地名都是汉帝国西北边陲(今甘肃省)之地，汉军与匈奴通常在此激烈争夺交锋。

陆机的《从军行》与上述诗作相比别有风趣：

> 苦哉远征人，飘飘穷四遐。②
> 南陟五岭巅，北戍长城阿。
> 谿谷邈无底，崇山郁嵯峨。
> 奋臂攀乔木，振迹涉流沙。
> 隆暑固已惨，凉风严且苛。
> 夏条集鲜藻，寒冰结冲波。
> 胡马如云屯，越旗亦星罗。
> 飞锋无绝影，鸣镝自相和。
> 朝飡不免胄，夕息常负戈。
> 苦哉远征人，抚心悲如何。

陆机延续了左诗"苦哉……"的起句结构，但二诗在语体风格上的霄壤之别也显而易见，陆诗繁复的对仗与简洁的叙事也在风格上比王诗更显纷华靡丽。而最重要的区别是，如果说左诗和王诗都聚焦于或南或北某一地域的话，那么陆机通过在诗中整合南北(尽管他在首联写到"四遐"，但是后文显然并未涉及"东西"方

---

① "楼船凌洪波，寻戈刺群虏"，见李昉：《太平御览》卷351，第1746页。
② 一本作"飘飖穷西河"，见欧阳询：《艺文类聚》卷41，第750页。

向),从而有意地创造出为国浴血奋战的"将士"的整体生命意义,而不是任何特定历史人物的独有个人经验。次联中陆机巧用对仗来将南北予以对置,此后数联列出分属南北的地理特征与气候状况,如"乔木/流沙""暑/寒",对偶结构使读者不由得将本可出现在同一地点的地理特征刻意对立,并把普遍存在的诸如"谿谷/崇山""隆暑/凉风""夏条/寒冰"等季候变化比物连类地对应南北。由此,北方与南方不只是通过温度冷热,而且也根据地貌特性来加以体认,而这些地貌特性又与性别建构关联,例如"谷=阴/女""山=阳/男"。就这一点来说,陆机可谓最早促成文化意义上的南方/北方之建构的先驱之一。①

陆诗书写的是帝国一统,而非北方对立"东南夷"或南方对立北"寇贼"的局面。② 事实上,诗至后段,陆机明确提及北/南的对立身份:在这里以"胡"和"越"代之,分指传统意义上的北方和南方居于长江以南的非汉族群。通过这一别具匠心的语词置换,陆机认为在统一帝国中,族群认同和文化认同(而非地域认同)才是也应是问题所在。

本节要讨论的最后一例是一首旧题乐府,表面来看似与陆机同题之作无甚关联,但后者仍以旧有主题打底,语词上隐约对前

---

① 对六朝时期南北建构的详论参看 Xiaofei Tian, *Beacon Fire and Shooting Star: The Literary Culture of the Liang (502-557)*, Cambridge, MA: Harvard University Asia Center, 2007, pp. 310-366;中译本见田晓菲:《烽火与流星:萧梁王朝的文学与文化》,第 238—276 页。
② 王粲《从军行》其三称吴人为"东南夷";而吴人在官方颂歌鼓吹曲《克皖城》中形容曹军为"寇贼",见逯钦立:《先秦汉魏晋南北朝诗》,第 545 页。

作予以呼应。这首阙疑的乐府诗题曰《豫章行》:①

> 白杨初生时，乃在豫章山。
> 上叶摩青云，下根通黄泉。
> 凉秋八九月，山客持斧斤。
> 我□何皎皎，梯落□□□。
> 根株已断绝，颠倒岩石间。
> 大匠持斧绳，锯墨齐两端。
> 一驱四五里，枝叶自相捐。
> □□□□□，会为舟船燔。②
> 身在洛阳宫，根在豫章山。
> 多谢枝与叶，何时复相连。
> 吾生百年□，自□□□俱。
> 何意万人巧，使我离根株。

乐府题中"豫章"既是一种樟树，也是汉代南方郡邑名（在今江西省）。宇文所安在《中国早期古典诗歌的生成》(The Making of Early Chinese Classical Poetry)中指出，这一乐府诗与陆贾《新语》"资质"篇中使用了相同的主题材料，"一棵自然生成的大树被砍

---

① 逯钦立：《先秦汉魏晋南北朝诗》，第264页；郭茂倩：《乐府诗集》卷34，第501页；英译见 Stephen Owen, *The Making of Early Chinese Classical Poetry*, pp. 133-134；原词文本有脱漏，此从逯本，诗末逯案："四库本乐府补阙字多处，不知根据何本。"
② "燔"，一本作"蟠"，后说或更近"会为舟船蟠"（弯曲）之意，见郭茂倩：《乐府诗集》卷34，第501页。

伐、修治，这是一个对人'才/材'的比喻"。① 陆赋言"通"于树于人都很关键("质美者以通为贵，才良者以显为达")，"道傍之枯杨"用之国典宗礼，因其"生于大都之广地"，而"闭绝以关梁"的名木豫章却"惕然而独僵"。但这首乐府描述的却是长于豫章山上的白杨哀叹斧斤斫之、锯墨裁之而为"材"，"枝叶自相捐"，"使我离根株"。

生于南方山林之树被伐入京为栋"材"，这一主题于陆机而言颇能声求气应，他本就是移迁"洛阳宫"的南方人"才"，其《豫章行》是对该主题出众而微妙的拟作：②

泛舟清川渚，遥望高山阴。
川陆殊涂轨，懿亲将远寻。
三荆欢同株，③ 四鸟悲异林。④

---

① Stephen Owen, *The Making of Early Chinese Classical Poetry*, pp. 130–133；中译本见《中国早期古典诗歌的生成》，第152—158页。
② 逯钦立：《先秦汉魏晋南北朝诗》，第657—658页；郭茂倩：《乐府诗集》卷34，第502—503页。
③ "三荆同株"常喻指同胞兄弟，见陆机《上留田行》，金涛声：《陆机集》，第288页。周景式的《孝子传》(已佚)载："古有兄弟，忽欲分异，出门见三荆同株，接叶连阴，叹曰：'木犹欣聚，况我而殊哉？'还为雍和。"见欧阳询：《艺文类聚》卷89，第1548页。吴均《续齐谐记》所载故事与之类似，只是荆树变成了紫荆树。
④ "孔子晨立堂上，闻哭者声音甚悲，孔子援琴而鼓之，其音同也。孔子出，而弟子有叱者，问：'谁也？'曰：'回也。'孔子曰：'回何为而叱？'回曰：'今者有哭者，其音甚悲，非独哭死，又哭生离者。'孔子曰：'何以知之？'回曰：'似完山之鸟。'孔子曰：'何如？'回曰：'完山之鸟，生四子，羽翼已成，乃离四海，哀鸣送之，为是往而不复返也。'孔子使人问哭者，哭者曰：'父死家贫，卖子以葬之，将与其别也。'孔子曰：'善哉，圣人也！'"见刘向著，赵善诒疏：《说苑疏证》卷18，华东师范大学出版社，1985，第556页。

> 乐会良自古，悼别岂独今。
> 寄世将几何，日昃无停阴。
> 前路既已多，后途随年侵。
> 促促薄暮景，亹亹鲜克禁。
> 曷为复以兹，曾是怀苦心。
> 远节婴物浅，近情能不深。
> 行矣保嘉福，景绝继以音。

诗人在起联中以"山"对"川"。泛舟川流，遥望"山阴"（意即山北），他暗设了以"清川"为表征的南方故土和将要去往的北方风光之间的对立，① 这很容易联系起陆贾描述伐木搬运的句子："浮于山水之流，出于冥冥之野，因江、河之道，而达于京师之下。"②然而，乐府诗的"材/才"主题在陆机诗中却被缩略为一句"三荆欢同株"，"株"字是对乐府诗中"离根株"的言辞再现，显而易见诗人是在暗示自己的命运就是与同源同根的亲人骨肉相离；但到了下一句，伐"木"之象换成了"林"，而"材"则变成了远比"木"更自由主动的象征"鸟"，此鸟还能发"音"令家人闻见，正如叙述者在诗末对其所爱的承诺："行矣保嘉福，景绝继以音"——自我一别，书翰不绝。

"景"，此处为"（诗人之）影"，也可解为"（日）影"。全诗中

---

① 陆机在《答张士然诗》中自称"水乡士"，见逯钦立：《先秦汉魏晋南北朝诗》，第 681 页。
② 王利器：《新语校注》，中华书局，1986，第 101 页。英译见 Stephen Owen, *The Making of Early Chinese Classical Poetry*, p. 131.

诗人皆在"我歌'光'徘徊,我舞影零乱":首联"遥望高山阴",诗中"日昃无停阴",两句后黄昏已近"促促薄暮景",末联"景绝",阳光投射下的光影和人影都倏忽不见。诗人在视线消失的黑暗之间转向文字之"音",此"音"在自我指涉的反转中又直指此诗本身。从光明到黑暗的变化寓示着太阳的位移、时间的流逝和生命的进程,也隐喻着诗人自己从南方迁至北方,因为"朱明"象征的南方是一片骄阳暑地,而由玄冥之神掌管的北地则被视作寒冬雪国。[1]

当诗人自己在时空双重意义上"薄暮景"之时,其心境矛盾重重:

> 曷为复以兹,曾是怀苦心。
> 远节婴物浅,近情能不深。

对北地行乐主题诗诸如"人生忽如寄,寿无金石固""为乐当及时,何能待来兹"这样耳熟能详的反问,[2] 在前联中似曾相识地出现回响;而后联就对这一问题给出答案,诗人怀抱"远节",自顾自踏上羁旅,但又难抑"近情",不能不依恋所爱。

---

[1] 参看《淮南子》:"南方,火也,其帝炎帝,其佐朱明。"见刘文典:《淮南鸿烈集解》卷3,中华书局,1989,第88页。"玄冥"是冬之神、北之神,见郑玄注,孔颖达疏:《礼记注疏》卷17,第8a页,四库全书本。
[2] 诸如"极宴娱心意,戚戚何所迫"(《古诗十九首》其三);"晨风怀苦心,蟋蟀伤局促。荡荡放情志,何为自结束"(《古诗十九首》其十二),见逯钦立:《先秦汉魏晋南北朝诗》,第329—330、332页。陆机对此二首均有拟作。

陆机在此诗中保留了乐府的"暂别私情、入京立业"的旧有主题，但在情感表达方面却更为复杂。这首诗不是浅切直白地颂美木材／人才的好运亨通，也不是简单明了地悲叹木材／人才与故壤分离。白驹过隙催人老，心存高远立志早，即使为思乡之情所困所扰，诗人也义无反顾地踏上征旅。然而，若把这段征程比作生命历程（"前路漫漫，我心蹉跎"）的话，实则是对惯用隐喻的颠覆，因为在此路上踽踽前行时，他已被自己所创的修辞力量驱至暗黑死局。此诗对陆机来说竟成了神秘谶言。

棹歌行：南北间的文化交融

> 帝见（长江）波涛汹涌，叹曰："嗟乎，固天所以限南北也！"遂归。①
>
> ——司马光

上一节讨论的陆机通过改写拟作来变革北方乐府传统，这跟粉丝写同人小说运作机制差不多：采纳既定的主题、情节和人物加以延伸、扩充，并赋予其极为个性化的反转。这些作品都具有提升语体风格的突出特点，而陆机诗相较于"原始文本"要更繁复精细。在上述已论的诗作中，《从军行》和《豫章行》特别预设了陆机从南至北的行迹以及他对南北双方近乎痴迷的关注。本节主要讨论陆机另一深受北方乐府影响的诗作《棹歌行》，以及此诗在南

---

① 司马光：《资治通鉴》卷70，第2225页。

北朝诗人笔下的进一步嬗变。众所周知，文学文化的变化与地缘政治的转移息息相关，居北之南人为颂扬新一统帝国所撰诗作，又被在南之北人改写以拥护"新"南方政权；而这些诗作最终兜兜转转回传北地，成为北人想象"江南"的欲望书写。

陆机选择这一北方乐府旧题进行改写的原因不难猜出，其前作系名于魏明帝（一说左延年），歌颂的是征吴之役：①

> 王者布大化，配乾稽后祇。
> 阳育则阴杀，晷景应度移。
>
> 文德以时振，武功伐不随。
> 重华舞干戚，有苗服从妫。②
>
> 蠢尔吴蜀虏，③ 凭江栖山阻。
> 哀哉王士民，瞻仰靡依怙。
>
> 皇上悼悯斯，宿昔奋天怒。
> 发我许昌宫，列舟于长浦。
>
> 翌日乘波扬，櫂歌悲且凉。

---

① 逯钦立：《先秦汉魏晋南北朝诗》，第 416 页。
② 上古传说中的五帝之一的舜，妫姓，名号重华，相传征伐过南方部落"有苗"（或"三苗"）。
③ 此从沈约：《宋书》卷 21，第 621 页；郭茂倩：《乐府诗集》卷 40，第 593 页。逯钦立采"吴中虏"之异文。

> 太常拂白日，旗帜纷设张。
>
> 将抗旄与钺，耀威于彼方。
> 伐罪以吊民，清我东南疆。

现存陆机《棹歌行》显然只是原诗的残章:①

> 迟迟暮春日，天气柔且嘉。
> 元吉隆初巳，② 濯秽游黄河。
> 龙舟浮鹢首，羽旗垂藻葩。
> 乘风宣飞景，逍遥戏中波。
> 名讴激清唱，榜人纵棹歌。
> 投纶沉洪川，飞缴入紫霞。

陆机没有描写水师出征备战，而是刻画初巳(或上巳)节的喜乐祝祷。定于三月初三的上巳节自曹魏始，是日洛城士民纷至黄河濯水祓禊。诸多诗作(不少是应制之作)、赋文、散篇都对这一节日加以记录和描写，可见这一节日上对王公贵族、下对黎民百

---

① 逯钦立:《先秦汉魏晋南北朝诗》，第 660 页；欧阳询:《艺文类聚》卷 42，第 757 页；郭茂倩:《乐府诗集》卷 40，第 593 页。
② 此从《艺文类聚》《乐府诗集》本的"隆"字而不用异文"降"。译者注：陆机著，刘运好校:《陆士衡文集校注》卷 7，第 709 页。"隆"作"降"字。

姓而言都很重要。①

陆诗与魏廷乐府的聚焦点截然不同，这不是水师战前鼓舞士气的战歌，而是对和平繁荣时期的节日祥和庆典的书写。在陆诗中，原多用以代表皇室出巡的"太常"一类的魏军战纛，都被置换成纷华靡丽，更少肃杀阴郁之气的"羽旗"；魏乐府中的皇权表征在语言层面上换成了"龙舟"二字，龙虽象征着天子，但龙舟或许只是指绘有龙形的大船。前后文本都包含了"棹歌"的自我指涉：在魏乐府中"棹歌悲且凉"勾起战争与死亡的联系，而陆诗则是一派轻快欢歌的图景，棹歌呈现出一种随意无忧的气氛；魏乐府"将抗旌与钺，耀威于彼方"一联暗示出兵戈扰攘之暴力，而陆诗则将此暴力对向飞鸟河鱼。

最大的差异其实就在开篇。魏乐府声言一位德配天地的"王者"应孕育自身的"阳""阴"二力，前者主佑、主养，后者主罚、主毁（"阳育则阴杀"）；与其强调人君的"武功"不同，陆机诗残篇以形容春日煦暖的叠词"迟迟"破题，延续前作"阳育"一句的主题，而且在次句还取用典出《诗经》里描摹人物的合成词"柔嘉"。② 陆机通过这一特定语词来适配上巳风日，赋予其某种道德

---

① 年岁稍长于陆机的成公绥和张协各自撰有《洛禊赋》，见严可均：《全上古三代秦汉三国六朝文·全晋文》卷 59，第 1795 页；卷 85，第 1951 页。夏统，字仲御，与陆机同代的吴人，"其母病笃，乃诣洛市药，会三月上巳"，《夏仲御别传》载："洛中公王以下，莫不方轨连轸，并至南浮桥边禊，男则朱服耀路，女则锦绮粲烂。"见欧阳询：《艺文类聚》卷 4，第 63 页；又见房玄龄：《晋书》卷 94，第 2429—2430 页。有趣的是，《晋书·夏统传》称北方士族观者不仅惊诧于夏统高超的御船技，也悚其在黄河上纵歌南曲。

② 参看《诗经·烝民》，见毛亨传，郑玄笺，孔颖达疏：《毛诗正义》卷 18—3，阮元：《十三经注疏》，第 568 页。

风范,使得人事与季节(春)趋于一致,达到天人感应的境地。陆机诗再一次体现出帝国一统的诗学取向,其中仅存的暴力应该只针对飞鸟河鱼的自然世界(非人类世界),以及经常被妖魔化的"蛮夷"。

据现今传世的东晋诗有限的文献文本资料判断,旧题魏晋(西晋)乐府的创作在四世纪时似乎出现了停滞。随着南方士族阶层在五世纪初时再次得以接触到北方音乐和文本,他们对早期乐府和"古诗"传统的写作兴趣又有所回升。① 然而,若是陆机还能把乐府诗作为一种音乐"活"传统在晋廷中传承的话,五世纪初的情形就可能不至如此。换言之,五世纪文人与魏晋乐府旧作文本之间存在的很大一部分的关联,在这个时候可能仅剩文本联结了。

谢灵运和其表弟谢惠连都对陆机乐府诗进行过系列仿作,即前文所议"拟"之所指;但就《棹歌行》而言,当时的名家孔甯子②的同题之作为仿陆机文本而作的六世纪的后出文本提供了参照:③

> 君子乐和节,品物待阳时。
> 上祖降繁祉,元巳命水嬉。
> 仓武戒桥梁,旄人树羽旗。

---

① Xiaofei Tian, "Chapter Three: From the Eastern Jin through the Early Tang," in Kang-i Sun Chang and Stephen Owen, eds., *Cambridge History of Chinese Literature*, vol. 1, pp. 228—229;中译本见田晓菲:《第三章:从东晋到初唐》,孙康宜、宇文所安编《剑桥中国文学史》上卷,生活·读书·新知三联书店,2013,第262—263页。
② 孔甯子在五世纪初以文学才华扬名一时,但在后世渐趋湮灭,其文集原有十五卷,但仅有两首乐府诗(含《棹歌行》)及散文残篇传世。
③ 本文未涉及鲍照的《代棹歌行》的原因是,正如其标题"代"字所示,鲍照的诸多乐府诗作都有意偏离传统。

> 高樯抗飞帆，羽盖翳华枝。
> 伙飞激逸响，娟娥吐清辞。
> 泝洄缅无分，① 欣流怆有思。②
> 仰瞻翳云缴，俯引沈泉丝。
> 委羽漫通渚，鲜染中填坻。
> 鹢鸟威江使，扬波骇冯夷。③
> 夕影虽已西，□□终无期。

孔诗首句如实再现了魏乐府起句的语法结构，但关注点从"王者"变成"君子"；陆诗起联中"柔且嘉"的春日天气在孔诗中也以"和节""阳时"来予以复现。

孔甯子对陆诗次联"元吉隆初巳，濯秽游黄河"的复杂适变尤为有趣。孔诗在语言层面上呼应陆诗，将陆诗出句的第一、五字"元"和"巳"重组为"元巳"，而把陆诗中的"元吉"换成义近的"繁祉"。如果留意到陆诗异文一作"元吉降初巳"，那么孔诗将动词"降"置于一句中的同一位置就很具深意了。

孔诗第三、四联对陆诗的仿写也可谓亦步亦趋，以语词的刻木为鹄来复现前作的大体意思，例如第六句"羽旗"一词是原样照搬，原作"飞景"换成了"飞帆"。二者之间的显著区别在于，陆机数联着重于水景描写，而孔甯子在水景之外亦留意到

---

① 典出《诗经·蒹葭》，见毛亨传，郑玄笺，孔颖达疏：《毛诗正义》卷6—4，阮元：《十三经注疏》，第372页。
② "欣"或当作"临"字。
③ "冯夷"是黄河水神，也泛指水神。郭茂倩：《乐府诗集》卷40，第593页。

地景天光。

　　转向声响的第五联逐字逐句改写陆诗"名讴激清唱，榜人纵棹歌"一联，但有两处明显差异：一是弃用指涉题旨的"棹歌"，二是改讴唱为箭响。后一改动加强了对偶效果，因为仿作异本并非语言表面的改易，其中有植于意义深层的对应：男（"伙飞"）对女（"娟娥"）、武（猎）对文（讴）。

　　下一联"泝洄缅无分，欣流怆有思"在陆诗中没有对应部分，不确定是现存陆诗残篇中的对应联恰好亡佚，还是孔甯子自出机杼、添枝加叶。不过这一联相当有意思，其暗示了叙述者正凝视河对岸的一位喉清韵雅的"娟娥"却意识到无由得近，遂只能以远远打量端详来悦心娱目，目光自上而下地游移："仰瞻翳云缴，俯引沈泉丝"——该联又是对陆诗"投纶沉洪川，飞缴入紫霞"（"渔/猎"联）的精妙改写。不过陆诗到此戛然而止，其原作显然是被类书编纂者所"腰斩"了。第八联顺承"渔/猎"联而描写是日满载而归的丰盛，其与现存陆诗残本中的对应关系比较含糊。

　　孔诗末尾多出的两联或有助于推测陆机原作会如何收束。末句有文字漫漶而句义费解，若补缀以"吾乐"这类词组，则"无期"就有"不知何时、难有预期"的意思，二世纪的五言古诗"壹别会无期"可为例证，① 那么诗人是否暗指他对清唱《棹歌》的"娟娥""求之不得"呢？

　　孔诗很好地证实了时至五世纪初对原作的逐句拟写仍然盛

----

① 此句出自《费凤别碑诗》，见逯钦立：《先秦汉魏晋南北朝诗》，第 176 页。译者注：逯本作"壹"，原书作"一"。

行,也维系了其与《棹歌行》文学书写传统的重要一环。稍晚于孔诗的存作出自萧纲,萧诗对这一主题既昭彰着承续性,又呈现出新面貌:①

> 妾家住湘川,菱歌本自便。
> 风生解刺浪,水深能捉船。
> 叶乱由牵荇,丝飘为折莲。
> 溅妆疑薄汗,霑衣似故湔。
> 浣纱流暂浊,汰锦色还鲜。
> 参同赵飞燕,借问李延年。②
> 从来入弦管,谁在棹歌前。③

对中国古代士子来说,只要提到湘江就会想到《楚辞·九歌》中的一对组诗意象——"湘君"和"湘夫人",但萧纲诗中的女子并非神灵。神女(特别是水神)应是严妆不乱、未受濡污的,但这里水珠溅容仿似薄汗微张,唤起读者对其肉身的关注,而与楚辞中的超凡幻境渐行渐远。不像前作置于欢度节庆的背景,诗中的她在江边采莲。在南方乐府诗书写中,莲(谐"怜")、(藕)丝(谐"思")都是爱情主题的惯常意象,萧诗中的乱叶与飘丝营造出带有些许情欲意味的意境。无论诗中女子意欲何为,也不管前作延

---

① 逯钦立:《先秦汉魏晋南北朝诗》,第 1907 页;欧阳询:《艺文类聚》卷 42,第 757 页;郭茂倩:《乐府诗集》卷 40,第 594 页。
② 赵飞燕是汉成帝的皇后,以善舞著称。李延年是汉武帝极宠的宫廷乐师。
③ 译者注:"谁",逯本作"讵"。

续的影响是否仍隐约可见,萧诗与早期的《棹歌行》都已是相去甚远。上巳节是祓禊净身,而这里以"浣纱""汰锦"复现"洗/净"之义,自我指涉的"棹歌"也在此诗尾联中点题呼应。

此诗结尾数句中提及两位传奇式汉廷乐者,以此提请听众/读者注意此前部分是乐歌本辞。换言之,末二联与传统乐府诗的"乐师作结"的功能近似,即乐工伶人从乐辞中抽身而出,直接面对观众听者并祝其"乐未央""寿无疆"。"乐师作结"突破乐辞的束缚,宣告演奏的结束,并彰显乐府诗叙事性的虚构本质。在前作陆、孔二诗中,缓吟清唱是江边进行的上巳节诸多典庆活动之一;但在萧诗中焦点聚于歌伎一人,"他"的乐府歌辞成了"她"的演绎之歌。

《棹歌行》起初是一首颂扬征南战事的北方乐府,但在五世纪时挪移至南方后成为南朝诗人最钟爱的乐府题之一,南朝诗人尝试将采莲/菱、浣纱或一般意义上的行舟之乐等其他江南主题融入其间。[1] 萧纲诗正是这一转型的代表之作,他把场域移至湘水之滨而引出南方的经典诗集《楚辞》,再以上述诸种南方主题为加持,从而为此诗贯注了一股浓郁的南方气质。通过把诗中女子塑造为临凡下界的湘水女神和堪称传奇的汉廷乐师,以及称美脱胎

---

[1] "浣纱"是因越地美女西施浣纱的传说而与"南方"相关联。南朝诗人的《棹歌行》诸作,见郭茂倩《乐府诗集》卷40,第594—595页。此题也屡现于南朝诗作,如沈约《江南曲》(见逯钦立:《先秦汉魏晋南北朝诗》,第1621页)、徐勉《采菱曲》(见逯钦立:《先秦汉魏晋南北朝诗》,第1811页)。莲、菱皆非南方特有植物,但在南朝的文化建构中被界定为"南方的"文学形象,参看 Xiaofei Tian, *Beacon Fire and Shooting Star*, pp. 346-358;中译本见田晓菲:《烽火与流星:萧梁王朝的文学与文化》,第260—269页。

换骨成南曲的《棹歌行》优于前作的做法，萧纲维护了南方朝廷的文化优越感。

正如陆机这样的外来南人成了北方文化传统的崇拜者一样，北人对南乐同样异常着迷，他们尤推那些南方气质浓郁的乐歌。雅善音律的北地健武名将羊侃于529年叛北魏附梁后，"自造《采莲》《棹歌》两曲，甚有新致"。① 二题皆录载于大名鼎鼎的北方诗人卢思道的现存文集中，其《棹歌行》如下：②

> 秋江见底清，越女复倾城。
> 方舟共采摘，最得可怜名。
> 落花流宝珥，微吹动香缨。
> 带垂连理湿，棹举木兰轻。
> 顺风传细语，③ 因波寄远情。④
> 谁能结锦缆，薄暮隐长汀。

诗中自然界和人世间彼此交错与萧诗颇似，越女"宝珥"堕水而与落花相杂，"带垂"沾水而与连理同湿，氤氲潮湿的画面充满着情欲意味。而与萧诗采用第一人称独白不同的是，卢诗创设的是

---

① 李延寿：《南史》卷63，中华书局，1975，第1547页。羊侃的乐府似乎是自度新曲而非倚旧曲新填词。
② 逯钦立：《先秦汉魏晋南北朝诗》，第2628页；郭茂倩：《乐府诗集》卷40，第595页。
③ "顺风"，《文苑英华》作"避人"，见李昉：《文苑英华》卷203，中华书局，1966，第1004页。
④ "寄"，《文苑英华》作"送"。

远远遥想越女的旁观痴者的视角。显而易见,卢诗中的女子并不歌唱(因而无从出现同题前作中自涉题意的《棹歌》),而是呢喃细语。尾联中谁向谁发问恐怕无法确知了,而问题本身可能就是越女们相互之间或其中一位的"细语",或者是旁观者想要问越女们的。

  对时刻觊觎着南方的北人来说,天然屏障般的长江始终是南方意义非凡的军事优势。曹丕曾挥师讨吴,"帝见(长江)波涛汹涌,叹曰:'嗟乎,固天所以限南北也!'遂归。"①但在"因波寄远情"一句中,长江的宽阔纵深,被人之"远情"所替代。"远情"一词直译为"遥远之情",量度着北方诗人与其欲望幻境之间的物理距离。"越女芳华谁与度"的问题真正成了一种困惑、一种挑战、一种邀约,与卢思道同时代的北方士子,也作为该诗的读者参与到这一文字游戏之中。

尾 声

  本文以二南人动身入北的论述开始,以一北人梦里南下的探讨结束。六世纪距离陆机、陆云已经非常遥远,但南北间的张力拉锯在整个南北朝时期仍在继续。本文着眼于挖掘南北间文化交融的纷繁复杂的诸面向,陆机以其丰富的"拟作"融入其时的主流文化(北方文化),这些拟作也最终跻身中国文学经典之列。

  对前作加以卓绝拟作仿改而能成为文学史上转捩点的关键人物,陆机就是其一,但他们的功绩却在转型后渐至湮灭无闻。将

---

① 司马光:《资治通鉴》卷70,第2225页。

陆机诗置于当时语境中加以检视才能理解其诗在南朝时何以备受推崇：正是陆机，把在他的时代尚属低阶体裁的五言诗打磨成一种极尽繁复绮丽、雕章镂句的精细诗体，在他之前，无人能及。南朝诗人仍可接触到更古早的文化世界，因此能够更好地推崇陆机的拟作之功。

这也解释了何以唐代以后陆机的文学声誉日损。他以景仰者的身份进行拟作，而拟作要依赖于原作。因此，对陆机作品的欣赏很大程度上取决于读者对陆机所迷恋的文学文化世界的熟稔情况。然而，那一世界仅余吉光片羽，即使是这些只言片语也要归功于陆机作品：若不是陆机的仿作，没人会关注到"原作"。

陆机《羽扇赋》中，"扇"是"累怀璧于美羽，① 挫千岁乎一箭"的"鹤"的借代之物。在很多南僚纷纷去朝归乡之时，入北仕晋的陆机选择留在乱世危局中。② 鹤虽坐拥长命之福，却常因其羽翎而殒命，这成了二陆的悲惨结局的某种谶兆，白羽扇的意象也蒙上了一层阴影。

（唐佩璇　参译）③

---

① 典出"匹夫无罪，怀璧其罪"，见左丘明著，杜预注，孔颖达疏：《春秋左传正义》卷7，桓公十年，阮元：《十三经注疏》，第1755页。
② 吴国名门望族之后张翰在洛阳政乱之前命驾归吴，见房玄龄：《晋书》卷92，第2384页；张协、张载兄弟亦去职不就，同上书，卷55，第1518—1524页。
③ 此文修订版"The Southern Perspective: 'Fan Writing'"收入 Xiaofei Tian, *The Halberd at Red Cliff: Jian'an and the Three Kingdoms*, Harvard University Asia Center, 2018, chapter 3, pp.159-207；中译本见张元昕译：《南方视角："扇的书写"》，收入田晓菲：《赤壁之戟：建安与三国》，生活·读书·新知三联书店，2022，第147—190页。本译文完成之时《赤壁之戟：建安与三国》尚未出版，特此说明。

哀怨、抒情性和南方

王平(Ping Wang)

　　钟嵘《诗品》序文中,有段文字从理论上阐发了与诗歌创作和吟咏有关的人类活动的生理机能,读起来令人难忘:"若乃如春风春鸟、秋月秋蝉、夏云暑雨、冬月祁寒",外界事物的运转和季节现象的交替对人类产生着影响,"斯四候之感诸诗者也",在心为志,发言为诗。良朋高会,莫不以诗为媒、传情抒乐,而益友诀别,多诉诸"怨"为凭、堪以告慰("嘉会寄诗以亲,离群托诗以怨")。钟嵘在这一点上推崇明本,不吝笔墨列举了"凡斯种种"的"哀人怨况"。接着他的写作节奏随着骈对文法的堆砌开始加快,读者注意到钟嵘真正的兴趣点是对"离"而非"聚"的诗学回应:[1]

---

[1] 姚思廉:《梁书》卷49,中华书局,1973,第696页;严可均:《全上古三代秦汉三国六朝文·全梁文》卷55,第3276a页;钟嵘著,曹旭注:《诗品集注》,上海古籍出版社,2011,第47—54页。

嘉会寄诗以亲,离群托诗以怨。至于楚臣去境,汉妾辞宫,又骨横朔野,或魂逐飞蓬,或负戈外戍,或杀气雄边,塞客衣单,孀〔霜〕闺泪尽。① 又士有解珮出朝,一去忘反;女有扬蛾入宠,再盼倾国。凡斯种种,感荡心灵,非陈诗何以展其义,非长歌何以释其情?故曰:"诗可以群,可以怨。"使穷贱易安,幽居靡闷,莫尚于诗矣。

这段本身很诗化的文字罗列出的各种揪心的情景易于引发他人共情,任何人都会为类似境况中的自己担忧。就钟嵘和他的同时代人而言,虽说不太可能直接遭遇这些极端的人生境况,但作者通过历数这些情状来间接地经历重现,这反过来又会感动他人。钟嵘的文本之中蕴含着催生诗作的人类经验,由兵燹战乱带来的极端情感通过那些承受着始乱终弃、流离失所、背井离乡之痛的男性女性的形象被特殊地审美化了,而这些难以想象的剧痛已成"兴感"之源。同样,贤才君子或旷世佳人的沉浮俯仰,也因其绝代风华而具有类似的吸引力,钟嵘认为,与这些人类经验的原型式极端性相关的复杂而深刻的情感,"非长歌何以释其情"?正是通过诗作才能更好地理解上述情境的意义,故曰"诗可以群";而当一个人孤绝于世,他/她也可以通过作诗吟诗来传达怨哀愁闷。诗歌是一个双向阀门,它既赋予个体生命与外部世界的极端遭遇以形式表现,又调节个人自我与内心本我之间的冲突以释放抒泄,这二者都是"离群"的情况。

---

① 此采"孀"而非异文"霜",此句读若"霜闺里,孀泪尽"。

该段描述中的大半用典皆可追溯至早期文本。"再盼倾国"的女性是李延年将其姊举荐与武帝时精心塑造的形象;"扬蛾"一词出于《诗经》第106篇《猗嗟》,描述的是一位男子的形象之美,而这些形象在这一文本语境中是泛化虚指的。然而,"楚臣"一词就只能是屈原,而对句中的"汉妾"也应明确指涉某个特定人物,但是学界并未就其身份达成共识。有人认为这组典故"极可能关涉的是屈原和班婕妤,此处二人并置令遭谤廷臣和受谗宫妃的身份关系变得更为明确",① 支持这一观点的证据不少,像好几首《怨歌行》常系于班婕妤名下。②

然而,这种身份认定也存在一些问题。班婕妤的"婕妤/倢伃"之衔在帝王妃嫔等阶十四级中位列第二,其在朝廷中的地位"理论上要高于九卿",③ 如果直译,"婕妤"就是"珍宠美人"。而钟嵘在这里所用的"妾"字往往指的是品阶较低的嫔妃,只是在以自谦自低之姿来指称自我的时候除外,而班婕妤不太可能被称为"妾"。不少中国传统笺者认为能与屈原相提并论的应该是汉代宫人王樯,其更广为人知的名字是王昭君,他们所引佐证了她被汉元帝嫁与匈奴单于的事实及由此衍生的"怨"。

这一问题的复杂程度实际上远非在班婕妤和王昭君之间做出选择那么简单,事实上我们无从选择,正如本文文末所揭示的,从公元一世纪到五世纪,在史纂操控、诗学表现、文本复构、大

---

① Paul Rouzer(罗吉伟), *Articulated Ladies*: *Gender and the Male Community in Early Chinese Texts*, Cambridge, MA: Harvard University Asia Center, 2001, p. 123.
② 钟嵘著,曹旭注:《诗品集注》,第50页。
③ David R. Knechtges, "The Poetry of an Imperial Concubine: The Favorite Beauty Ban," *Oriens Extremus* 36.2(1993): 128.

众想象和意识形态教化的多重合力作用下，班婕妤和王昭君之间的界限逐渐模糊；此外，除了班、王之外，还有更多的汉代宫廷女性参与故事书写，其名其事所激发出的各种灵感，势将成为一个漫长演进的过程，最终以一个合成式的故事来概括体现她们的生命历程，并以此孕育甚至衍生出一个诗学亚主题："怨"。

这一群体至少有四位女性值得留意，她们都是或写过一些怨诗，或因离开汉宫而与"怨"诗相联系的"汉女"，按年代先后她们分别是：刘细君、王嫱、班婕妤和蔡琰。

颇具讽刺意味的是，排在最前的这位女性尽管在历史上是重要且真实的，但却鲜为人知。约在公元前 105 年，这位如假包换的汉室公主刘细君远嫁蛮荒之地乌孙，以和亲谋取帝国的一时太平。《汉书》记录了她生活于异国他乡的心酸生命故事：①

> 公主至其国，自治宫室居，岁时一再与昆莫会，置酒饮食，以币帛赐王左右贵人。昆莫年老，语言不通，公主悲愁，自为作歌曰……天子闻而怜之，间岁遣使者持帷帐锦绣给遗焉。

上面的引文出自《汉书》中关于乌孙的章节。乌孙是西域的游牧小国，但在汉帝国的外交政策中扮演着重要的角色。尽管张骞首倡汉廷与乌孙结盟"以制匈奴"，但是时乌孙举棋未定，更倾向于效忠匈奴。细君嫁入乌孙，"乌孙〔国王〕昆莫以为右夫人"，

---

① 班固：《汉书》卷 96 下，第 3903 页。

"匈奴亦遣女妻昆莫，昆莫以为左夫人"，她与老迈的昆莫更为亲近，并对他暗施把控影响，正是她的存在可能使得汉室公主细君的"夫人"身份有名无实。"昆莫年老，欲使其孙岑陬尚公主，公主不听，上书言状"，然而其所得汉天子的诏令是"从其国俗，欲与乌孙共灭胡"。① 这一冷漠的诏复与上文所提汉皇所谓的"怜"可谓云泥之别，对比鲜明，细君确实被汉朝——她的家国——抛弃了。堂堂汉室公主能以这样的方式被牺牲绝非偶然。细君之父乃江都（今扬州，与南京隔江近对）王，因作乱犯上、谋逆不轨而于公元前121年畏罪自尽。细君虽在不识其父的情况下长大成人，却仍以莫名的方式在十多年后承受家翁之罪的荼毒。远嫁至苦寒荒瘠的塞北之地，迫离于温和富饶的江南之家，这对任何年轻女性而言都是最可怕的噩梦，遑论汉室公主。

这位被遗弃、被侨寓的汉朝公主茕独地度尽余生，悄无声息地在西域边陲溘然长逝，遗孤一女。没有人确切了解她的所思所想，不过《汉书》纂者把一首诗的署名权归于她，该诗较为接近她对生活的感悟和遭受困苦的实况：

> 吾家嫁我兮天一方，远托异国兮乌孙王。
> 穹庐为室兮旃为墙，以肉为食兮酪为浆。
> 居常土思兮心内伤，愿为黄鹄兮归故乡。

这首抒写乡愁的诗以一个良愿收束，希望自己化身黄鹄之形

---

① 班固：《汉书》卷96下，第3904页。

归乡。"黄鹄"这一歧义性形象很可能是双声词"鸿鹄"(意指"巨鸟")的书写异文,颜色修饰词"黄"较之本字"鸿"的声效更具丰富的语义维度,故而读起来要比听起来更合意。不过这一异文取舍应该是自然而然的,因为二字几乎同音。鸟,特别是"鹄",在"古诗"中多是用以表达离别之痛或感伤之哀的常见意象,然而这首诗的核心却由一些预设是陌生化而能唤起疏离感的意象构成。汉人是目标读者受众,但也不必非得是汉人才能理解异质殊物,因为尾联强调了某种被严重忽略的"规律性"或"常态性"。诗中对匈奴生活方式的描述笼统而含混,在很大程度上属于更近汉人想象而非匈奴实情的陈词滥调。① 不过这首诗中最引人入胜的是首联——尤其是首句,复建上古音之后音效不证自明:ŋa ka ka^C ŋai^B γei t^{h}en ʔit puaŋ。②

大声诵读该句听起来像一声声哽咽叹息迸发出来,中间仅以兮(γei)字和齿塞音"t^h"略呈节奏上的停顿,句中各字的辅音分别是:软腭鼻音"ŋ"、两个清软腭塞音"k"之后又接软腭鼻音、软腭擦音"γ",然后是清声门塞音"ʔ"、清双唇塞音"p",结以又一软腭鼻音,末字音节就以唇塞音始、腭鼻音止。这些"塞音"和"鼻音"听似是喉间的一连串的发音阻塞,多至鲠涩聱牙,很难读出;而黯然失意的表达效果还因五个开元音"a"而得以强化,在语音上最能体现哭声。因此,我们听到的并不是翻译呈现出来的连贯叙述,而是一种杳不可闻、言不成声的噎噎咽咽而终至悄然

---

① 历史语言和诗性语言的互文性将另文再论。
② 语音重构参考 Axel Schuessler(许思莱), *Minimal Old Chinese and Later Han Chinese: A Companion to Grammata Serica Recensa*, Honolulu, HI: University of Hawai'i Press, 2009.

无声,从某种程度上说,这就是细君一生的写照。

另有一些饶有意味的对立凸显出细君困苦的遭遇。在语义层面上,"家(ka)"和"嫁(ka^c)"的串联显现出对女性嫁聘的讽刺,对一个女人来说这有两层意味:首先,她被父母抛弃,被从出生起就称为"家"的地方送离;然后,她还必须在新的地方"找到家"。如果新家是亲和温馨之地,那么前度被弃或许还算得上是好运。不然的话,她就得遭遇双重离弃,而细君公主正是如此,她被她的"汉家"抛弃是信而有征而非仅仅是象征性的,且她的新家实际上也是殊方绝域。细君逸事或许代表着一个女人所能遭遇的最大的不幸,更具讽刺意味的是,细君曾是自家王土上的公主。

细君未能赢得老乌孙王的心,似可跟大汉在与匈奴的外交角力中处于下风相提并论。细君逝后,遗孤一女,而汉朝又遣送一位公主,她亦是楚人,乃前"七国之乱"楚王刘戊的孙女,下嫁为(新乌孙王)岑陬的次任汉妻,生卒不详。她名曰解忧,字面意思是"消解忧愁",其名揭示出她有意背离于细君的人生轨迹,听起来像是寄寓了改写一位被弃置的女性远嫁殊方的悲惨命运的愿景。岑陬死,解忧改嫁其弟"肥王"(翁归靡),他宠惜解忧,与之生有三子二女,他们后来都成了乌孙朝中的显赫人物。纵观乌孙史,生育率成为衡量一个女人成就的指标,解忧的子女也终在匈奴、大汉、乌孙三国政治中扮演了重要角色:长子元贵靡求亲于汉,解忧的侄女选中为婚,汉廷置备盛礼,迎接乌孙的取聘遣使以充公主随从的三百余人,他们跟和亲公主相夫——字面直译为"相佐夫君"——一起"舍上林中,学乌孙言"。随后在平乐观的设乐演奏中，琵琶可能首次被引入汉宫。①

在相夫公主及其随从前往乌孙的漫长行旅中，乐手们骑马演奏琵琶以遣欢娱。琵琶意象多系于凄美传奇王昭君之怀抱，固化为汉匈互动的重要符号（这里王昭君的故事与先于她参与汉番外交的女性故事混为一谈，后文再予讨论）。长途跋涉后相夫公主一行至敦煌，未出塞而惊悉肥王死讯。肥王之侄泥靡继任即位，同时续娶本是其继母的解忧，泥靡原是岑陬的匈奴左夫人之子，号"狂王"，与解忧生有一子。由于这一突发变故，相夫受诏征还，和亲未成。②

挟裹汉地女子命运的政治在乌孙国持续上演，有时甚至弥漫着血雨腥风。解忧和她的得力侍女冯嫽——"能史书，习事，尝持汉节为公主使"——是这里的关键人物。为了汉朝，她们对乌孙加以制衡，虽也经历了一些波折，包括一次刺杀未遂，但最终也对匈奴施以影响，使得汉廷在西域的影响稳步增强。解忧晚年上书汉皇，祈愿返乡、归葬汉地。她的愿望实现了，终于公元前51年迎归汉土：③

> 元贵靡、鸱靡皆病死，公主上书言年老土思，愿得归骸骨，葬汉地。天子闵而迎之，公主与乌孙男女三人俱来至京师。是岁，甘露三年也。时年且七十，赐以公主田宅奴婢，

---

① 班固：《汉书》卷96下，第3905页。
② 同上书，卷96下，第3905—3906页。
③ 同上书，卷96下，第3904—3908页。

奉养甚厚,朝见仪比公主。后二岁卒,三孙因留守坟墓云。①

把解忧公主的故事与其前辈的故事放在一起考虑,我们才能理解刘细君逝后两百年《汉书》将前引诗归于她名下之举。该诗不仅关乎细君一人,而且关乎跟她的人生旅程轨迹相似的女性群像。这一旅程始于细君难以言喻的悲伤和难以抑制的哀泣,并在《汉书》中被赋予诗意/形。此作意在从细君的角度来寻求一种适当的表达,解忧暮年归汉朝似乎是圆愿之事,史家确以某种慰藉的口吻来讲述这一故事,展现出这些女性在大汉对外政策与乌孙国内政治中所获取的共有成就,而解忧公主重回长安给这一行旅画上了圆满的句号。然而,这一"圆满"的实现在诗歌表达上是缺失的,因为该诗的结尾是一个未闭合的归乡夙愿。具有讽刺意味的是,解忧公主实际上并没有回到她严格意义上的家乡,因为她和细君同出于叛乱长安的南方。楚骚中的"细君"——即细君的字面意思——的悲歌,让对这一造就微"细"成就的漫长艰难之旅程的叙事黯然失色。细君之歌在某种程度上正是汉人势弱的真实写照,尽管她的故事并非激荡人心或凯歌高奏式的,但以是诗,传此意,她的声音却源远流长。

尽管无从判断这首悲诗是否真由刘细君所吟唱,但在后世的文集中她的名字就系于此诗下,好像她真的就是作者一样,由此她也被称为"乌孙公主",她被赋予大汉与乌孙的混合身份,其原有的楚地出身在书写、阅读、想象的历史进程中被逐渐抹除。而

---

① 班固:《汉书》卷 96 下,第 3908 页。

这首骚体诗保留了她的楚音，但她在中国历史上的存在却"微不足道"，因为有关她的生活以及身为楚女的诸多事实与传奇都已被侵蚀殆尽，并被编织成一个更为宏大的文化传说，即统以昭君之名，融美貌、美诚与美德为一体的女杰传奇。

王昭君在中国文化想象中的地位怎么夸饰都不为过，[1] 她的故事在多个维度上照应着屈原传奇而形成了一个丰硕的文学素材库，至马致远所写元曲《汉宫秋》而遂成高潮。这一题材巨构始于中古中国早期，相关记载散见于《西京杂记》[2]《世说新语》《琴操》《后汉书》等。[3] 其中《西京杂记》和《琴操》的年代最难确定，倪豪士（Nienhauser）将《西京杂记》成书时间暂定于五世纪下半叶，[4] 约略于六世纪之交，也就是钟嵘的时代，王昭君的故事似乎已经稳定成形。我们很难确定这些记载之间的确切关系，因为它们可能远比现存部分厚重复杂得多。不过对围绕这些记载的主题形成

---

[1] 对王昭君传奇的权威研究参看 Hing Foon Kwong（邝庆欢），*Wang Zhaojun, une héroïne chinoise de l'histoire à la légende*，Paris：Collège de France, Institut des hautes études chinoises，1986；王昭君的生平简介参看 Stephen H. West（奚如谷）and Wilt L. Idema（伊维德）ed. and trans.，*Monks, Bandits, Lovers, and Immortals: Eleven Early Chinese Plays*，Indianapolis, IN：Hackett Publishing Co.，2010. p. 464.

[2]《西京杂记》的系年学界仍存争议，一些学者认为其成书晚至齐梁时代，另一些学者倾向于放在两晋时期，无论观点如何抵牾，学界公认此书当是汉后或六朝作品，参看 William H. Nienhauser, Jr.（倪豪士），"Once Again, the Authorship of the *Hsi-ching Tsa-chi*（Miscellanies of the Western Capital）," *Journal of the American Oriental Society* 98.3（1978）：219-236；David R. Knechtges, "The *fu* in the *Xijing zaji*," *New Asia Academic Bulletin* 13（1994）：433-452；rpt. in idem.，*Court Culture and Literature in Early China*，Aldershot：Ashgate，2002.

[3] 范晔曾任刘义恭冠军参军、秘书丞等职，432 年"左迁宣城太守。不得志，乃删众家《后汉书》为一家之作"，参看 William H. Nienhauser, Jr., "Once Again, the Authorship of the *Hsi-ching Tsa-chi*," p. 227；沈约：《宋书》卷 69，第 1820 页。

[4] Ibid.，p. 229.

一个大致理解还是可行的,汉胡关系就是典型一例,伴随317年西晋沦陷于匈奴之手而可能变得尤为醒目,由于王昭君早在三个半世纪前就远嫁与一位匈奴单于,她的生平成了在四五世纪足资谈助时事的一个无害而丰饶的话题领域。

我们先来看《琴操》里的记载。这是一本琴曲逸事集,传为蔡邕所作,然而隋、唐正史中的《艺文志》均称晋代孔衍所撰。在王昭君名下一首名为《怨旷思惟歌》的四言诗中,序言所言甚详:

> 王昭君者,齐国王襄〔穰〕女也。昭君年十七时,颜色皎洁,闻于国中。襄见昭君端正闲丽,未尝窥看门户,以其有异于人,求之皆不与。献于孝元帝,以地远,既不幸纳,叨备后宫。积五六年,昭君心有怨旷,伪不饰其形容。元帝每历后宫,疏略不过其处。后单于遣使者朝贺,元帝陈设倡乐,乃令后宫妆出。昭君怨恚日久,不得侍列,乃更修饰,善妆盛服,形容光辉而出。俱列坐,元帝谓使者曰:"单于何所愿乐?"对曰:"珍奇怪物,皆悉自备;惟妇人丑陋。不如中国。"帝乃问后宫,欲一女赐单于,谁能行者起。于是昭君喟然越席而前曰:"妾幸得备在后宫,粗丑卑陋,不合陛下之心,诚愿得行。"时单于使者在旁,帝大惊,悔之,不得复止。良久,太息曰:"朕已误矣。"遂以与之。昭君至匈奴,单于大悦,以为汉与我厚,纵酒作乐。遣使者报汉,送白璧一双,骏马十匹,胡地珠宝之类。昭君恨帝始不见遇,心思不乐,心念乡土,乃作《怨旷思惟歌》曰云云。昭君有子曰世

违。单于死,子世违继立。凡为胡者,父死妻母。昭君问世违曰:"汝为汉也?为胡也?"世违曰:"欲为胡耳。"昭君乃吞药自杀。单于举葬之,胡中多白草,而此冢独青。

作为一首诗的引言,这篇序似乎太长了,378个字的篇幅使仅有96个字的诗文本体相形见绌。就叙事而言它相当完整,并且有意识指向女性忠贞的道德教谕。这些说教并不总是巧妙设置或刻意隐藏,而是似乎公然侵入叙事主线,道德动机在叙述中造成了一些前后矛盾的冲突和意想不到的反转,最后一段尤为刺眼。故事叙述的前三分之二(即248个字)相对而言更为流畅连贯,而突兀的侵入性道德论调恰好出现在昭君自杀之前,令故事走向尾声。四言对句"凡为胡者,父死妻母"概述了胡人婚俗,昭君以自杀对此表示出强烈的抗议。这种严厉的伦理教化让人联想到《后汉书》中新增的一类传记——《列女传》,范晔显然以西汉领校秘书、目录学家刘向的同名前著命之。① 女性贞洁是刘向传记的核心主题之一,流露出他对孽嬖外戚之于汉室统治斑斑劣迹的特别关注,班固对刘向此书要旨如是评说:②

> 向睹俗弥奢淫,而赵、卫之属起微贱,踰礼制。向以为王教由内及外,自近者始。故采取《诗》《书》所载贤妃贞妇,兴国显家可法则,及孽嬖乱亡者,序次为《列女传》,凡八

---

① 关于早期女性传记书写的介绍,参看 Sherry J. Mou(牟正蕴), *Gentlemen's Prescriptions for Women's Lives*, Armonk, NY: M. E. Sharpe, 2004.
② 班固:《汉书》卷36,第1957—1958页。

篇，以戒天子。

值得注意的是，班固与他的评介对象刘向之间有诸多共性，某种意义上来说，二人都是他们所批判的外戚家族中的一分子，这反映了汉代宫廷"女性"问题是多么根深蒂固和无孔不入。

刘向是刘辟彊之孙，楚元王刘交之玄孙。刘交分封于楚，都于彭城（今徐州），是汉朝开国皇帝刘邦之同父少弟，"好书，多材艺。少时尝与鲁穆生、白生、申公俱受《诗》于浮丘伯。伯者，孙卿门人也。及秦焚书，各别去"，[1] 后"元王既至楚，以穆生、白生、申公为中大夫；高后时，浮丘伯在长安，元王遣子郢客与申公俱卒业。文帝时，闻申公为《诗》最精，以为博士。元王好《诗》，诸子皆读《诗》，申公始为《诗》传，号《鲁诗》。元王亦次之《诗》传，号曰《元王诗》，世或有之"。[2]

不幸的是，刘交之孙刘戊荒学废礼，抑文崇武，嗣位淫暴，令楚国逐渐衰落。刘戊在"七国之乱"中兵败自尽；而刘辟彊之父携家留京师幸免于难。楚国虽得以延续，但之后又一谋乱阴起，楚国遂除。刘向没有直接受到其叔祖刘戊叛乱的冲击，但他必定知晓其堂姐妹、刘戊之孙女解忧的命运。尽管刘向及其父祖皆居于京城，但他们都处身于宫廷权力圈的极外围，他们的边缘地位既可能是主动的选择，也可能是被动的结果，或是两者皆有。班固的史书就认为京师刘氏[3]"忠精"，赞之"廉靖乐道，不交接世

---

[1] 司马迁：《史记》卷50，第1987页；班固：《汉书》卷36，第1921页。
[2] 班固：《汉书》卷36，第1922页。
[3] 本文以"京师刘氏"来区别参与叛乱朝廷的"彭城刘氏"。

俗"。

　　司马迁对楚元王一系的记述比班固简略得多，他仅简要述及楚之"国除"；而班固则对彭城刘氏和京师刘氏两系都详加叙述，还为刘向及其子刘歆单立一传，另外还提供了刘向之祖刘辟彊的诸多细节，说其"好'诗'"能文。① 讽刺的是，京师刘氏能在"七国之乱"后逃过一劫的真正原因是"太夫人(刘辟彊之祖母)与窦太后有亲"。②

　　身兼史家和外戚身份的班固亦扮演着双重角色，因为他实际上也身陷于他所批判的问题之中。刘氏家族最终能凭借经术和校录之职在宫廷中悄然生存，这与以史立家的班氏家族的命运如出一辙。班固的祖姑班婕妤在成帝专幸出身微贱的赵飞燕姐妹而失宠时"恐久见危"而"充奉园陵"，在孤独中度尽余生。人们对其实际情形和生活细节所知不多，但未妨对她的情感遭遇进行丰富联想和诗化表达。③ 班固在写《外戚传》时对班婕妤的偏爱是合乎情理的，他赋予班婕妤以一种声音来阐述自我，而她在诗中所吟之意使得她立于没有留下声音的其他宫廷女性之上。班婕妤的人生起伏，其实跟赵飞燕以及那些得幸于成帝，始宠而终弃的宫妃并无二致，很多美人都曾贯鱼承宠，而历史书写的结果是把赵氏姊妹定性为邪魅之女，其中飞燕更被认为是造成康健成帝四十四岁即英年猝死的罪魁祸首。而站在这个最终被迫自裁的蛇蝎美人的

---

① 班固：《汉书》卷36，第1926页。
② 司马迁：《史记》卷49，第1972—1975页；班固：《汉书》卷97上，第3942—3945页。
③ 对归名于班婕妤的文作，参看 David R. Knechtges, "The Poetry of an Imperial Concubine".

对立面的，正是《汉书》中贞高绝俗的班婕妤。这，绝非偶然。

宫廷女性得宠与否，最终取决于围绕皇帝的绝对权力组织而成的宫廷之道，但要给那些处于风暴眼的人物来挑错却相当容易，比如之于皇帝本人和他是时宠幸的某位妃嫔。如果许皇后被赋予了话语权，她极有可能把班婕妤视为心头大患、萧墙祸根。赵氏姐妹从班婕妤手上"盗"走了成帝的说法经常被提及，但这个"盗贼"其实是班婕妤自己的侍女，即比赵氏先识龙颜但出身低贱的李平。① 事实上，班婕妤和赵飞燕之间同大于异：她俩都是从低阶遽升至品秩第二的"婕妤"，都不得已为皇帝的青春新宠让位，并且都被卷入后宫内斗；然而人们对她们在历史上天差地别的认知并非纯属偶合。宇文所安在对《汉书·李夫人传》的研究中指出，真正的"妒谤者"可能恰好是班固本人，这位儒学史家的"微言"具有重塑和贬斥之力，② 同样具有美赞和传扬之功。赵氏、李氏这两个臭名昭著的外戚家族为自己令人艳羡的平步登天付出了在劫难逃的代价——"家族灭矣"；相比之下班氏家族则很幸运，他们之所以在历史上屹立不倒，是因为他们忍受着"默难"，通过他们自己集体书写的历史中穿插的诗歌文本来予以展演。班婕妤"孤茕而亡"得到了善报，她平反的意义超越了她的个体生命，是对整个班氏外戚家族的洗冤，因为这些外戚家族之间

---

① 班固：《汉书》卷 97 下，第 3984 页。
② Stephen Owen, "One Sight: The *Han shu* Biography of Lady Li," in *Rhetoric and the Discourses of Power in Court Culture*, David R. Knechtges and Eugene Vance（范士谨）eds., Seattle, WA: University of Washington Press, 2005, p. 245；中译本见宇文所安：《"一见"：读〈汉书·李夫人传〉》，收入宇文所安著，田晓菲译：《他山的石头记：宇文所安自选集》，生活·读书·新知三联书店，2019，第 114—129 页。

最大的非议似乎取决于其地位高下——或"微"或"良家"。班婕妤引经据典(如经书或《古图画》一类的典籍)①的言谈方式让她更像是一位史家而非嫔妃,并且劝诫成帝注意身为贤圣之君的形象,勿要沉溺声色。在这种话语修辞中,她更像是班昭而不是班婕妤。据称"太后闻之,喜",而皇帝也"善其言而止"。史称"婕妤诵《诗》及《窈窕》《德象》《女师》之篇;每进见上疏,依则古礼"。② 传中的班婕妤既是一位女德贤师,又是一位耿介直臣,而这一角色也为她的甥侄班昭和班固所扮演。

班昭对贤德班婕妤的建构是基于自我形象。值得注意的是,其名曰"昭",意为"照亮"和"教化",这很好地勾勒出一位典范的皇宫嫔妃和历史学家的双重职责。班夫人劝诫成帝之举毫无违和感地可谓"昭君(昭鉴君王)"。有意思的是,"昭君"恰好也是班固抑或是其妹班昭为王樯所拟的字号,她在《汉书·元帝纪》中被简略提及,说元帝于公元前 33 年"赐单于待诏掖庭王樯为阏氏"。③《匈奴传》的记载更为翔实丰满,而她的名字"樯"代以"墙"的异体,并强调其出身"良家子"。史家对后宫妃嫔理应出自特定阶层这一事实相当上心,若非如此,即当圈明。正是在《匈奴传》中王樯被给予表字"昭君",④ 于匈奴语境则号"宁胡阏氏"。⑤ 此二称号分别意为"昭鉴君王"和"安定胡族",反映出汉代史家的视角立场。王樯与呼韩邪生有一子,与呼韩邪的另妻之

---

① 班固:《汉书》卷 97 下,第 3983 页。
② 同上书,卷 97 下,第 3984 页。
③ 同上书,卷 9,第 297 页。
④ 同上书,卷 94 下,第 3803 页。
⑤ 同上书,卷 94 下,第 3806 页。

子育有二女。① 此外，三世纪一位注疏者文颖提到了王昭君的故乡："本南郡秭归（在今湖北宜昌）人也。"②这一说法显然与《琴操》序中所说的齐国（今山东）出生不同，而齐国恰好是其编者孔衍的故乡。《琴操》对《汉书》材料随意挪移改写的地方俯拾皆是，尽管存在不少异文，但还是有些共同关注的点线清晰可辨。例如，对匈奴或胡人的偏狭之见的表现不仅在于将单于刻画成一个头脑简单的人，而且也通过对乱伦的控诉来恶意曲解匈奴的婚姻习俗；而另一面则把昭君塑造成一个自决成仁的人物角色。她的"怨"力，首先表现在几分颠覆的姿态，然后接以强有力的操控举动，最后化为感动人的韵词文言，并被视为她美德的有机部分，这一点最终为"胡中多白草，而此冢独青"所坐实。这首诗有 96 个字，篇幅仅为序言 378 字的四分之一。这首诗非但没有成为关注焦点，反而感觉像是经由史家评述的裁剪塑形，诗中引用《诗经》来传达近似情感并给出价值判断。在这种情况下对《诗经》章句散漫的繁征博引似乎是离心的，它们大多只是重复着"去乡辞亲"的情绪。③ 这样读来，此诗很接近那首系名刘细君或乌孙公主

---

① 班固：《汉书》卷 94 下，第 3807—3808 页。
② 同上书，卷 9，第 297—298 页。
③ 参看《诗经·周南·葛覃》末句"归宁父母"；英译 I am going back to visit my parents. 参看 James Legge（理雅各），trans., *The Chinese Classics*, *Volume IV*: *The She King*, *or the Book of Poetry*, Hong Kong: London Missionary Society, 1871; rpt. Taipei: SMC Publishing, 1991, p. 7；见毛亨传，郑玄笺，孔颖达疏：《毛诗正义》卷 1—2，阮元：《十三经注疏》，第 277 页。《诗经·唐风·鸨羽》里"父母"一词也往复出现（"父母何怙""父母何食""父母何尝"），见《毛诗正义》卷 6—2，《十三经注疏》，第 365 页。朱熹集注认为二诗都是归家问安、侍奉父母之意，见屈万里：《诗经诠释》，联经，1983，第 204 页。

的三联古诗,都是表达流移失所、无处措身的沮丧绝望之情。要说有什么不同的话,该诗比细君诗多出一个面向,那就是加入了皇帝形象用以讽喻和箴谏:①

> 秋木萋萋,② 其叶萎黄。③ 有鸟处山,集于苞桑。④
> 养育毛羽,形容生光。既得升云,游倚曲房。
> 离宫绝旷,身体摧藏。志念抑冗,不得颉颃。⑤
> 虽得馁食,心有徊惶。我独伊何,改往变常。
> 翩翩之燕,远集西羌。高山峨峨,河水泱泱。
> 父兮母兮,道里悠长。呜呼哀哉,忧心恻伤。

在《后汉书》中,王嫱的名字又一次被更改:樯(《汉书·元帝纪》)→牆(《汉书·匈奴传》)→嫱(《后汉书》)。《后汉书》改成

---

① 蔡邕:《琴操》,平津馆丛书本,第14a-b页;"有鸟处山"作"有鸟爰止","游倚曲房"作"获侍帷房","志念抑冗"作"志念幽沉",此依吉联抗辑:《琴操》,第20页。
② 欧阳询:《艺文类聚》卷30,第538页。
③ 参看《诗经·周南·葛覃》:"维叶萋萋,黄鸟于飞";英译 Its leaves were luxuriant; / The yellow birds flew about. 参看 James Legge, *The Book of Poetry*, p. 6;见《毛诗正义》卷1—2,《十三经注疏》,第276页。
④ 参看《诗经·唐风·鸨羽》第三节:"肃肃鸨行,集于苞桑。王事靡盬,不能蓺稻粱。父母何尝,悠悠苍天,曷其有常";英译 Suh-suh go the rows of the wild geese, / As they settle on the bushy mulberry trees. /The king's business must not be slackly discharged, / And [so] we cannot plant our rice and maize; / How shall our parents get food? / O thou distant and azure Heaven! / When shall we get to our ordinary lot? 参看 James Legge, *The Book of Poetry*, p. 184;见《毛诗正义》卷6—2,《十三经注疏》,第365页。
⑤ 参看《诗经·邶风·燕燕》,见《毛诗正义》卷2—1,《十三经注疏》,第298页。

"女"字旁，标示出[qiáng]字从仅以表名转向象征类别的符号学意义。新字"嫱"不仅彰显出王嫱的女性气质，而且蕴含着她的绝色美貌和所遭不公，因其将她和古代美女毛嫱联系了起来。史家范晔通过这一偏旁的细微变化而把另一女性人生织入王樯（嫱）的生命历程，其原本已为人熟知二三事：良家子、嫁匈奴。除了匹以王嫱的盛世美貌外，毛嫱的悲惨命运亦如影随形，她在与另一位"四大美女"之一的西施的比拼中落败淡出。西施与后来的王昭君的故事惊人地相似，她也是牺牲自我，靠吸引敌国国君的关注来为故国赢得和平。特别是在强悍的匈奴在边境上制造诸多事端的西汉时期，这种"美人计"谍报屡见不鲜，在理论上也鞭辟入里。贾谊在下面的引文中很好地诠释了如何将女性作为外交武器：[1]

令妇人傅白墨黑，绣衣而侍其堂者二三十人，或薄或捍，为其胡戏以相饭。上使乐府幸假之倡乐，吹箫鼓鼗，倒挈面者更进，舞者蹈者时作，少闲击鼓舞其偶人，莫时乃为戎乐，携手胥强上客之后，妇人先后扶侍之者固十余人，令使者、降者时或得此而乐之耳。一国闻之者、见之者，希盱相告，人人忾忾唯恐其后来至也，将以此坏其耳，一饵。

按照贾谊的逻辑，作为促使匈奴腐化堕落的诱饵，王嫱是可

---

[1] 贾谊：《新书》卷4，中华书局，1981，第75—76页；阎振益、钟夏校：《新书校注》，中华书局，2000，第136页。

被弃置的；与获取战略利益相比，失去王嫱这样的宫廷女性对元帝来说影响很可能是微不足道的。然而，编纂《后汉书》的范晔在重写王嫱传记时却自由发挥，在某处高度戏剧化的场景中想象元帝的悔憾：①

> 知牙师者，王昭君之子也。昭君字嫱，南郡人也。初，元帝时，以良家子选入掖庭。时，呼韩邪来朝，帝敕以宫女五人赐之。昭君入宫数岁，不得见御，积悲怨，乃请掖庭令求行。呼韩邪临辞大会，帝召五女以示之。昭君丰容靓饰，光明汉宫，顾景裴回，竦动左右。帝见大惊，意欲留之，而难于失信，遂与匈奴。生二子。及呼韩邪死，其前阏氏子代立，欲妻之，昭君上书求归，成帝敕令从胡俗，遂复为后单于阏氏焉。

范晔的《后汉书》因掺杂了许多未经证实的材料而声名不佳，这篇传记也包含一些诡谲怪诞和前后矛盾的叙事细节，对此，王观国提出了一些令人信服的反对观点。② 有意思的是，这个故事假借王嫱传记对元帝进行了嘲讽性攻击，目睹昭君的美艳后元帝对昭君产生欲念，这把他拉低到跟匈奴单于同等水平。这一情节在《世说新语》和《西京杂记》中亦有再现，并添加了关涉一位收受

---

① 范晔：《后汉书》卷89，第2941页。
② 刘义庆著，余嘉锡注：《世说新语笺疏》卷19，第666—667页。

"货赂"的宫廷画师的细节,① 王嫱从平淡无奇的"良家子"一跃成"姿容甚丽""举止娴雅"的女人而令元帝"悔之""惜之"。无论是《后汉书》中的"昭君",还是《世说新语》里的"明君",她的名字都有一定的复义性:"开明君王""开明妃嫔"或"昭化君王"。语义的模糊性凸显出她和君王元帝之间异轨殊途的形象差异,现在故事的聚焦点不在汉胡关系而在政统问题上。历史上的汉元帝只是时运不济,但并不特别淫乱放荡,他的皇后王政君是王莽之姑母,其名与王昭君(或明君)仅一字之差。此外,她出生于齐地,②《汉书·元后传》紧接在《外戚传》之后,排在《王莽传》之前。

"昭"字也被赐用于元帝两位宠妃的位号:昭仪傅氏和昭仪冯媛,二人均为元帝生有一子。当皇子封王之时母以子贵,别赐"昭仪"以示异宠,其号位列婕妤之上、太后之下。③

事实上,正是元帝之子成帝以其专宠嫔妃而尽人皆知,如果一定要说的话,他比其父更符合颠顶庸聩、纵情声色的皇帝形象。不少宫廷女性被王昭君的光焰万丈所遮蔽,诸如皇后王政君、班婕妤、细君公主和另一位和亲匈奴的王姓女子,等等。王昭君故事的叙述者声音与主角色自己的声音是交叠的,从这层意

---

① 刘义庆著,余嘉锡注:《世说新语笺疏》卷 19,第 666 页;英译参看 Richard B. Mather(马瑞志), *A New Account of Tales of the World*, 2nd ed. Ann Arbor, MI: University of Michigan, Center for Chinese Studies, 2002, pp. 363 - 365; William H. Nienhauser, Jr., "Once Again, the Authorship of the *Hsi-ching Tsa-chi*," pp. 227-230.
② 班固:《汉书》卷 98,第 4013—4015 页。
③ 同上书,卷 97 下,第 3999—4000 页。

义上来说，王昭君的情形可与屈原相提并论，因为他们都没有真正被当作历史人物，而是被视为发蒙启滞的文化建构，二人共有的自尽结局保证了他们的守贞全忠。不过由于性别问题，王昭君传奇在后世的嬗变轨迹上另入他途，她理应被汉朝皇帝诏还。

就本文而言，王昭君和屈原之间还有一更为重要的引申关联之处，即他们在讲述自我故事时所采用的叙事声音和所使用的叙事语言：他们的故事是不公不法的，他们的声音是哀怨幽恻的。"怨"诉以南体更恰到好处，本文先举骚体诗，再及由骚变雅的五言诗。其实，班婕妤也在很大程度上呼应其"怨"，她的怨诗中弃妃流臣的角色也会遥相助力。

如果说《琴操》里的故事讲述不尽如人意、四言诗作虎头蛇尾的话，下引存于《文选》中署名石崇的《王明君词》则试图纠正这一失衡状况。石崇，晋人，他在财富和美人上的名声远胜于其诗文，他的一些诗作当与他延请乐师的事实和填词作曲的需求相关，其中最为人津津乐道的乐伎是绿珠，她跟昭君形象有诸多共性：①

> 王明君者，本是王昭君，以触文帝讳改焉。匈奴盛，请婚于汉。元帝以后宫良家子昭君配焉。昔公主嫁乌孙，令琵琶马上作乐，以慰其道路之思。其送明君，亦必尔也，其造新曲，多哀怨之声，故叙之于纸云尔。

---

① 萧统编，李善注：《文选》卷27，第1290—1292页。

王明君词

我本汉家子，将适单于庭。
辞诀未及终，前驱已抗旌。
仆御涕流离，辕马悲且鸣。
哀郁伤五内，泣泪湿朱缨。
行行日已远，遂造匈奴城。
延我于穹庐，加我阏氏名。
殊类非所安，虽贵非所荣。
父子见陵辱，对之惭且惊。
杀身良不易，默默以苟生。
苟生亦何聊，积思常愤盈。
愿假飞鸿翼，乘之以遐征。
飞鸿不我顾，伫立以屏营。
昔为匣中玉，今为粪上英。
朝华不足欢，甘与秋草并。
传语后世人，远嫁难为情。

尽管相较于细君之诗要长得多，但《王明君词》唤起的主题却似曾相识：游移失所、乡关何处、异域羁旅。此外，它也更近于细君歌的格律体式而不类《琴操》所引之诗。从作者班固、蔡邕和石崇的年代次序来看，从骚体诗到四言诗再到五言诗的体裁演变过程清晰可见，但情况并非一定如此，至少笔者认为不是这样。在笔者看来，融进了一些生机盎然又略偏口语语言的骚体诗和五言诗，属于一种与四言诗迥然不同的传统。石崇之作品为后世提供了一个辨察早期五言诗文体特征以及"角色模仿""代人设辞"技巧实证的宝贵窗口。

诗序既解释了昭君一名明君的原因,也通过"琵琶马上作乐"来把细君和昭君联系起来。细君之歌的骚体源自其故国楚地。《文选》乐府卷中的这首诗后来被郭茂倩收录在《乐府诗集》中"吟叹曲"名下。据智匠辑《古今乐录》引五世纪时张永《元嘉技录》所载"有吟叹四曲",其中两首《王明君》《楚妃叹》"并石崇辞"。①

到了唐代,乐家普遍认为石崇为宠伎绿珠而作《王明君词》,②绿珠的乐才渐为自身的美貌和美德所掩,她的故事附于石崇传中:

> 崇有妓曰绿珠,美而艳,善吹笛。孙秀使人求之。崇时在金谷别馆,③方登凉台,临清流,妇人侍侧。使者以告。崇尽出其婢妾数十人以示之,皆蕴兰麝,被罗縠,曰:"在所择。"使者曰:"君侯服御丽则丽矣,然本受命指索绿珠,不识孰是?"崇勃然曰:"绿珠吾所爱,不可得也。"使者曰:"君侯博古通今,察远照迩,愿加三思。"崇曰:"不然。"使者出而又反,崇竟不许。秀怒,乃劝伦诛崇、建。……崇谓绿

① 郭茂倩:《乐府诗集》卷29,第424页。
② 同上书,卷29,第425页。
③ 位于洛阳东北,对石崇别馆的研究参看 David R. Knechtges, "Jingu and Lan ting: Two (Or Three) Jin Dynasty Gardens," In *Studies in Chinese Language and Culture: Festschrift in Honor of Christoph Harbsmeier on the Occasion of His 60th Birthday*, Christoph Anderl(安东平), Christoph Harbsmeier(何莫邪) and Halvor Eifring(艾皓德) eds., Oslo: Hermes Academic Publishing, 2006, pp. 395-405.

珠曰："我今为尔得罪。"绿珠泣曰："当效死于官前。"因自投于楼下而死。①

上述情节读起来就像是《琴操》序所载的王昭君故事的翻版，尤其聚焦于权贵男性被迫放弃自己心仪女子的场景，虽然她们与男主的关系有差，但二女都以自绝生命告终。一个女人吟诵他人悲歌去展演另一个女人的悲伤，这真是不可思议。石崇和绿珠更可能是重新代言汉元帝和王昭君之间关系的故事，而不是王昭君传说本身；绿珠的确是昭君命运和情感的绝佳再绎角色。

系名石崇的另一首诗作还带出另一位女性，这就是知名的"楚妃"之歌。楚妃原姓樊，又称"楚庄樊姬"，是中国历史上难得一见的素食者，以数谏楚王而令闻广誉。先楚庄王即位，好狩猎，樊姬"谏不止，乃不食禽兽之肉，王改过，勤于政事"；樊姬也批评楚国大臣虞丘没有举贤任能而重裙带关系，称"妾充后宫十一年，而所进者九人，贤于妾者二人，与妾同列者七人"而"虞丘子相楚十年，而所荐者非其子孙，则族昆弟"。楚妃樊姬不矜不妒、"不能以私蔽公"，先君王之忧而忧、后自身之乐而乐，故而在东汉文献中名垂竹帛。史称"庄王之霸，樊姬之力也"，《列女传》将其列入"贤明"卷。② 奇怪的是，这首题为《楚妃叹》的樊姬之歌显然是三世纪时众所周知的典型楚歌，陆机的《吴趋行》即以以下数句开篇：③

---

① 房玄龄：《晋书》卷33，第1008页。
② 刘向著，张涛注：《列女传译注》卷2，山东大学出版社，1990，第63—65页。
③ 萧统编，李善注：《文选》卷28，第1308页。

> 楚妃且勿叹，齐娥且莫讴。
> 四坐并清听，听我歌吴趋。

正如陆机的吴歌是对吴国的鼓吹，《楚妃叹》则应代表楚国的精萃("立德著勋，垂名于后")。① 当地方曲调初被引入中央朝廷时，其往往描述的是地方风土和名士风流。就楚国而言，樊姬的贤德在楚风哀歌中占有举足轻重的地位：

楚妃叹

> 荡荡大楚，跨土万里。北据方城，② 南接交趾。③
> 西抚巴汉，④ 东被海涘。五侯九伯，是疆是理。
> 矫矫庄王，渊渟岳峙。冕旒垂精，充纩塞耳。
> 韬光戢曜，潜默恭己。内委樊姬，外任孙子。
> 猗猗樊姬，体道履信。既绌虞丘，九女是进。
> 杜绝邪佞，广启令胤。割欢抑宠，居之不吝。
> 不吝实难，可谓知几。化自近始，着于闺闱。
> 光佐霸业，迈德扬威。群后列辟，式瞻洪规。
> 譬彼江海，百川咸归。万邦作歌，身没名飞。⑤

---

① 萧统编，李善注：《文选》卷28，第1308页。
② 方城在今河南。
③ 交趾在今越南河内以东。
④ 巴汉在今四川。
⑤ 郭茂倩：《乐府诗集》卷29，第435—436页。

此诗从内容来看并没有"叹",因此标题中的"叹"可能是指涉楚调楚乐的某些形式。石崇的颂文在后世的《楚妃叹》同题书写中显得比较另类,后作不仅把焦点从樊姬的贤明之德转向了命运之悲——这一转向让她更趋同于王昭君、班婕妤等其他女性,而且让她的形象与上述女性面目混杂,她们共同构成了一种可谓"红颜薄命"的常有类型。美德逐渐淡出视线,微弱留痕于"昭君"一名之下。诗人歌者最乐于展现的,就是她们的怨叹,或者是对怨叹的想象和代言。

除了《楚妃叹》以外,还有一类《怨诗行》的乐府旧题属五种楚调之一。王僧虔《技录》:"楚调曲有《白头吟行》《泰山吟行》《梁甫吟行》《东武琵琶吟行》《怨诗行》,其器有笙、笛弄、节、琴、筝、琵琶、瑟七种。"张永的说法是,"未歌之前,有一部弦,又在弄后,又有但曲(没有歌唱,仅为纯演奏的乐曲)七曲",包括《广陵散》《大胡笳鸣》《小胡笳鸣》《流楚》等"王录所无也"。①

《怨诗行》名下有两题颇具代表性,一与班婕妤,② 一及卞和。归于班婕妤名下的《怨诗行》五言十句,以宫妃自述,"新裂齐纨素……裁为合欢扇,团团如明月"而"出入君怀袖",然而夏尽冬藏,"凉飙夺炎热,弃置箧笥中"。团扇显然象征着宫妃,芳华时承恩受宠,色衰后被弃如敝屣。这与班婕妤的生平经历高度吻合,但同时这一故事笼统得足以概括所有后宫妃嫔乃至普通女性的相似命运。

---

① 郭茂倩:《乐府诗集》卷41,第599页。
② David R. Knechtges, "The Poetry of an Imperial Concubine," pp. 130–131.

卞和的故事可谓作为男性侍奉君王的最为可怕的梦魇，并以另样方式唤起对班婕妤命运的回顾，即忠贞之臣/妾被君王谤毁斥摈的悲剧。此外，班婕妤和卞和都是通过离开人君来重择自我人生，班婕妤自愿"充奉园陵"，卞和则"辞不受"君王封赏。当然，他们是在历经苦难、赢得信赖之后才能如此，卞和作有《信立退怨歌》：①

> 卞和者，楚野民。常居山耕种，因得玉璞。以献于楚怀王，怀王使乐正子占之，言非玉。王以为欺谩，斩其一足。怀王死，子平王立。和复抱其璞而献之，平王复以为欺谩，斩其一足。平王死，子立为荆王。和复欲献之，恐复见害，乃抱其玉而哭荆山之中，昼夜不止，涕尽继之以血，荆山为之崩。荆王遣问之，于是和随使献王。王使剖之，中果有玉，乃封和为陵阳侯。和辞不就而去，作退怨之歌曰：
> "悠悠沂水经荆山兮，精气郁泱谷严严兮。中有神宝灼明明兮，穴山采玉难为功兮。于何献之楚先王兮，遇王暗昧信谗言兮。断截两足离余身兮，俯仰嗟叹心摧伤兮。紫之乱朱粉墨同兮，空山歔欷涕龙钟兮。天鉴孔明竟以彰兮，沂水滂沌流于汶兮。进宝得刑足离分兮，去封立信守休芸兮，断者不续岂不冤兮。"

卞和对自己不当待遇的强烈抗议虽说震荡人心，但这只是激

---

① 逯钦立：《先秦汉魏晋南北朝诗》，第312—313页。

发出强烈情感反应的人类极端状况之一。除了这一悲绝的极端情况之外，还有一种"楚引"的音乐传统表达了一种相对温和、但与怅然失落和流移失所更为关联的情感，一称《游子吟》，"楚游子龙丘高出游三年，思归故乡，望楚而长叹，故曰《楚引》"①。《琴操》载录信息为李善注《文选》时引注于署名苏武的《诗四首》的第二首诗中，而苏武李陵赠答诗的作者身份充满争议。这首诗不仅在表达离情别恨的惯习语上令人印象深刻，而且在展现自我指涉的表演语言以及通过音乐唤起强烈情感方面尤为引人注目：

> 黄鹄一远别，千里顾徘徊。
> 胡马失其群，思心常依依。
> 何况双飞龙，羽翼临当乖。
> 幸有弦歌曲，可以喻中怀。
> 请为游子吟，泠泠一何悲。
> 丝竹厉清声，慷慨有余哀。
> 长歌正激烈，中心怆以摧。
> 欲展清商曲，念子不能归。
> 俛仰内伤心，泪下不可挥。
> 愿为双黄鹄，送子俱远飞。

出现在诗篇首末的黄鹄是该诗中的关键意象。如果说篇首之鸟仅仅只是引发起"兴"的话，那么篇尾它已然是隐喻成"比"了。

---

① 萧统编，李善注：《文选》卷29，第1354页。

这一意象转变也意味着语域的转向,譬如前者"兴"通常出现在高语域中,而把自我织入诗文本则属于低语域。前文已有述及,鸿鹄可释读为"黄鹄"或"巨鸟",通常用以指代有鲲鹏之志的人,比如农民起义领袖陈胜所言"燕雀安知鸿鹄之志"之典就常被引用。① 雄心壮志、光被四表的鸿鹄是皇帝的绝佳象征,据称,汉朝开国皇帝刘邦作有《鸿鹄歌》,这很可能是鸿鹄成为汉代诗歌的流行意象的原因之一:②

> 鸿鹄高飞,一举千里。羽翮已就,横绝四海。
> 横绝四海,当可奈何!虽有矰缴,尚安所施!

诗中暗涉刘邦考虑是否立戚夫人之子为太子之事,吕后之子刘盈的位置岌岌可危,但"商山四皓"及时出现、施以援手,令太子转危为安。据称此歌是在刘邦"求公数岁、公辟逃我"而四皓现身"调护太子"之后所作,他决定"不易太子",因为刘盈"为人仁孝,恭敬爱士,天下莫不延颈欲为太子死者"。刘邦以此向为歌伴舞的戚夫人传达信息——我也动不了太子了:③

> 上欲废太子,立戚夫人子赵王如意。……汉十二年,上从击破布军归,疾益甚,愈欲易太子。……及燕,置酒,太子侍。四人从太子,年皆八十有余,须眉皓白,衣冠甚伟。……

---

① 司马迁:《史记》卷48,第1949页。
② 同上书,卷55,第2047页。
③ 同上书,卷55,第2044—2047页。

> 四人为寿已毕，趋去。上目送之，召戚夫人指示四人者曰："我欲易之，彼四人辅之，羽翼已成，难动矣。吕后真而主矣。"戚夫人泣，上曰："为我楚舞，吾为若楚歌。"

郭茂倩将此诗列名"楚歌"，其哀婉音调及鸿鹄意象似是照应结尾同是"愿为黄鹄"的细君公主之歌。楚乐似乎很适合表达哀叹和其他悲伤情感，以至于以楚曲楚风或这种风格吟唱哀叹是最震荡人心的。正如前文所述及，王昭君是一个"合成"的人物形象，诸如她的故里一类的生平细节在不断累加，《琴操》称其是齐国名门之女，[①] 而后出文献说王昭君来自楚国，三世纪的《汉书》注家就特别点明昭君是秭归人，而这里恰是屈原梓乡。[②] 楚国之地成为哀怨逸事的文府典库。楚语楚调以讲述这些逸事中的人物角色而成为表达强烈情感的最情真意切且行之有效的声音。南朝宋汤惠休所作《楚明妃曲》很难确知其"妃"所指究竟为谁，既然"明妃"典涉王昭君，而妃之所怨又与《楚妃叹》相杂糅，故而此处楚地出身的"妃"应是五世纪左右的人。[③]

> 琼台彩楹，桂寝雕甍。金闺流耀，玉牖含英。
> 香芬幽蔼，珠彩珍荣。文罗秋翠，纨绮春轻。
> 骖驾鸾鹤，往来仙灵。含姿绵视，微笑相迎。
> 结兰枝，送目成，当年为君荣。

---

① 比较《汉书·王政君传》与《琴操》文篇，二者之间的相似性历历可见，他文另论。
② 班固：《汉书》卷9，第297页。
③ 逯钦立：《先秦汉魏晋南北朝诗》，第1245页。

出于对昭君出塞的想象，汤诗所彰显的是文人对华丽辞藻的挚爱而非情见乎词的真实，这似乎预示着一种艺术上和政治上的转变。四言诗的体式已渐为骚体诗和五言诗所取代，从而更便于歌诗书写，以激发出强烈情感。延展和扩充句中字数兹事体大，不然就像钟嵘所说："每苦文繁而意少。"①

汉代人物所表现出来的强烈情感及其悲怆命运，一方面要博取人们对他们自身的同情，另一方面也是要树立"他者"来加以斥责。这些"他者"经常以异族殊俗的姿态出现，也表现在刻板的"昏君"身上，后者更多的是一种既有象征而非实体存在。虽然颂美君王的赞词在任何时代都是书写主流，但石崇挪用"明君"之衔来称美那个被元帝抛弃的女性则肯定会引起一些知情者的啧啧称羡。下引这首《明君辞》即晋朝宫廷音乐中颂扬"明君"及其"正德"②的诸例之一：③

    明君创洪业，盛德在建元。
    受命君四海，圣皇应灵乾。
    五帝继三皇，三皇世所归。
    圣德应期运，天地不能违。
    仰之弥已高，犹天不可阶。
    将复结绳化，静拱天下齐。

---

① 钟嵘著，曹旭注：《诗品集注》，第 36 页。
② 郭茂倩：《乐府诗集》卷 52—55，第 752—805 页。
③ 同上书，卷 54，第 782 页。

相较于石崇为昭君所作的《王明君词》，上引诗的歌辞及配以演奏的"雅"乐一定相当呆板沉闷。来自北方及其生活方式，在激愤之歌中往往格外抢眼，这一传统在表达疏离和流离之感上尤为得力，并在蔡琰之作中臻于顶峰。① 蔡琰，字文姬，是东汉硕儒、《琴操》撰者蔡邕之女，"天下丧乱，文姬为胡骑所获，没于南匈奴左贤王，在胡中十二年，生二子"。她的故事很容易与王昭君联系起来，据传她有三首诗自述个人经历，而关于诗署名的问题，汉语、日语及英语学界似乎都认同"只有像她这样逢此大厄的人才有可能写出一字千钧的鸿篇巨制"。② 从前文所引诸诗可见，楚歌和五言诗在情感力量上远胜于四言诗，抒情诗的形式嬗变须另撰他文深入讨论，在这里不妨推测五言诗是借由音乐进入西汉宫廷的。宫廷乐师李延年吹捧其姊的绝世美貌而创作了一首五言诗用以悦君，但当一位官家太史一反往常地选用五言作诗之时，则必然带有众目共视的教化意味：③

> 三王德弥薄，惟后用肉刑。
> 太仓令有罪，就逮长安城。
> 自恨身无子，困急独茕茕。

---

① Hans H. Frankel(傅汉思)，"Cai Yan and the Poems Attributed to Her," *Chinese Literature: Essays, Articles, Reviews* 5. 1/2(1983): 133-156.
② Ibid., p. 147.
③ 逯钦立：《先秦汉魏晋南北朝诗》，第170页；萧统编，李善注：《文选》卷36引，第1648页。译者注：此从逯本，据《文选》本改。逯本"太仓令"作"太苍令"，"逮"作"递"；《文选》本"不可生"作"不复生"，"阙下"作"北阙"，"思古"作"阙下"，"扬激"作"激扬"，"至情"作"至诚"。

> 小女痛父言，死者不可生。
> 上书诣阙下，思古歌鸡鸣。
> 忧心摧折裂，晨风扬激声。
> 圣汉孝文帝，恻然感至情。
> 百男何愦愦，不如一缇萦。

该诗通常归于班固名下，且被认为是最早的五言诗，诗本事来自汉文帝统治时的一个故事。太仓长坐罪获刑，①"有五女，随而泣。意怒，骂曰：'生子不生男，缓急无可使者。'"其幼女缇萦"伤父之言"，上书皇帝。"书闻，上悲其意，此岁中亦除肉刑法。"②此事亦收入《列女传》，列于《辩通传》名下。女性主义者肯定希望此篇出自班固之妹班昭之手，毕竟她在助其兄完成《汉书》上厥功甚伟。如果《汉书》的史纂者选择赋予细君公主和自家先辈班婕妤以"哀"音，那么现在如此处理缇萦，这一模式明显地留下了女性史家的书写痕迹。这里的每个故事均配用恰当的文体形式：细君以"楚歌"低吟浅唱，班婕妤以"赋体"抒怨表忠，缇萦以"五言"设身当代；而无一例外的是，史家的"微讽"总会透过精心安排设计的、听似真言实语的第一人称的声音而熠熠生辉。

本文以一位"被离弃"的楚女之"骚"开篇，以一位"被嫌弃"的幼女（不仅疏救其父免罪罚，而且感动其君除肉刑）之"诗"收束。这些女性角色不太可能是这些篇什的真正作者，汉代史家利

---

① 译者注：原书作"死刑"，当误。此处"太仓长"即淳于意。
② 司马迁：《史记》卷105，第2795页。

用性别化的声音分别就外交和内政的政策来阐明自己的客观诉求。

　　古典抒情传统深深植根于南方怨歌中，其文体和情感特征皆具鲜明的性别特征和地域属性。这些"标记性"的特征如何演变成普世的、"去标记化的"五言诗的繁复衍生过程，值得另作深入研究。

（李国栋　参译）

南国"远"疆:江淹在福建的蛮暗岁月

柯睿(Paul W. Kroll)

西晋王朝崩陷解体后,北方门阀士族和文人士大夫"衣冠南渡",及至五世纪中叶已有近一百五十年。几代人在南方出生、成长,建康的京城地位至此已无可动摇,它在积淀着自己的王朝历史。新近融合南北意识的"中国"这一传统概念根植于江南并向西延及长江中游地区,观念上的改变使得南迁士族早先的北征大梦逐渐消退。尽管江南有诸多地名被加以"南"缀或更名"南"某来寄予对北方地名的追忆,① 但到刘宋时期,南迁后裔们已少有个体流亡之感,这代人乃至其父祖之辈都从未踏足北地,虽然他们仍能铭记一定的北地宗族家史,但他们实际已是土生土长的江南人,江南遂成他们现世生活的桑梓之地。而对于此时的他们来说,比江南更南的鄱阳湖和洞庭湖以远地域,才正是可憎可鄙甚至可怖可怕的文明边缘。这一现象,在以诗为主的文学作品中得

---

① 参看类似对美洲"新大陆"(New World)的地名命名,如新阿姆斯特丹(New Amsterdam)、新奥尔良(New Orleans)、新斯科舍(Nova Scotia)等。

以详尽而生动地建构和印证。

与其泛泛而谈，不如聚焦实例，本文着眼于江淹这位活跃在南朝宋末齐初的至关重要的诗人，先梳理其生平中的一些细节似有必要。①

不同于很多文学家，江淹并不以神童著称，他出生于一个世家大族的旁系，自小接受良好的传统教育。十二岁时江淹少年失怙，其年少时过得颇为孤贫艰辛。不过有赖于江氏的豪族余望，再加上自身的文才，七年后（464年）江淹为刘宋皇子刘子真（即始安王）侍读。始安王时年仅八岁，且是当朝皇帝第十一子，因而江淹之职自然称不上重要，但这一身份却使得江淹开始进入刘宋皇室的视野。

江淹在自己首部文集的序中自述了从464年到480年数年的仕宦生平，② 该序后来成为官修《梁书》和《南史》为其立传的主要参考。③ 序中提到与自己私交甚密且对自己影响甚为深远的二人，其一是宋文帝的长孙刘景素。尽管刘景素并非真正的储君，但其

---

① 对江淹生平事迹研究最为详尽的当数曹道衡，其作散见于各类著作文章，当中不少篇目重收入曹道衡、沈玉成：《中古文学史料丛考》，中华书局，2003；另有诸文收入曹道衡：《中古文学史论文集》，中华书局，1986；曹道衡：《中古文学论文集续编》，中华书局，2011；曹道衡：《江淹》，收入吕慧鹃、刘波、卢达编《中国历代著名文学家评传》第1卷，第503—525页，2009年再版，第417—435页；其他相关研究参看俞绍初：《江淹年谱》，收入刘跃进、范子烨编《六朝作家年谱辑要》下册，黑龙江教育出版社，1999，第83—147页。丁福林的新近力作则对前著舛误疏漏之处多有指正，见丁福林：《江淹年谱》，凤凰出版社，2007。

② 此序英译参看拙译，Paul W. Kroll, "On Political and Personal Fate: Three Selections from Jiang Yan's Prose and Verse," in *Early Medieval China: A Sourcebook*. Wendy Swartz（田菱）, Robert Ford Campany（康儒博）, Yang Lu（陆扬）, Jessey J. C. Choo（朱隽琪）eds., New York, NY: Columbia University Press, 2014, pp. 392-395.

③ 姚思廉：《梁书》卷14，第247—251页；李延寿：《南史》卷59，1447—1451页。

对庙堂有着举足轻重的影响力，又格外雅爱文学。466年末，江淹入刘景素幕，时年刘景素十四岁、江淹二十二岁。尽管偶为其他皇子所召从事，但此后八年刘景素始终是江淹侍奉的主君。[①]据知这两位年轻人过从甚密，"惠以恩光，顾以颜色"的亲密关系维持到472年夏宋明帝驾崩，刘景素篡夺皇位的野心开始膨胀，而江淹却并不完全支持刘景素谋篡自立的想法，二人关系滑向冰点。474年，"淹知祸机将发，乃赠诗十五首以讽""景素与腹心日夜谋议"之计，但最终无济于事。[②]

不久后发生的一件事让二人彻底决裂："会南东海太守陆澄丁艰，淹自谓郡丞应行郡事，景素用司马柳世隆"而未荐江淹。"淹固求之"，二人嫌隙难释，刘景素再也不能容忍他的昔友，"景素大怒，言于选部"，谨从宗室旨意的吏部的决定令二人关系终至难以弥合的地步，"黜为建安吴兴令"，江淹被远贬到今福建北部。[③] 从474年秋到477年初，江淹就谪居（他"魂十逝而九伤"的用语更消极）于此。下文将要着重论述他在这段流离边僻生活中的诗赋创作。

让我们继续回到江淹的生平上。尽管这时江淹可能觉得自己被抛置于无边黑暗中，再也无望回朝参政（由此刘宋也走向灭

---

① "广陵令郭彦文得罪，辞连淹，系州狱。淹狱中上书曰云云，景素览书，即日（476年秋）出之。"其在狱中陈情之作引经据典、自辩清白，官方正史全文录入，见姚思廉：《梁书》卷14，第247—249页。
② 江淹仿效范本是阮籍（210—263）曲笔所撰的《咏怀》组诗，诗见胡之骥注，李长路、赵威校：《江文通集汇注》卷3，中华书局，1984，第121—127页；俞绍初、张亚新：《江淹集校注》，中州古籍出版社，1994，第21—30页；逯钦立：《先秦汉魏晋南北朝诗》，第1581—1583页。
③ 本文多称"建安吴兴"，以区别太湖南岸的浙北吴兴。

亡），但贬居建安吴兴正好使他避开了血腥的派系清洗。在这段时间里很多人难逃一死，包括476年的刘景素伏诛。477年江淹被召北归之时一心希冀远政避害，并作《无为论》聊以明志。① 但很快，他又被自己生命中的第二个关键人物萧道成赏识，再次投身于宫廷政治。

是时萧道成既是朝堂权臣，又手握重兵。474年夏，就在江淹与刘景素恩断义绝、远谪福建前不久，萧道成曾召江淹为朝廷撰写征讨叛王刘休范的檄文。而在他于477年全面辅政掌权后，就想起了这位当年对自己有所助力的功臣，将其从南方召返。萧道成精心谋划代宋自立，于479年逼迫末代宋帝（当时已是傀儡）禅位于己，自立为帝，国号大齐；而与此同时，江淹也成为一颗冉冉升起的政治新星。萧道成的登基文书尽出于江淹之手，而江淹也因此成为萧道成的心腹嫡系，在萧齐王朝存世的短短二十余年间，他虽从未做到权倾朝野，却也先后担任各类要职，这份尊荣甚至一直延续到502年萧梁代齐之后。505年江淹薨逝，谥号"宪伯"。

江淹传世诗作有27首赋和130余首诗，其中大部分都是在477年其被萧道成招至麾下之前所作。② 尽管470年以来江淹就已是当时名声远扬的诗人，但在福建的474年秋至477年春这段时

---

① 对此文的研究与英译，参看 Paul W. Kroll, "Huilin on Black and White, Jiang Yan on *wuwei*: Two Buddhist Dialogues from the Liu-Song Dynasty," *Early Medieval China* 18 (2012): 1-24. 江淹在文中借无为先生之口回应显贵公子诱其入仕之举。
② 477年之后的江淹作品多是政府公文，仅在南齐开国之期有些许诗作传世。钟嵘《诗品》所载"江郎才尽"的逸事纯属杜撰，参见拙文 Pual W. Kroll, "On Political and Personal Fate", "Huilin on Black and White, Jiang Yan on *wuwei*"。

间里，他的诗风更加深刻、更为私人化，且更带讥讽意味，而这一变化早在他南贬前就已初露端倪。在江淹被黜行前写给刘景素的那篇文采非凡的辞笺中，① 除了大幅堪称夸张的自责（如"孽由己作，匪降自天"）以及再三表忠示怀以外，也不乏对陷自己于此窘境的主君含沙射影的指摘。例如笺云"而小人狼狈，为鬼为蜮"，乍一看似乎是江淹的自我忏悔和自我批评，末四字"为鬼为蜮"（出自《诗经·小雅·何人斯》）②在这里可被理解成指的是言者本人。但应该指出的是，在传统阐释中《何人斯》"专责谗人耳"，是原诗人对朋友背弃的控诉，诗中的如"鬼"似"蜮"人当指背叛者才是。因此，这里将江文的此四字重新解读为对刘景素的指责："而（我这样的）小人狼狈，是因为（有人）为鬼为蜮。"不管怎样，江淹的表面文章做得十分周全；但即使如此精心措辞的歉辞，也很难不让人怀疑其后暗含着何种程度的讽刺。

就本文的研究意图而言，这篇辞笺中最令人瞩目的语词转向出现在江淹对正等待自己投身的南国蛮荒生活的想象。例如，他写道："凿山楹为室，永与鼋鼍为邻。"前一句直接化用《楚辞》里庄忌《哀时命》中"凿山楹而为室兮"一句，③ 该句在下文的两首江诗中还会再现，后一句中的"鼋鼍"同样也会多次出现。对主君刘景素谢恩称美后，辞笺行至尾声而言"淹洒梁昌，自投东极"（这里所谓的"东"是顺流而下长江以东，即指长江以南地

---

① 《被黜为吴兴令辞笺诣建平王》，见胡之骥注，李长路、赵威校：《江文通集汇注》卷9，第333—334页；俞绍初、张亚新：《江淹集校注》，第250—253页。
② 见毛亨传，郑玄笺，孔颖达疏：《毛诗正义》卷12—3，阮元：《十三经注疏》，第455页。
③ 洪兴祖：《楚辞补注》卷14，第264页。

区)。换而言之,江淹认为自己要去的是与极北之地对应的南国"远"疆。

我们不妨想一想,对于像江淹这样的人而言,这次南谪闽地将意味着什么?位于今浦城县附近的吴兴当时隶属于建安郡(郡治南距吴兴 35 英里,① 近今建瓯市),是帝国最为边僻的治所之一。尽管自三世纪以来,这里一直处于东吴及其后续王朝的治下,但当地对北方中原文明并不是很买账,其方言属于闽语的一种,在江淹居于此、写于斯之前并没有任何文人对这里留下只言片语。与福建大多数地方一样,这里处在亚热带气候区,地形以山地为主,显然不是一个能吸引江淹这种能自觉代表精英文化的文人的地方。对江淹而言,这里就像是奥维德被流放的黑海西岸的托弥城一般,虽然气候迥异,却同样充满遗弃感和禁绝性。不过江淹至少保留着官衔,不至于像奥维德那样孤苦伶仃;但被贬至这样的地方担任县令,大概是其所能遭受到的苟存于体制内的严重惩创,这也与江淹成年以来十余年的人生境遇有云泥之别。将他派职吴兴未设固定期限,一去无回的可能性令其恐惧不已,如此心情之下,江淹在路上百般拖延,耗时数月方才抵达治所。不难想象,此时的江淹日复一日地翘盼自己蒙获大赦,或被诏还扬州,或被改派嘉地(只要不比这里可怖就足矣)。但到头来等到他的愿望成真,已是两年半之后了。尽管江淹南迁不是政治意义上所界定的流放,而更近乎官阶的褫削谪迁,然而对他而言,这不啻是一种文化意义上的流刑。

---

① 译者注:直线距离约 140 公里,疑原书有误。

江淹的诸多诗作,诗也好,赋也罢,都可据其文本中明确指称的内容推断为其福建时期的作品,另有部分作品亦可据其高度近似甚至相同的措辞用语暂归于此期。① 前一类包括诗作《赤亭渚》、《渡泉峤出诸山之顶》、《迁阳亭》、《游黄檗山》、《杂三言》五首组诗、《山中楚辞》五首其五、描写当地奇花异草的《草木颂》十五首组诗,以及八篇赋作,即《待罪江南思北归赋》《青苔赋》《四时赋》《赤虹赋》《水上神女赋》《石蜘赋》《空青赋》《翡翠赋》。后一类的话,似乎可将《去故乡赋》、名篇《恨赋》、《娼妇自悲赋》和《泣赋》等赋作归入其中,另外再加上诗作《采石上菖蒲》、《悼室人》十首组诗,以及《山中楚辞》五首其五以外的其他部分诗作。上述作品显然无法一一考据,但通过研究其中部分文本仍有望特别揭示出江淹对这南国"远"疆的情感反应。

其中最值得讨论的当是《待罪江南思北归赋》,② 从一开始就得注意的是这里所谓"江南"并非指代通常所说的扬州地区,而是江淹戴罪受罚所在的更遥远的南方地区;而他渴望归还的

---

① 魏宁(Nicholas Morrow Williams)近著对系于建安吴兴时期的江淹怨愤之诗表示出合理的怀疑,他理智地提出应该对中国学界"简单化的心理状态依据"来判定江淹作品抱持警惕态度,参看 Nicholas Morrow Williams, "Self-Portrait as Sea Anemone, and Other Impersonations of Jiang Yan," *Chinese Literature: Essays, Articles, Reviews* 34 (2012): 139, 140-141; 他还指出不必物极必反走另一极端,在两篇或更多作品之间彼此互见一些逐字照搬的词汇或奇特系列的意象时去否定创作时间前后相继的可能性。文人学者们的自我经验昭示着他们在某一特定时期往往倾向于某一特定的风格特征,而在重复啰唆感滋生时又会尝试改变它们,参看 idem., *Imitations of the Self: Jiang Yan and Chinese Poetics*, Leiden: Brill, 2014.
② 胡之骥注,李长路、赵威校:《江文通集汇注》卷1,第31—35页;俞绍初、张亚新:《江淹集校注》,第197—201页。注意这里"待"并非通常意义上的"等待",江淹已然身受谪迁南土的罪罚;结合上下文,该词有在某一特定的环境或地域中要长久地"忍耐"下去的意味。

"北方"亦不是传统意义上的中原腹地,而恰是通常被称为"江南"的地方。这种方位错置感正是江淹的强加型文化迷失的表现。此赋前两节谈及诗人江淹与主君刘景素的交往,对主君极尽奉承之能事的称美夸饰更甚于诗人在辞笺中的语调;但对自己被贬至闽这一处境,江淹的尖锐责论在此后诗作中变得愈发犀利。

> 伊小人之薄伎,奉君子而输力。①
> 接河汉之雄才,揽日月之英色。②
> 绝云气而厉响,负青天而抚翼。③
> 德被命而不渝,④ 恩润身而无极。　　　　[8]
> 何规矩之守任,⑤ 信愚陋而不肖。
> 愧金碧之琳琅,惭丹膔之照曜。⑥
> 樊天网而自瞿,徒夜分而谁吊。　　　　　[14]

---

① 此联江淹将自己和刘景素对称为"小人"与"君子",这一并置提法已现于前文所及的辞笺中。
② 刘景素被喻为银河日月,天赋雄才。
③ 典出《庄子·逍遥游》中的鹏鸟"背负青天而莫之夭阏者,而后乃今将图南",见庄周著,郭庆藩辑:《庄子集释》卷1,第7页。
④ 参看《诗经·郑风·羔裘》:"彼其之子,舍命不渝。"毛诗笺注:"言古之君子,以风其朝焉。"在江淹的时代,此诗被视为称美忠直且君的朝廷之臣,江淹以此自比应无异议,见毛亨传,郑玄笺,孔颖达疏:《毛诗正义》卷4—3,阮元:《十三经注疏》,第340页。
⑤ 此句意为"我何以能胜此大任?"参看《离骚》:"固时俗之工巧兮,偭规矩而改错",见洪兴祖:《楚辞补注》卷1,第15页。
⑥ 此句以堪比珠玉的美德来巧妙喻指刘景素。

下一节的话题转向了诗人的愆尤罪罚。(文中所提的"误"不禁让人想起奥维德被放逐的原因之一:"一诗、一误")他对新任命仍存希望,欲视吴兴为改过自新之地,接着,他辞别了"北方"的宫廷都市。

> 遭大道之隆盛,虽草木而勿履。①
> 误衔造于远国,出颠沛之愿始。
> 去三辅之台殿,② 辞五都之城市。③　　　　　　[20]

这之后该篇赋文的关注点就完全转向了南方,本文将余下的六十八句尽列于此。不过值得指出的是,尽管《楚辞》传统在此赋的即景生情和写景抒情上历历可见、比比皆是,但其中的呼应化用却很少出自《离骚》和《九歌》文本,而更多的是旁搜博采《楚辞》中其他篇章。

> 惟江南兮丘墟,④ 遥万里兮长芜。

---

① 《被黜为吴兴令辞笺诣建平王》亦见近似照搬的表述:"仰遭大道之行,草木勿践",见胡之骥注,李长路、赵威校:《江文通集汇注》卷9,第333页;俞绍初、张亚新:《江淹集校注》,第250页。
② 三辅,包括京畿所辖的京兆、扶风、冯翊,江淹借此句及对句中的北方地名来指代当时的京师建康及江南周边地区。
③ 五都,汉代所指洛阳、邯郸、临淄、宛、成都,三国时期则指长安、谯、许昌、邺、洛阳五城。江淹此处借以泛指江南繁华都会。
④ 值得说明的是,句中"江南"非指通常意义上的长江下游的吴地,而是江淹当时身处的福建"远"疆。

带封狐兮比景,① 连雄虺兮苍梧。②
当青春而离散,方仲冬而遂徂。③
寒蒹葭于余马,④ 伤雾露于农夫。 [28]
跨金峰与翠峦,涉桂水与碧湍。
云清泠而多绪,风萧条而无端。
猿之吟兮日光迥,狖之啼兮月色寒。
究烟霞之缭绕,具林石之巉屼。⑤ [36]

于是临虹蜺以筑室,凿山楹以为柱。⑥
上嵒嵒以临月,下淫淫而愁雨。
奔水潦于远谷,汩木石于深屿。

---

① 译者注:"比"字汇注本作"上",见胡之骥注,李长路、赵威校:《江文通集汇注》卷1,第32页。
② "封狐"典出《楚辞·招魂》刻画的南方险地:"蝮蛇蓁蓁,封狐千里些;雄虺九首,往来倏忽,吞人以益其心些",见洪兴祖:《楚辞补注》卷9,第199页。"比景"指汉代在南疆所置的安南,据称是地太阳直射(近赤道),光影仿佛就在身下,一说指北影。"苍梧"是舜帝身死南方所葬之所,其地或在今广西东部的梧州。
③ 此二句中江淹用了《楚辞·九章》中描写公元前三世纪初驱离楚民去郢离都的《哀郢》中的诸多意象并赋予个人色彩:"皇天之不纯命兮,何百姓之震愆?民离散而相失兮,方仲春而东迁;去故乡而就远兮,遵江夏以流亡",见洪兴祖:《楚辞补注》卷4,第132页。
④ 参看《诗经·秦风·蒹葭》:"蒹葭苍苍,白露为霜",见毛亨传,郑玄笺,孔颖达疏:《毛诗正义》卷6—4,阮元:《十三经注疏》,第372页。
⑤ 此句典出刘向《楚辞·九叹·忧苦》"登巉屼以长企兮,望南郢而窥之"一联,见洪兴祖:《楚辞补注》卷16,第299页。这里的"南郢"一如江淹征引《楚辞》的类似辞汇一样,借古楚郢都来表达自己的思京怀都之情。
⑥ 如上所见,此句表明江淹在抵达吴兴之前脑海中就浮现过《哀时命》中的意象,在《被黜为吴兴令辞笺诣建平王》就曾化用,而本赋的第44、79、80句他还将复现这些意象。

鹰隼战而櫓巢,① 鼋鼍怖而穴处。　　　　[44]
若季冬之严月, 风摇木而骚屑。②
玄云合而为冻, 黄烟起而成雪。
虎蹯跼而敛步, 蛟躩跜而失穴。③　　　　[50]
至江蓠兮始秀,④ 或杜衡兮初滋。
桂含香兮作叶, 藕生莲兮吐丝。　　　　[54]
俯金波兮百丈, 见碧沙兮来往。⑤
雾菾薱兮半出, 云杂错兮飞上。
石炤烂兮各色, 峰近远兮异象。　　　　[60]
及回风之摇蕙,⑥ 天潭潭而下露。
木萧梢而可哀, 草林离而欲暮。⑦

---

① 此处"战"字读作"战栗、发抖"(非最常用义项), 义近"惮", 这两句是说鹰隼鼋鼍都因为淫雨久霖而失去活力、无所适从。
② 参看刘向《楚辞·九叹·思古》"风骚屑以摇木兮, 云吸吸以湫戾", 见洪兴祖:《楚辞补注》卷16, 第306页。
③ 不同于"虎蹯跼而敛步", 蛟龙感知到冬日最后的风雪肆虐之后春天即将接踵而至, 开始舒筋动骨、"躩跜"出洞, 迎接季节变化。
④ "江蓠"的植物科目的确切分类可能因为不同的文人指称和地域差异而很难确知, 一般认为是红藻纲的龙须菜肯定不是这里所指的"江蓠", 康达维在英译司马相如《子虚赋》的译注中所辨甚详, 参看 David R. Knechtges, trans., *Wen xuan, or Selections of Refined Literature*, vol. 2: *Rhapsodies on Sacrifices, Hunting, Travel, Sightseeing, Palaces and Halls, Rivers and Seas*, Princeton, NJ: Princeton University Press, 1987, p. 58 L. 70.
⑤ 参看郭璞《江赋》中描写扬子江流波涛汹涌的句子"碧沙遭泚而往来", 英译见 David R. Knechtges, trans., *Wen xuan*, vol. 2, p. 327; 原文见萧统编, 李善注:《文选》卷12, 第560页。
⑥ 典出《楚辞·九章·悲回风》: "悲回风之摇蕙兮, 心冤结而内伤", 见洪兴祖:《楚辞补注》卷4, 第155页。
⑦ "林离", 即"淋漓"。

夜灯光之寥迥，历隐忧而不去。①
心汤汤而谁告，②魄寂寂而何语。
情枯槁而不及，神翻覆而亡据。　　　　　　［70］
夫以雄才不世之主，犹储精于沛乡。③
奇略独出之君，尚婉恋于南阳。④
潘去洛而掩涕，⑤陆出吴而增伤。⑥　　　　　［76］
况北州之贱士，为炎土之流人。

---

① 再次化用《哀时命》章句："夜炯炯而不寐兮，怀隐忧而历兹"，见洪兴祖：《楚辞补注》卷14，第259页。
② 此句同样典出于《哀时命》"心郁郁而无告兮，众孰可与深谋"一联，同上书，卷14，第260页。
③ 此指汉高祖刘邦在公元前196年"还归，过沛，留。置酒沛宫，悉召故人父老子弟纵酒"，自唱《大风歌》，对沛县父兄云："游子悲故乡。吾虽都关中，万岁后吾魂魄犹乐思沛。"见司马迁：《史记》卷8，第389页。这里江淹用以盛赞刘邦的"雄才"一词，先前也用以称美刘景素。
④ 这句的"君"指东汉光武帝刘秀，其于建武十七年(41年)"幸章陵"(故里南阳，近今湖北枣阳)，见范晔：《后汉书》卷1，第68—69页。正史未载其对故里的"婉恋"，仅提其少时谨信和今理天下的性格。"南阳"汇注本作"樊阳"，见胡之骥注，李长路、赵威校：《江文通集汇注》卷1，第33—34页。本文所采"南阳"又名春陵、章陵。
⑤ 潘岳自洛阳赴长安任职(是时长安早已不复西汉盛都之况，于他而言并非心之所向之地)，遂于292年作《西征赋》中有"眷巩洛而掩涕"之语，见萧统编，李善注：《文选》卷10，第443页；英译见 David R. Knechtges, trans., *Wen xuan*, vol. 2, pp. 179-235.
⑥ 吴人陆机在西晋灭吴北上入洛，多有流露去国怀乡之情，如其《赴洛诗》中用"挥泪""抚膺""永叹"、《又赴洛道中二首》用"呜咽"等来表达他去吴的悲戚哀伤，见郝立权注：《陆士衡诗注》卷3，商务印书馆，1976，第7b-8b页；陆机著，刘运好校：《陆士衡文集校注》卷5，第281—301页。陆机入洛之后的心态变化参看本书第二、第三章。

> 共魍魎而相偶,① 与蟏蛸而为邻。②
> 秋露下兮点剑舄,春苔生兮缀衣巾。③
> 步庭庑兮多蒿棘,顾左右兮绝亲宾。
> 忧而填骨,思兮乱神。
> 愿归灵于上国,虽坎轲而不惜身。 [88]

该赋的书写是基于深恶痛诋和惶恐不安的情绪。倘若身死此"南",江淹希望自己的魂灵能返归"上国"——这个词最初与"中国"同义,即指中原版图、中华文明的发祥地;但它也可以被解读为"王土""君临之国",即君主朝廷所在之地。江淹在此用其指代江南,尤指时为皇都天阙的建康。

诗至第21句写到福建,江淹脑海中反复浮现的是《招魂》中的骇人"封狐"和剧毒"雄虺";而行至终点,他忆及途中所见光景与所闻悲音("猿之吟兮日光迥,狖之啼兮月色寒"),遂在诗行第35、36句中总结这一曲折且迷绕的羁程,其中"具林石之巉岏"一句是对楚辞《九叹·忧苦》的化用。按其意象使用的逻辑线索,江

---

① "魍魎"是传说中的岩林精怪,早期亦多指瘟神疫鬼,能为汉代大傩仪式所驱疫,参看司马彪:《后汉书志》志5,附于《后汉书》,第3127—3128页;英译见 Derk Bodde(卜德) trans., *Festivals in Classical China: New Year and Other Annual Observances during the Han Dynasty*, 206 B. C. -A. D. 220, Princeton, NJ: Princeton University Press, 1975, pp. 81-82;张衡:《东京赋》,收入萧统编,李善注:《文选》卷3,第123—124页;英译见 David R. Knechtges, trans., *Wen xuan, or Selections of Refined Literature*, vol. 1: *Rhapsodies on Metropolises and Capitals*. Princeton, NJ: Princeton University Press, 1982, p. 91-97.
② 这种蜘蛛长腿、有毒,可能是喜蛛,江淹《四时赋》中有提其"网丝蔽户",见胡之骥注,李长路、赵威校:《江文通集汇注》卷2,第58页。
③ 青苔滋生,此地当是潮湿闷热。《艺文类聚》一本作"春苔",本文从之而不采通行本的"青苔",后者或是源自江淹作《青苔赋》而讹误。

淹接下来写到虹蜺筑室,"凿山楹以为柱"则照应了《哀时命》中的原文。接着他仰观秋色孤月,俯瞰雨水溢野,即使健如鹰隼、鼋鼍,亦受制于此,不复平日素时矫捷强悍。

接下来的四节(第45至70句)描绘一年四季轮转。江淹从自己到达此地的"季冬"时节起一直写到来年秋天,其中回荡着更多的楚辞余音,从《悲回风》,又到《九叹·怨思》和《哀时命》。临近季节轮回的尾声,江淹坦言自己"情枯槁而不及,神翻覆而亡据",已然为这片蛮昧土地所击溃,因而又列举那些即使超乎常人却仍眷乡情切的英雄豪杰,试图以此寻求心理安慰。江淹在最后一节中将前述诸点加以整合:自己的"流人"身份、须与"魍魉""蠛蠓"相偶为邻的厌恶心,以及这里潮湿多雨、万物霉烂的气候。江淹于倒数第二联不经意地突然插入全诗唯一的一句四言诗行,其节奏的顿滞有助于凸显卒章末联"愿归灵于上国,虽坎坷而不惜身"直抒胸臆的怨诽之意,使江淹最终的祈愿更富感染力而令人唏嘘不已。

抽取《待罪江南思北归赋》中四季轮回的部分主题为中心,江淹写就了《四时赋》。① 与以六言为主的前赋不同,② 江淹在《四时赋》里使用了一种令人关注的四六言混合句式。这一混合并非无序,而是在赋的第2到第5节,即第5到第36句的四节,从春季开始依序抒写四季,每节所用格式亦相当统一:除了书写

---

① 胡之骥注,李长路、赵威校:《江文通集汇注》卷2,第58页;俞绍初、张亚新:《江淹集校注》,第201—203页。
② 钱钟书指出上述江淹的二赋,"此构前任未有",见钱钟书:《管锥编》,中华书局,1979,第1408页。

春季的一节以六言四句收束以外,其余每节都由四句四言加两句六言构成。末二节篇幅各异,但也是以四言始、六言终。除首节外,① 此赋每节都以"领字"发端,但在第5、7节(分别对应季序终章和全赋末章)的中段又分加领字("何尝不""实由")。可见,《四时赋》不仅仅是江淹的抒情之作,同时也是他雕章琢句的结晶。

尽管措辞不尽相同,但《四时赋》里确有着不少前赋中曾出现过的意象,比如第二节首联中蔽户蛛丝、绕梁青苔(对应前赋的"与蟏蛸而为邻""青苔生兮缀衣巾"),等等。

北客长欷,深壁寂思。
空床连流,圭窬淹滞。②   [1节/4句]

网丝蔽户,③ 青苔绕梁。④
春华虚艳,秋月徒光。⑤
临飞鸟而魂绝,视浮云而意长。
测代序而饶感,知四时之足伤。

---

① 译者注:包括次节前半部。
② 官宦室家的门窗砌成边窄顶圆的"圭"字形,这一少见的建筑风格当是当地特色。
③ 织结蛛网的"蟏蛸"曾现于江淹《待罪江南思北归赋》第80句。
④ 青苔意象多有所见,如《待罪江南思北归赋》第82句"春苔生兮缀衣巾"。
⑤ 此地无人能赏春花繁盛、秋月光朗。

若乃旭日始暖,① 蕙草可织。②
园桃红点,流水碧色。③
思旧④都兮心断,怜故人兮无极。　　　[2 节/18 句]

至若炎云峰起,芳树未移。⑤
泽兰生坂,朱荷出池。
忆上国之绮树,想金陵之蕙枝。⑥　　　[3 节/24 句]

若夫秋风一至,白露团团。⑦
明月生波,⑧ 萤火迎寒。⑨
眷庭中之梧桐,⑩ 念机上之罗纨。　　　[4 节/30 句]

---

① 参看《诗经·邶风·匏有苦叶》"旭日始旦"句,见毛亨传,郑玄笺,孔颖达疏:《毛诗正义》卷2—2,阮元:《十三经注疏》,第 303 页。
② 蕙草织成绶冠以喻佩者美德(香草美人传统),如《离骚》"既替余以蕙纕兮,又申之以揽茝",见洪兴祖:《楚辞补注》卷1,第 14 页。蕙草成织的另一层喻义是植物恣意生长密"稠",如与密结的茧"绸"同源,繁花与织锦的相似性在下文第 23 句还将复现。
③ 参看《待罪江南思北归赋》第 30 句"涉桂水与碧湍"。
④ 一本作"应都",此从"旧都"。
⑤ "芳树未移"是因为酷暑无春日之微风。
⑥ "上国"释同《待罪江南思北归赋》第 87 句,即江南地区,尤指京城建康(一名金陵)。
⑦ "露"由水珠凝聚而成"团",修饰词"白"字则意味着关联月和秋。
⑧ 月"波"当是月轮光华。
⑨ 《礼记·月令》载,季夏之月"腐草为萤",见郑玄注,孔颖达疏,吕友仁整理:《礼记正义》卷 16,阮元:《十三经注疏》,第 1370 页。故而萤火虫于秋初即遇冷。
⑩ 梧桐谐音"吾同",尤与恋人相关,这里应是勾起了诗人对发妻的追忆,下一句典型的女性意象化的机织也是同样的喻指。

至于冬阴北边，永夜不晓。
平芜际海，① 千里飞鸟。
何尝不梦帝城之阡陌，忆故都之台沼。　　［5节/36句］

是以轸琴情动，戛瑟涕落。
逐长夜而心殒，随白日而形削。　　［6节/40句］

故秦人秦声，② 楚音楚奏。③
闻歌更泣，见悲已疲。
实由魂气怆断，外物非救。④
参四时而皆难，况仆人之未陋也。　　［7节/48句］

《待罪江南思北归赋》中的楚辞余音并未萦绕在这篇赋中。与其说这时江淹情绪已趋和缓，倒不如说他仍在试图理顺现状，如第11、12句所说，"测代序而饶感，知四时之足伤"。该赋分节聚焦每季，从描摹吴兴景物到卒章追忆感怀，从四言变六言，处

---

① 这里"平"字非指"平坦、均齐"，而是"大野"之义，见萧统编，李善注：《文选》卷8引，第374页。译者注："平芜"指草木丛生的平旷原野，原书称"wilderness"的义项当由"芜"而非"平"承担。
② 此指杨恽《报孙会宗书》中语："家本秦也，能为秦声。……酒后耳热，仰天抚缶而呼乌乌"，见班固：《汉书》卷66，第2896页。
③ 此指楚人钟仪，其于公元前580年左右为晋所虏。《春秋左传》载"晋侯观于军府，见钟仪，……问其族，对曰：'泠人也。'……使与之琴，操南音"，而被晋侯谋士范文子认为其"乐操土风，不忘旧也"。见杨伯峻：《春秋左传注》，成公九年，中华书局，1983，第844—845页。
④ 意指诗人四顾无亲无故，无以慰藉乡愁。

处透露着江淹北归之望。我们不妨细读秋季一节末两句(第29—30句),此中"眷"与"念"——由"庭中之梧桐"念及其妻"机上之罗纨"——尤为寒心酸鼻。联系前文第三句提到的"空床"可知江妻显然并未随其南下。除此之外,江淹次子江芃早在他与刘景素交恶之前就已不幸早夭,最亲密的朋侪袁炳也在不久前意外亡故。① 这些年来江淹命运多舛、几多坎坷,这使得他灰心丧意,倍感茕茕无依。②

与《待罪江南思北归赋》倒数第二节同声相应,《四时赋》的最后一节也写到(尽管以较小篇幅)过往那些眷乡情切的表率人物;而后赋"实由魂气怆断,外物非救"一联也恰与前赋中的"情枯槁而不及,神翻覆而亡据"如出一辙。故而那些四季轮回里总能抚宁古今诗人的良辰好景,却再也不能为消极内敛的江淹带来分毫宽慰。结句自称"末陋",与前赋自谓"小人""贱士"庶几相同,对跌落尘泥的江淹而言,每一季都不过是一种煎熬。

《四时赋》概要式地呈现出南国远疆之于江淹的印象和影响,而他在闽地期间创作的其他诸赋则往往以具有象征意义的

---

① 江淹所撰两篇悼亡赋可能是五世纪同类作品中最感人肺腑的,即《伤爱子赋》和《伤友人赋》,各见胡之骥注,李长路、赵威校:《江文通集汇注》,卷10,第383—384页、卷2,第68—73页;俞绍初、张亚新:《江淹集校注》,第151—154、141—145页;前一赋英译参看拙文,Paul W. Kroll, "On Political and Personal Fate," pp. 395-398.
② 从江淹组诗《悼室人》十首的字里行间可知,其妻亦逝于其贬谪福建期间,见胡之骥注,李长路、赵威校:《江文通集汇注》,卷4,第165—168页;俞绍初、张亚新:《江淹集校注》,第64—69页。

特定事物为题材。《青苔赋》对种类繁多的青苔详加描述,① 它们在福建遍地皆是,甚至滋生在台庑阁楹、流黄履袂之上。江淹赋中称苔生于树上石间、河畔水中——显然他将藤蔓、藻莼这些"苔藓状"生物都误认为青苔。青苔虽"无用",却又永恒滋长。《空青赋》和《翡翠赋》分写奇宝之石和丽羽之鸟,诗人说,二者最好能不为人所知,否则就会从故土上被掠夺,成为遥远他乡的装缀异珍。② 《石蚴赋》中也有类似警示:尽管石蚴(紫蠙)其貌不扬,只是"海若之小臣"(对照江淹前赋的卑谓),但一不小心仍有可能沦为"公子之嘉客"的盘中珍馐。不言而喻,这些教训是江淹从自身处境及前主君刘景素身上得来的。

此时把目光从赋移到诗或许更有助于理解个中三昧。江赋往往用典甚繁,就前文所涉二赋而言,其对楚辞章句的征引尤盛,这一特点在其他赋中亦是如此,比如其最知名的《恨赋》就是围绕众多典故构筑而成。而当江淹选择诗体书写时,其表现手法与赋有何不同呢?

---

① 胡之骥注,李长路、赵威校:《江文通集汇注》卷1,第18—22页;俞绍初、张亚新:《江淹集校注》,第203—206页;英文节译参看 Nicholas Morrow Williams, "Self-Portrait as Sea Anemone, and Other Impersonations of Jiang Yan," *Chinese Literature: Essays, Articles, Reviews* 34 (2012): 131-157.
② 《空青赋》,见胡之骥注,李长路、赵威校:《江文通集汇注》卷2,第91—94页;俞绍初、张亚新:《江淹集校注》,第213—215页。《翡翠赋》,见胡之骥注,李长路、赵威校:《江文通集汇注》卷2,第81—83页;俞绍初、张亚新:《江淹集校注》,第211—213页;后一赋英译参看拙文,"The Image of the Halcyon Kingfisher in Medieval Chinese Poetry," *Journal of the American Oriental Society* 104 (1984): 249;中译本见童岭译:《中国中古诗歌中的翠鸟意象》,收入柯睿:《中古中国的文学与文化史》,中西书局,2020,第180—199页;英文修订版见拙文,"On Political and Personal Fate," pp. 399-400.

下面这首诗作于江淹心不甘情不愿赴吴兴途中,题曰《赤亭渚》。此岛靠近今天浙江富阳,是时方至初秋,其南贬之程尚未过半。

> 吴江泛丘墟,饶桂复多枫。①
> 水夕潮波黑,日暮精气红。
> 路长寒光尽,鸟鸣秋草穷。
> 瑶水虽未合,珠霜窃过中。
> 坐识物序晏,卧视岁阴空。
> 一伤千里极,② 独望淮海风。③
> 远心何所类,云边有征鸿。④

该诗所用的主题、意象乃至某些措辞,都复现于江淹写于吴兴的诸赋文本之中,比如首句中的"丘墟"在《待罪江南思北归赋》第 21 句里是出现过的,次句里的江桂意象也复现于彼赋的第 30 句中;而诗中更迭"物序"则是《四时赋》单独处理的明晰主题。《招魂》一诗始终萦绕在身处南国远疆的江淹脑中,此诗就用到其

---

① 参看《楚辞·招魂》的倒数第三句"湛湛江水兮上有枫",见洪兴祖:《楚辞补注》卷 9,第 215 页。
② 此句及下句化自《招魂》的末二句"目极千里兮伤春心,魂兮归来哀江南"(恰好紧接上注江淹此赋首联所典的诗句之后),同上书。
③ 淮海指江南地区,覆及《尚书·禹贡》所定义"淮海惟扬州"的古扬州之地(而非今日之扬州),见孔安国传,孔颖达疏:《尚书正义》卷 6,阮元:《十三经注疏》,第 148 页。
④ 胡之骥注,李长路、赵威校:《江文通集汇注》卷 3,第 115 页;俞绍初、张亚新:《江淹集校注》,第 49 页。

中两个典故。江淹选择以"云边有征鸿"自喻，不过这一意象并未出现在其他吴兴诗作中，或许是因为它太像谶言了。

另一首诗《渡泉峤①出诸山之顶》写于行旅继续向远的某时：

> 岑崟蔽日月，左右信艰哉。
> 万壑共驰骛，百谷争往来。
> 鹰隼既厉翼，蛟鱼亦曝鳃。
> 崩壁迭枕卧，崭石屡盘回。
> 伏波未能凿，楼船不敢开。
> 百年积流水，千岁生青苔。
> 行行讵半景，余马以长怀。
> 南方天炎火，魂兮可归来。②

诗中刻画的鹰隼、蛟鱼、青苔等意象也频频出现在江淹此后的赋作中。第五联里提到的"伏波"指的是东汉将军马援，其因卫国戍边而名闻天下，尤以在今越南北部为汉室平叛中擅于船战而被朝廷拜为"伏波将军"。尽管交趾闭塞险恶、丛林地势难攻，马援仍一举攻克，但江淹却说即使是伏波再世，也不敢指挥舰队进军福建这样的"百年积流水，千岁生青苔"的险境绝地。诗末四句，诗人说迄今为止的行役之旅远比实际上迢递漫长，路途远到连"余马"都渴望归家——呼应着《离骚》尾声"仆夫悲余马怀兮，

---

① 近今浙江南部的衢州。
② 胡之骥注，李长路、赵威校：《江文通集汇注》卷3，第115页；俞绍初、张亚新：《江淹集校注》，第49—50页。

蜷局顾而不行"。① 这使得江淹犹似两首楚辞"招"体诗里的离散魂魄，孤独迷茫之感缠缭于心。如果他的灵魂和躯壳能被召归乡该有多好！无论是在结构的繁复性还是在语言的关涉性上，江淹这些诗作的分量与赋作相比稍异其趣，但其中的观念态度却一以贯之：这片南国远疆绝非文人仕子应往之地。

《草木颂》组诗十五首，其中既描绘了奇卉怪草，也展示了寻常花木，依序分别是金荆、② 相思、豫章、栟榈、杉、桎、杨梅、山桃、山中石榴、木莲、③ 石上菖蒲、黄连、薯蓣、杜若和藿香，④ 每诗均为四言八句。这组诗很像郭璞《尔雅图赞》的配诗风格，对草木的描述也饶有趣味，往往将心理活动赋予其自然特征中；而江淹为这组诗所作之序最能说明问题：

> 仆一命之微，遭万代之幸。不能镌心砺骨，以报所事。擢翼骧首，⑤ 自至丹梯。⑥ 爰乃恭承嘉惠，守职闽中。且仆生人之乐，久已尽矣。所爱，两株树、十茎草之间耳。今所凿处，⑦ 前峻山以蔽日，后幽晦以多阻。饥猱搜索，石濑戋

---

① "仆夫悲余马怀兮，蜷局顾而不行"，见洪兴祖：《楚辞补注》卷1，第47页。
② 并非同被称为"荆"、长于其他地区的牡荆属植物，见 Hui-lin Li（李惠林），*Nan-fang ts'ao-mu chuang*, *A Fourth Century Flora of Southeast Asia*（南方草木状），Hong Kong: The Chinese University Press, 1979, pp. 100-101.
③ 一名薜荔。
④ 有别于北方的藿香，见 Hui-lin Li, *Nan-fang ts'ao-mu chuang*, p. 75.
⑤ 如鲲鹏、良驹。
⑥ 通往仙域。
⑦ 凿山而筑居，前文亦见。

戈。①庭中有故池，水常决，虽无鱼梁钓台，处处可坐，而叶饶冬荣，花有夏色，兹赤县之东南乎？② 何其奇异也？结茎吐秀，数千余类。心所怜者，十有五族焉。各为一颂，以写劳魂。

该序言开头几句极尽嘲讽之能，尽管在寄与刘景素的辞笺和《待罪江南思北归赋》开篇里也能看到谨小慎微的嘲讽之意，但像此序天头如此激烈的力度在整个中国中古文学史上都是凤毛麟角。于江淹而言，"守职闽中"是否"恭承嘉惠""自至丹梯"？答案不言自明，在那个时代这样尖刻辛辣的声音并不多见。奥维德自被流放至托弥城始到死为止，其作中充斥着卑躬屈膝的奴性色彩；而江淹则与之形成了鲜明对比，他似乎已具某种决断：决不乞哀告怜、决不连哄带骗。

但对我们的研究而言，这篇序至关重要的点在于它预示了江淹对闽地在某种程度上的接受，他甚至对吴兴的一些地景特征抱持悦意欣赏的态度。尽管我们不能对江淹流放时期的诗作精确系

---

① 解读此句存在复义性，当是典出于《九歌·湘君》"石濑兮浅浅"，见洪兴祖：《楚辞补注》卷2，第62页。不过江淹《刘仆射东山集学骚》诗有句云"石戈戈兮水成文"（见胡之骥注，李长路、赵威校：《江文通集汇注》卷5，第174页；俞绍初、张亚新：《江淹集校注》，第17页），明代笺者胡之骥注为"戈戈，委积貌"。无论此字是否带有水字旁，江淹这两处的使字用意应该是一致的，即二词义通，或指激流中石头堆积状，或指堆积乱石令水流湍急，但英译的时候只能择一义而从之；结合江淹的其他骚体诗的惯习，本文以胡注为是，也附带让我们管窥江淹如何解读《湘君》句意。

② "赤县神州"缩略为"赤县"，语出邹衍定义中国与世界关系的术语，见司马迁：《史记》卷74，第2344页。江淹在其《游黄檗山》《翡翠赋》中亦用此语。

年,但这组称美十五类花木慰悦其心的诗作,必然作于其羁居吴兴一段时间之后。究其原因,在江淹得以了解熟知这些草木之前,它们并不具备差慰人意的特殊意义——尤其是像藿香这种江淹可能闻所未闻、见所未见的新物种。下面这首诗是他对杨梅——确切来说是对杨梅果——的礼赞:①

> 宝跨荔枝,② 芳轶木兰。
> 怀蕊挺实,涵英糅丹。③
> 镜日绣壑,焰霞绮峦。
> 为我羽翼,委君玉盘。④

尾联说"委君玉盘",意为以杨梅为珍馐进献主君,即可视之为江淹代言。在以花鸟咏物的寓言诗中,这个"君"往往是泛指,在这里不必特指刘景素。

在这组诗里,江淹对十五类中的多数草木的称颂,与其说是落在细腻化的外观描述上,倒不如说是偏于其象征性的心理慰

---

① Hui-lin Li, *Nan-fang ts'ao-mu chuang*, pp. 117-118;李时珍:《本草纲目》卷30,商务印书馆,1954,第93—94页。
② 中古中国的荔枝研究参看拙文,Paul W. Kroll, "Zhang Jiuling and the Lychee," *Tang Studies* 30 (2012): 9-22;中译本见饶骁译:《张九龄与荔枝》,收入柯睿:《舞马与驯鸢:柯睿自选集》,南京大学出版社,2021,第184—202页。
③ "丹"指果实色彩与花色相交映。
④ 胡之骥注,李长路、赵威校:《江文通集汇注》卷5,第192页;俞绍初、张亚新:《江淹集校注》,第60页。

藉。① 在赴任途中及初抵吴兴的诗作中,江淹曾认为这里无一是处,常为楚辞中那些低迷委顿的诗行所左右;但走笔至此,他已经开始身心安适地融入周遭环境,闽地悦目娱心的一面也在他的其他诗作中有所呈现,尽管只是偶一为之。

在这一时期的某些赋作中也记录了江淹对闽地奇山异川的着迷乃至于喜惬,其中最引人注目的是《赤虹赋》,② 长序明言赋记"东南峤外,爰有九石之山"的纪行景象。③ 诗人莅此"于时夏莲始舒,春荪未歇","正逢岩崖相焰,雨云烂色。俄而雄虹赫然,晕光耀水;偃蹇山顶,鴥奕江湄",故而"又忆昔登鑪峰(庐山香炉峰)上,手接白云;今行九石下,亲弄绛霓。④ 二奇难再,感而作赋"。

赋文开篇数句的环境描写似"曾"相识,也就是说这里亦"曾"是江淹感到极疏离、极不识的地方:

　　迤逦碕礒兮,太极之连山。

---

① 《杨梅》《金荆》英译见 Nicholas Morrow Williams, "Self-Portrait as Sea Anemone, and Other Impersonations of Jiang Yan," *Chinese Literature: Essays, Articles, Reviews* 34(2012): 142-143.
② 《赤虹赋》,见胡之骥注,李长路、赵威校:《江文通集汇注》卷2,第54—58页;俞绍初、张亚新:《江淹集校注》,第191—195页。
③ "东南峤外"位于吴兴东南约五十里。对吴兴"东南峤外"的地理位置描述也见于江淹集的自序中。
④ 此景亦见于江淹《从冠军建平王登庐山香炉峰》诗句的描述:"绛气下紫薄,白云上杳冥。中坐瞰蜿虹,俯伏视流星。"见胡之骥注,李长路、赵威校:《江文通集汇注》卷3,第103页;俞绍初、张亚新:《江淹集校注》,第4—6页。

> 鲤鳙虎豹兮，玉虺腾轩。①

"虺"在江淹的前作中现身过，但这里颇为有趣的是江淹在第三句中对楚辞的化用，出自《大招》中描述南方险恶章节里"鲤鳙短狐，王虺骞只"一联，② 这一点毋庸置疑，但江淹却又将鲤鳙拟之虎豹（之纹），其灵感从何而生？——不在别处，恰是来自《大招》此二句的上联"山林险隘，虎豹蜿只"，江淹把前联也化用在其间，以虎豹之纹比配鲤鳙而增其神异、添其猛悍。江淹书写南方很大程度上基于自己的文学文本经验，从这一例示即可见一斑。

一场雨后，赋文继续写道：

> 紫油上河，绛气下汉。③
> 白日无余，碧云卷半。

俄而"赤霓电出"，其"非虚非实，乍阴乍光"，江淹为之屏息惊叹，不吝笔墨地详载这一奇景。他观察到的赤虹现于"昏/暧"之时，这很可能是气象学家称为"全红彩虹"的自然现象，④ 这一奇观稍纵即逝，江淹以"彼灵物之讵几，象火灭而山红"来捕捉惊鸿

---

① 原文"玉"字当作"王"，参考下文引用《楚辞·大招篇》的文辞，这一修正应是无误的。译者注：原书"兮"字衍。
② 洪兴祖：《楚辞补注》卷10，第217页。"王"意味着"壮观威严、令人敬畏"。（王虺，大蛇也。）
③ 参看江淹《从冠军建平王登庐山香炉峰》中"绛气下萦薄"句的类似表述。
④ 全红彩虹只在日出和日落时分出现，因为那时太阳光穿过低层大气的路径较长，色谱中较短波长的蓝光和绿光散逸后仅剩红光（和黄色）聚集凸显。

一现的美景。之后的十句则为全赋之菁华所在，最值得诵读品味：

> 余形可览，残色未去。
> 耀萎蕤而在草，映青葱而结树。
> 昏青苔于丹渚，暧朱草于石路。
> 霞晃朗而下飞，日通笼而上度。
> 俯形命之窘局，哀时俗之不固。

到最后的十几句诗文，江淹将赤虹现身的意义归结为"阴阳之神焉"的具象化，但这里其要义在于，当超绝非凡、美艳不可方物必将逝去之时，不如尽享这片刻欢愉。"形命"一词，明指的是虹霓的成形一时和存现一瞬，亦可暗指世间万物的自然命运。在此，江淹平静恬淡地接受了生命倏瞬无常的本质。在这一奇妙境遇中，南国远疆为江淹提供的这次出乎意料的体验或许有点得之若惊，但终是难忘的快意如愿。

也有其他场景催生着江淹的诗歌创作，他用一种引人入胜，甚至昂扬向上的笔调展现南国远疆的独特风土。江淹的《水上神女赋》是对曹植《洛神赋》的拟写，不过在此赋开篇数语之后的地景描写读起来熠熠生辉：

> 乃造南中，渡炎洲。
> 经玉涧，越金流。
> 路逶迤而无轨，野忽漭而掷倩。

>　　山反覆而参错，水浇灌而萦薄。
>　　石五采而横峰，① 云千色而承萼。②
>　　日炯炯而舒光，雨屑屑而稍落。
>　　紫茎绕迳始参差，红荷缘水才灼烁。③

赋文接着细述与一位仙姿佚貌却缥缈难求的神女的相遇经历。江淹沿用《赤虹赋》中形容虹光之词来形容其貌"若虚若实"。正如曹植笔下的洛水女神一样，这位神女也对诗人充满着吸引力和诱惑力，此亦使人联想到《楚辞·九歌》中那些渴望与天女遇合神交的诗行。江淹此赋的直接语境或可用歌德名言予以概括："永恒女性自如常，接引我们永向上"（Das Ewig-Weibliche / Zieht uns hinan.）。耽于北归念想的江淹，起码在当下这一刻滋生出了于他物的欲望。

江淹也在黄蘗山纪游诗中寄予了类似情感，此行当是在其任吴兴令后的某时：④

游黄蘗山

>　　长望竟何极，闽云连越边。

---

① 典出女娲补天的五彩石。
② 典出黄帝战蚩尤后"有景云之瑞"。
③ 胡之骥注，李长路、赵威校：《江文通集汇注》卷1，第24页；俞绍初、张亚新：《江淹集校注》，第177页。
④ 黄蘗山的确切方位仍存争议，丁福林考诸家之说而认为黄蘗山当在北台山西，在今福建古田县西，南距浦城约210里，江淹可能出行至此（而不像其他诸山遥不可及），见丁福林：《江淹年谱》，第104—106页。

南州饶奇怪,赤县多灵仙。
金峰各亏日,铜石共临天。
阳岫照鸾采,阴溪喷龙泉。
残杌千代木,廧崒万古烟。
禽鸣丹壁上,猨啸青崖间。
秦皇慕隐沦,汉武愿长年。
皆负雄豪威,弃剑为名山。
况我葵藿志,松木横眼前。
所若同远好,临风载悠然。①

此诗起联的对比非常重要:闽地"饶奇怪",② 而地隶古赤县的越地则"多灵仙"。对于那些被贬或就职于逐渐纳入帝国版图的低纬度地区(纬度越低,越偏南)的唐朝官员来说,这可能正是他们居南之后诗歌书写中对南国远疆的界定(比如以沈佺期、宋之问、刘禹锡、柳宗元等人为肇始)。

随后江淹描绘了此地的山光水色、如画风景。有意思的是,此山"阳岫""阴溪"接迎着传统文化中的祥瑞灵兽"鸾""龙",而至"猨啸"又为之一顿。全诗寓意令人觉得怪诞离奇,诗人脑海里又想到了秦皇汉武的求仙之举;而即使是江淹这样困陷于福建山野、心存"葵藿志"而不汲汲于现世功业的普通人,也能同怀共享

---

① 胡之骥注,李长路、赵威校:《江文通集汇注》卷3,第117—118页;俞绍初、张亚新:《江淹集校注》,第70—71页。
② 在上古时期,越地可能并未包含在赤县神州的版图之内,或是与之边境毗邻;然而在江淹祖辈们的江南士族看来,越地"自古以来"就是中央政权管辖范围。

这一虚无缥缈的热望憧憬。或许闽地终究会成"灵仙"之地，这与江淹早期南方书写中所蕴含的无边惊怖和极力抗拒已是相去甚远。

如上所提，江淹终于477年春自吴兴释还北归，在当时写就的《还故国》①诗中他说"北地三变露，南檐再逢霜"，② 该诗的感情色彩比预想的要克制内敛得多，其结句如下：

> 高歌傃关国，微叹依笙簧。
> 请学碧灵草，终岁自芬芳。

最能告慰江淹之处在于，他终得以再近笙簧吹管之音，重听传统器乐之声。不言自明，这与他过去两年半痛不堪忍的夷狄蛮乐有着云泥之别。归家还乡的江淹只想不受打扰地敝帚自珍，像碧灵草一样"终岁自芬芳"。③ 他短暂地实现了这一愿望，④ 但很快就又投身于王朝政治，为代宋自立、建齐开朝的萧道成效力。在福建最为蛮暗的岁月里，江淹一定做梦也没有想到，自己有朝一日能被赦还朝，并很快成为即将登基的新皇最为宠信的臣佐。

江淹最终还是没有像他自己曾担心的那样死于南方，而江南

---

① 胡之骥注，李长路、赵威校：《江文通集汇注》卷3，第118页；俞绍初、张亚新：《江淹集校注》，第80—81页。
② "北地三变露"是说没有江淹的江南已过了三年秋季（江淹是474年初秋离去）；而江淹抵达吴兴是在474年仲冬，他在这里度过了整两年的冬季，故云"南檐再逢霜"。
③ 参看班固《西都赋》："灵草冬荣，神木丛生"，见萧统编，李善注：《文选》卷1，第18页。
④ 尤见江淹《无为论》。

士人还家无计、客死他乡的命运，最后留给了百年以后的庾信。当然，庾信的情形和江淹完全相反：他身为南使而被羁北地，那个在四世纪初衣冠南渡重建晋室时被抛弃，但又一直声言要收复的中原故土，此时已令庾信自感身处蛮夷，他对原有的"中央王朝"的北方旧地兴味索然，不过这又是另外的故事了。

不管怎样，数年后江淹对自己的南方生活做了总结，放在他自编于483年末或484年的首部文集的自序传里。谈及主君刘景素"凭怒而黜之为建安吴兴令"后他写道：

> 地在东南峤外，闽越之旧境也。爰有碧水丹山，珍木灵草，皆淹平生所至爱，不觉行路之远矣。山中无事，与道书为偶，乃悠然独往，或日夕忘归。放浪之际，颇著文章自娱。

这些话是在江淹效力于新近建立的南齐朝廷数年，前程无忧、万事尽握之后写下的，其似乎不遗余力地重新诠释了江淹在福建的那段岁月。也许这并不奇怪，众所周知，时间可以借助不同视角，改变原有态度，治愈一切创伤。

(王劭康　参译)[1]

---

[1] 此文另一中译本见王平译：《放逐边海，寄身蛮荒：江淹在闽南》，收入柯睿：《舞马与驯鸢：柯睿自选集》，第48—76页。译文诸多值得再商榷之处，例如题目"闽南"即不合原文(江淹被贬福建是在闽北)，此不一一列举。

伤春：王勃与李白对南方文学主题的再想象

魏宁（Nicholas Morrow Williams）

尽管古楚疆土北端延及今河南南部，但楚国仍然在先秦诸侯大国中位处最南端；而较之更南的"江南"（即长江以南）地区，是时完全是一片充满异域风情、不为人知的殊方远疆。尽管"江南"一词通常泛指南国，但有时也涵盖黔中郡（今湖南西部）周边的相关地域。① "江南"是屈原从楚国本土腹地流放而至之地，② 故其地理意义对应的是去国放逐和政治失意，然而时至汉代，其又以一种悖论之姿与屈原的英雄气概相联系。楚辞中对"江南"最炽烈的召唤应当说出现在《招魂》乱辞五句里，文辞中对于江南的矛盾性似乎被置换成对荏苒季序和生命本体的矛盾性，这些转换都凝聚于寥寥数句之中而并未述及呼应此诗前文，铸就了这一既神秘

---

① 对江南的界定，参看饶宗颐：《楚辞地理考》，第79—83页。
② 据王逸《离骚序》"迁屈原于江南"语，洪兴祖：《楚辞补注》卷1，第2页。

诡谲又感人肺腑的段落:①

> 朱明承夜兮时不可以淹,②
> 皋兰被径兮斯路渐。③
> 湛湛江水兮上有枫,④
> 目及千里兮伤春心。
> 魂兮归来哀江南。

楚辞《招魂》的末五句交织着瞬逝、春意、南方以及贯穿全诗的魂魄行旅的种种主题:⑤ 我们首先感受到光阴流逝的无情,行旅中环境/肉体的限制,这与长江上某一特定场景里的悦心娱目形成鲜明对比,最后诗中回荡着春天与南方悲愁交织、时间和空

---

① 原文出处见洪兴祖:《楚辞补注》卷9,第197—215页;英译见 David Hawkes(霍克思), Ch'u Tz'u: The Songs of the South, London: Oxford University Press, 1959, pp. 101-109.
② "朱明"此处指太阳,但在其他古文献中意指夏天。文言助词"兮"字是楚辞韵律节奏的特征,在李白赋中也多有精心运用,但在后者中并非固定的结构特征。
③ 霍克思对此句的英译保留异议:"The marsh orchids cover the path here: this way must be too marshy."
④ 这里的"枫"或指枫香树(liquidambar tree)而非枫树(maple),参看王平对此文中"枫"的象征意义的讨论, Wang Ping, "Sound of the Maple on the Yangzi River: A Topos of Melancholia in Early to Medieval Chinese Poetic Writing," T'ang Studies 26 (2008): 18-23.
⑤ 有些读法把前两句放在前文之后视为一整体,而不是与后三句一起读若乱辞。这五句诗中的首句所提出的瞬逝问题在后几句中都有复杂的呼应。值得注意的是,尽管韵腹有别(前两句是[ɛm],后三句为[əm/ɑm]),但五句诗韵字都缀以-m 韵尾,而这种-m 韵尾在汉语中相对较少,因此临韵往往混用,考虑到早期诗作用韵自由的特点,这组句子应被视为一种形式结构。

间汇于道尽途穷之感。因此,这几行结句概括出整首诗的意义所在,即处理魂魄与空间(江南)和时间(春天)之间的关系,在得出适当结论的同时,又似乎打破了其原有的条条框框。正如王夫之所说:"神余字外,千古犹为荠涕。"①

事实上,这些艰深晦涩的诗句到了唐代被重新诠释和改写以阐明其义,仅以这四十一个魔力非凡的汉字即形塑出后世文学中的某种南方身份,其表达的"伤春"这一文学主题与中国南方有着特定的历史关联。虽然这些诗句所指地名或许是狭义的江南,但经过后代诗人的解读,它变成了更广义上的"江南"以及以楚辞楚歌为主要标志之一的南方文化。

这些诗章句辞似乎是在对郁郁葱葱、生机勃勃春光中的江南美景进行思考,将江南美景作为触发无尽惆怅思绪的凄美对象。以司空曙的名对"青枫江色晚,楚客独伤春"为例,② 春天永远是充满忧伤的季节。在中英文语境中的"伤春"含义都很模棱两可——春天是悲伤的对象还是诱因呢?乍一看答案似乎不言而明当是前者,但本文在追溯至《招魂》相关主题的阐述时,发现春天实际上是诗人心生感伤的诱因,春色虽美,却引发了诗人对其转瞬即逝的失落和煎熬。毕竟,在司空曙此联对句中,屈原(楚客)并不是一个拥簇香花、崇尚浮浪时髦美学的狂狷之士,而是一个更为严肃、谴责忽视香花所喻指美德的正派形象。春天本身就足以令人悲伤,不仅因为它注定消逝,更具诗意的原因在于,它提

---

① 王夫之:《楚辞通释》卷9,收入《船山全书》第14册,岳麓书社,1996,第416页。
② 彭定求编《全唐诗》卷293,中华书局,1980,第3325页。

醒着人们以它为代表的别的一切美好事物所具有的脆弱本性。诗人虽称屈原的伤情是独一无二的("独伤春"),但他的共情又暗示着其实这一情感是可以共通的;然而体会到的究竟是不是同一情感,还取决于个人对诗文的解读阐释。在考察它们置于唐代文学中被再度创作的现象之前,我们必须先了解这一点。

"招魂"中的伤春

即使是最脍炙人口的代表篇什《离骚》和《九歌》,也不能完全呈现《楚辞》内容的繁杂多样,特别是其中《招魂》和《大招》两篇"招"体,较之楚辞选集中的其他作品尤为抢眼:这两篇以古楚国特殊的宗教习俗为基础。召唤病者或死者的魂魄归位,这一习俗长久以来都被比较宗教学界归为遍布全球的萨满教中的一种仪式,它也构建出两篇"招"体的基本框架,并在一定程度上决定了诗歌内容,正如萨满试图召唤所亲所爱的逝者魂魄的仪式一样。而在这些作品中,宗教仪式只是维系着基础结构,还有很多其他因素和主题错综交织于文本之间,尤以对以屈原为范式的理想化朝臣的英雄塑造最为突出;在这个虚构的地理国度中,"四方"都充斥着怪奇诡谲、可怖可骇的物象,而最终在《招魂》中哀叹当下白驹过隙、时不我待,以最炽热的激情来表现春天这个兼具重生意味和死亡意识的季节,"荒地里滋生出丁香"。[1]

这一场景极富本地风情,顺着这条路看下去,便是"湛湛江

---

[1] 译者注:语出艾略特(T. S. Eliot, 1888–1965):Breeding lilacs out of the dead land.

水兮上有枫"的景象；但这一特定地域又是向外拓展至整个南方、涵盖魂魄游离之旅的一系列同心场的中心所在。该诗正文描述了上下四方的险恶凶煞，但在"乱辞"部分却关注到江上风光，更具体地说是江左的江南风光。王逸将这些诗句解读为"江南土地僻远，山林险岨，诚可以哀伤"虽合乎于"招魂"主体题旨，却有违于末句语法（这里"哀"的是"江南"而非"魂魄离散"）。与之不同的是，《五臣文选注》里张铣则说江南原属郢（楚国）而后复失（"欲使原复归于郢，故言江南地可哀"）。① 后一说可能受到了庾信将此句檃栝为伤悼萧梁王朝灭亡而作的名赋之题的影响，② 但这显然是误读，从整篇的角度来观照这些诗句，我们不难发现之所以目及江南会唤起悲恸，是因为诗中主角正在死亡的边界徘徊，且将无法再欣赏这些良辰美景。

在对序引部分描述"招魂"的诗句和招魂辞本体的解读后，我们现在来讨论乱辞结句部分。"乱曰"第三部分呼应着序引的某些主题，并重回骚体诗的基本格律（与中间部分以"些"为句尾助词的独特语体形成鲜明对比）。序引确定了整首诗的理解基调，开篇引出一位屈原式正道直行却忠而被谤的仁德英雄，然后描述巫阳如何受命下招、为人（身份未明）招魂。尽管诗文中并没有直接指出所招乃何人之魂，人们还是倾向于屈原或楚王，不过这一问题关系到该文由谁而撰。王逸把此诗归于宋玉名下，但《史记·屈

---

① 萧统编，李善、吕延济、刘良、张铣、吕向、李周翰注：《六臣注文选》卷33，中华书局，1987，第27b、633页。
② 《哀江南赋》，见严可均：《全上古三代秦汉三国六朝文·全后周文》卷8，第5a—10b、3922—3924页；又参 William T. Graham（葛兰），*The Lament for the South*": *Yü Hsin's "Ai Chiang-nan fu*, Cambridge: Cambridge University Press, 1980.

原贾生列传》又列其为屈原作品。① 要在作者之间做出二元对立或泾渭分明的选择太过简单化了，正如力之所论，既能解释文本中的证据，又能说明早期作者归属问题的最直观的假说，就是"宋玉拟屈原之自招"。② 尽管力之自己没有明言，但是这一假说已经为是诗作者身份创造了更富弹性的概念空间。这是一首代言文化英雄之魂的史诗巨作，他与屈原或多或少是同源、同构、同质的；但署名权有时既归属于屈原，也列名于宋玉，这也提醒着人们这首诗从来没有捆绑在历史真实的屈原身上，而是始终乐于接纳新的声音、召唤新的改写。

透过文学的角度来看，最为重要的是这首诗开篇就将主人公定为屈原式人物（这是一个无法确定的历史问题）。《五臣文选注》中吕延济在此诗首句下作注就称"皆代原为辞"，③ 可见他在接受宋玉的作者身份的同时，也认可主人公身份当是屈原。这种认同本身就说明了这首诗的读者之所以会对这一特定魂魄之命运津津乐道，是因为它蕴含着一种太上立德的崇高意境，这样的仁德君子、帝王贤佐，理应是屈原本人或屈原式的英雄人物。霍克思（David Hawkes）认为这些诗句由于竹简错置而篡误，当然这很有可能，但这种合理化说辞未能解释为什么之前的读者没被由此产生的不连贯现象所困扰。事实上，无论这些诗句究从何来，它们

---

① 司马迁：《史记》卷84，第2503页。
② 力之：《〈招魂〉考辨》，收入《楚辞与中古文献考说》，巴蜀书社，2005，第144—155页。
③ 萧统编，李善、吕延济、刘良、张铣、吕向、李周翰注：《六臣注文选》卷33，第17a、628页。

在诗中现有的位置决定了"招魂"置于《楚辞》的道德语境中的意义,即在破碎沦丧、危机四伏的天地宇宙间,个体气节应该如何展演:①

> 朕幼清以廉洁兮,身服义而未沫。
> 主此盛德兮,牵于俗而芜秽。
> 上无所考此盛德兮,长离殃而愁苦。

这些起句连同标题一起解答了一个问题,那就是接受招魂仪式的对象是否确切已经死亡。② "招魂"是一出游离形神、游移生死、争逐于各种危险和愉悦之间的魂魄大戏,在此情形之下,一个人是"活人"还是"死人"取决于人们对于魂魄的认识。

《招魂》中涉及的魂魄概念出现在序引的后半部分,描述的是巫阳(萨满名阳)受命下招的过程。同样,尽管这段表述从字面意思上看似与开篇无关,但屈原和楚辞中的巫觋(尤其是彭咸)之间仍然有着一致的可比性和象征的交互性。③ 巫阳随后开始召唤离

---

① 洪兴祖:《楚辞补注》卷9,第197页。
② 霍克思认为其只是重病而非亡故,见 David Hawkes, *Ch'u Tz'u: The Songs of the South*, p. 102.
③ 对《楚辞》中"巫"的概述,参看姜亮夫:《说屈赋中之巫》,收入《姜亮夫全集》,第8辑,云南人民出版社,第340—342页。部分学者反对将传统的"巫"称为"萨满",但此诗中的"巫阳"的功能恰与北亚地区的萨满的某些关键能力相互印证,经典研究之作参看 Mircea Eliade, *Le Chamanisme et les techniques archaïques de l'extase*, Paris: Librairie Payot, 1951;另一遵循传统学术范式又不失结合新近研究的力作见 Rémi Mathieu, "Chamanes et chamanisme en Chine ancienne," *L'Homme* 27. 101 (1987): 10-34.

散魂归,尽管其似乎对自己的成功并无把握。招辞部分构建的一场魂魄分离之旅,是符合当时当地经验的。魂四方游荡,须待招还;而魄被困原地,无处逃身。① 萨满施法重新链接其魂其魄,使之合二为一来治愈病人。"跳神"萨满灵魂出窍是世界各地萨满文化的共有特征,魂魄分离的观念在那些信奉原始萨满教的族群中还相当流行,比如通古斯人、萨摩耶迪人、芬兰-乌戈尔人、阿伊努人等。② 现代人类学家在描述信仰魂魄二元论的文化时倾向于将这两者分为自由灵魂(free-soul)和生命灵魂(life-soul)(或身体灵魂[body-soul]),各自对应着"魂"和"魄"。虽然自由灵魂能够脱离身体、游离寄主,但行旅却是危机四伏的,经常得穿越某个与真实世界平行的梦魇时空。③ 对于一个美洲原住民部落来说,"一个沉湎梦魇的人的灵魂就离通往灵魂世界之途的起点不远了"。④

接着,招辞前面的部分呈现了那个势要损毁楚王之魂的梦魇

---

① 对楚辞中"魂魄"的阐释,见姜亮夫:《楚辞通故》第 2 辑,齐鲁书社,1985,第 399—407 页;收入《姜亮夫著作选本》,云南人民出版社,1999,第 316—322 页。关于魂魄在汉代及汉前的普遍信仰,见 Yü Ying-shih, "'O Soul, Come Back!': A Study in the Changing Conceptions of the Soul and Afterlife in Pre-Buddhist China," *Harvard Journal of Asiatic Studies* 47. 2 (1987): 363-395; 中译本见李彤译:《"魂兮归来!"——论佛教传入以前中国灵魂与来世观念的转变》,收入余英时著,侯旭东等译:《东汉生死观》,上海古籍出版社,2005。
② 参看 Ivar Paulson, *Die primitive Seelenvorstellungen der nordeurasischen Völker: eine religionsethnographische und religionsphänomenologische Untersuchung*, Stockholm: The Ethnographical Museum of Sweden, 1958.
③ Åbe Hultkrantz, *Soul and Native Americans*, Woodstock, CT: Spring Publications, 1997, p. 108.
④ 同上书引 James Teit, "The Thompson Indians of British Columbia," *Memoirs of the American Museum of Natural History* 2 (1900).

世界，细数了周遭无处不在的危险与威胁(四方上下)，后面的部分则展示诱其"魂兮归来"的胜境，皆处于郢都修门之内、楚国"故居"之中，以便于魂魄归位。招辞尾声对享乐之盛况的刻画与乱辞第一部分对个体之关注，二者形成突兀的对比，后者叙述了在某个春季佳日里，屈原随楚王南征御猎的情景：①

献岁发春兮汨吾南征，菉苹齐叶兮白芷生。②
路贯庐江兮③左长薄，④倚沼畦瀛兮遥望博。
青骊结驷兮齐千乘，悬火延起兮玄颜烝。
步及骤处兮诱骋先，抑骛若通兮引车右还。
与王趋梦兮课后先，君王亲发兮惮青兕。⑤

相较于诗中描写殊方危险、宫廷繁华的长篇大章，这里出现

---

① 洪兴祖：《楚辞补注》卷9，第213—214页。
② 菉，一种生长在潮湿沼泽地带的杂草。
③ 西汉置庐江郡，在今安徽南部。
④ 王逸称"长薄"是地名。
⑤ "兕"不是非洲"黑犀牛"，而是曾分布于中国南方的某种亚洲犀牛，不过到底属于哪一物种仍然众说纷纭，劳费尔(Berthold Laufer)认为犀是双角犀牛、兕是单角犀牛，但由于双角犀牛的后角很小，故而肉眼很难分辨，他特意引郭璞(276—324年)《尔雅注疏》来鉴定楚辞中的兕"似牛"，此非论断，但郭注云："一角，青色，重千斤"，并引别注晋代文本《交州记》支撑，见郭璞注，邢昺疏：《尔雅注疏》卷10，第16a页，阮元：《十三经注疏》，第2651页。Berthold Laufer, "History of the Rhinoceros," in *Chinese Clay Figures, Part I: Prolegomena on the History of Defensive Armor*, Chicago, IL: Field Museum of Natural History, 1914, pp. 73–173, esp. pp. 92–93。其他物种识别参看 Carl Whiting Bishop, "Rhinoceros and Wild Ox in Ancient China," *China Journal* 18 (1933): 322–330; Jean A. Lefeuvre, "Rhinoceros and Wild Buffaloes North of the Yellow River at the End of the Shang Dynasty," *Monumenta Serica* 39 (1990–1991): 131–157.

的是一种单纯的经验时刻,虽然还是御驾亲征,但感觉更为亲近。这段叙述是关于春日的某个特定事件,在此诗后段明确地体现出特殊性到普遍性的对应转换,来伤悼春天本身和整个江南。这一从受限时空的特定经验性提升到无所不在的普遍适应性的转变,映照出魂魄自身的行旅之迹:从禁锢于一人一身到游离于生界死地。屈原形象身处极端危险之中,但不确定这是他弥留之际的情景,还是只是某次赏心春狩的记忆。不管怎样,诗结尾处对江南施以哀悼,因其既是伴随命殒而终将失却的世间之事,也是一般意义上象征失意的失落之地——屈原放逐之所,春和景明把失意情绪衬托得更为痛苦。

故而这段文字的意思始终隐晦模棱,因为魂魄既为自己所处之位而乐以忘忧,又为自己不得不离去而引以为憾。

剧情来到神秘难解的倒数第二行"目及千里兮伤春心"而接近尾声,对最后三个字"伤春心"的解释有很多,本文释为"伤春"(the pity of spring),保留了春天究竟是诱因还是背景抑或对象的复义模糊性。这一文本还存有数种异文,[1] 最重要的一说是王逸一作"荡春心",并将"荡"字出人意料地释为"涤也"。"荡"字作"摇""扰"的传统训诂义,更近于读若"伤"时的整体印象。黄灵庚以"荡"为本字("伤字讹也"),例证这一用字在后世诗作中的影响;而"荡春心"在同一时期最为相关的使用出现在枚乘的《七发》中。[2]《招魂》在汉代可能存在不同版本,或编排体例有别,

---

[1] 这些异文见于洪兴祖《楚辞补注》笺注,更为详尽的讨论参看黄灵庚:《楚辞章句疏证》卷10,中华书局,2007,第2105—2106页。
[2] 萧统编,李善注:《文选》卷34,第1567页。

或删节序引乱辞，或采用不同异文，不一而足。

　　总之，如果忽视"荡"的训诂义而将之更自然地释读为"摇""扰"的话，"荡春心"和"伤春心"实际上就相去不远，① 这两个词在上古汉语中词源相关且读音相近，② 用"荡"用"伤"都能巩固挫败失意之感，强化《楚辞》的主旨，奠定整个楚辞集的哀婉基调。这些句子表达的不是对屈原个体或某一特定魂魄的孤立式哀悼，而是对"目极千里"的整个历史时空的悲悯之感，体现在生生不息的春日轮回中。后世诗人接受"荡"和"伤"的两种异文，并在后世书写中分别予以回应。

　　《楚辞补注》中还有"伤心悲"这一异文。与其他及前述文本相比，这一异文并无特别意义，文法冗余像是出自楚辞仿作者的拙笨之手。然而，霍克思正是采用了这一异文，他认为"应该读作'伤心悲'（字序重组）"，因而译为"the heart breaks for sorrow（因悲伤而心碎）"。③ 虽然霍克思通常对英语和汉语的文风都严格把关，但他在这里刻意追求逻辑连贯性则显得舍本逐末，以至于把本应属于本诗乃至楚辞集的核心部分（"春"）都抹除了，这种弃用"越难解或越近真"的异文而改用"庸译"之举，着实令人费解。

　　如果接受"伤春心"的异文，"我心伤春"（pity of spring in my

---

① "余心荡"见于《左传·庄公四年》，杜预注曰："荡，动散也"，黄灵庚：《楚辞章句疏证》卷 10 引，第 2105 页。
② 白一平（William Baxter）注音"荡"：*lang?，"伤"：*hljang，见 idem., *A Handbook of Old Chinese Phonology*. Berlin: Mouton de Gruyter, 1992.
③ David Hawkes, *Ch'u Tz'u: The Songs of the South*, pp. 109, 200 n. 134. 此句原样照搬企鹅图书重印本，见 idem., *The Songs of the South: An Ancient Chinese Anthology of Poems by Qu Yuan and Other Poets*, Harmondsworth: Penguin Books, 1985, p. 230.

heart)作为一个诗学象征就具有无与伦比的意义。这一提法在《招魂》乱辞中联系到英雄之死,并隐约勾勒出潜存的神话脉络,虽在诗中并未完全展开,但却留有一些蛛丝马迹,例如蚩尤为黄帝所戮而变成枫树的传说。① 萨满以灵魂出窍来治病救魂也可视为一种神话,乱辞尾声中亦涉及春去春回的轮回神话。正如一位当代宗教史学者所说,神话的目的不是去解释季节或自然界的其他面向,而是"季节可视为去思考周期性、规律性、秩序性、区别性、转换性和方位性的媒介"。②《招魂》中"伤春"代表了与春相关的季节转换的可能性,但它也与该诗所处的特定地点,甚至是江上枫树的特定场景有关。

对地点的认定由此延展开来,不仅仅是去沿流溯源,而且也重新思考地点本身转向象征和抽象的意味。"楚"的诗学意义远超其本源,楚辞体形式自由,没有固定的内在意义,但它们仍能指向与之表里相依的特定空间和时间。楚辞传统(这里仅以体式来定义,或更宽泛地包括采用大量楚辞典故的诗作)总是蕴含着对南方的缱绻乡愁,而"南方"之义超越了任何地理方位的限定。因此,江淹流放至福建时称自己是如屈原般的"楚客",尽管"此"楚

---

① 此诗的个中神话关联,参看 Ping Wang, "Sound of the Maple on the Yangzi River," pp. 21–22.
② Jonathan Z. Smith, *Drudgery Divine*, pp. 128–129, citing Emile Durkheim, *Elementary Forms of the Religious Life*, Joseph Ward Swain trans., London: George Allen & Unwin, 1915, p. 349: "But the seasons have only furnished the outer frame-work for this organization, and not the principle upon which it rests; for even the cults which aim at exclusively spiritual ends have remained periodical."

非屈原流放之"彼"楚。① "楚客"这一凄美词组事实上构成"楚"的一种状语功能,用以表示其地理指称之外的一种心境。

尽管"春"和"南方"在数不胜数的唐诗书写中占据中心,但其中有些典故仍能清晰具体地指向《招魂》乱辞和"楚客伤春"的惯用主题。虽然上文已述《招魂》也归于屈原名下,但这些文典或许应该放在唐人追捧宋玉的时代语境中,② "伤春"与其所对应的宋玉《九辩》中的"悲秋",共同成为"感四时之季变"主题诗的滥觞。值得注意的是,尽管现代学界视宋玉是一位半神话的虚幻角色,但对唐人来说,他是一个信而有征、确实存在的人物,他的故居在唐代诗歌中屡被提及而久负盛名,不过确切的地理位置仍存争议,一曰宜城(今襄阳,在鄂北),一曰归州(今秭归,在鄂南),一曰江陵(今荆州,亦在鄂南)。③ 唐代诗人们在用《招魂》文典之时,通常会不由自主地联想到他们自己曾经亲自造访过的"那个"特定的地方。

因此,《招魂》乱辞尾声将一段快意史事发生的楚地重铸为一个灾难丛生,致使魂魄分散的修罗场。对风景的渴慕与对死亡的恼恨纠缠难分,这一复杂的情感都凝聚在"伤春"中。即使恰如其分地放在整首诗乃至楚辞选集的语境中,这些诗句读起来仍然神秘莫测。春天所激发的复杂情感是含混未明的,虽然在大多数情

---

① 参看 Nicholas Morrow Williams, Chapter 6, "Jiang Yan's Allusive and Illusive Journeys," in idem., *Imitations of the Self: Jiang Yan and Chinese Poetics*, Leiden: Brill, 2014.
② 稻畑耕一郎「宋玉論そa文學的評價a定立aめぐって」『中國文學論集(目加田誠博士古稀紀念)』,东京龙溪书舍,1974, pp.67-97.
③ 此处详论参看鎌田出「宋玉の故宅—唐詩に見えるその位相」『中国古典文学論集(松浦友久博士追悼記念)』,研文出版,2006, pp.357-372.

况下，春天是新生的季节，但在《招魂》中它却意味着肉体生命溘然长逝，物理空间(尤以江南为甚)不复占有。"春心"这一词组所具有的问题性和复义性不该被现代注译本忽视或简化，更不该被修正为陈词滥调的平庸泛说。在"伤春"这一极具文化南方亮点的惯用主题中，这首诗和它的后续衍生作品凸显的正是"感心"和"感春"之间的关系。

王勃笔下的蜀之春

本文并不打算追溯中古时期任何关于"招魂"的典故，也不拟梳理春愁的表述方式，简而言之，这里只是要把"伤春"这一主题与关于春天的其他惯用主题加以区分。楚国特有的春愁主题既与在《诗经》中先已出现的春意情爱主题迥然有异，[1] 也早在春和景明与倏瞬无常之间建立了某种哲学关联，[2] 而这也推动了六朝文学的一些春愁书写。东晋湛方生《怀春赋》曰："夫荣彫之感人，犹色象之在镜"，[3] 换言之，人们能在岁月不居、时节如流中照见自身的必然殂殁。庾信在《春赋》中颂美生命复始、繁花绽新，从中并不能读到《招魂》中的那种黯然销魂。[4] 还有诗作一如杜甫

---

[1]《诗经·国风·召南·野有死麕》，见毛亨传，郑玄笺，孔颖达疏：《毛诗正义》卷1—5，阮元：《十三经注疏》，第292—293页。
[2] 郑玄注释《诗经·小雅·出车》云："春女悲，秋士悲，感其物化也"，但这一情感在"春日迟迟，卉木萋萋"的原文中呈现得并不明确，见《毛诗正义》卷9—4，《十三经注疏》，第416页。
[3] 欧阳询：《艺文类聚》卷3，第44页。
[4] 严可均：《全上古三代秦汉三国六朝文·全后周文》卷8，第1a—2a、3920页。

《春望》,只是反讽地把春日美好置于当下时局的相对面上。

"伤春"及其地方性表现,既不必限于世情主题的个体表现层面,也无须停留在倏瞬无常的普遍抽象层面,其还算得上独树一帜的主题。王勃①在其《春思赋》序中搬引《招魂》倒数第二句,②认为是诗出自屈原而非宋玉,并沿用"伤春心"来重申对此句的确认性解读,但他进一步在《春思赋》及其附诗中对"伤春"主题加以发挥。赋的美学表征纷繁复杂,这里只能略涉一二,诗题中的"赋"字在英语中的对应词可能是 lyrico-epical fantasy,代表着抒情浓度与篇幅宏度的卓越联结。从诗艺上来看,该赋呈现出六朝晚期赋和初唐七言诗的双重影响,③特别运用匠心别具的顶真和精妙绝伦的对仗,使得句式段落缀连成篇、朗朗上口。"春"字仅在序中就出现八次,全篇则出现了近五十次。

---

① 记录王勃生卒年的原始文献互有抵牾。649—676 年是据清人蒋清翊的推断,见铃木虎雄「王勃年譜」『東方学報』14、京都大学人文科学研究所、1944、pp. 1-14;但何林天指出王勃的某序系作于 683 年而证前说之谬,而重定其生卒年为 649—684 年,见 Timothy Wai Keung Chan(陈伟强), "Restoration of an Anthology by Wang Bo," *Journal of the American Oriental Society* 124.3 (2004): 502 n. 33 引何林天:《重订新校王子安集》,山西人民出版社,1990,前言第 1—4 页。《春思赋》文本见王勃著,蒋清翊注:《王子安集注》卷 1,上海古籍出版社,1995,第 1—15 页,笺注式英译全文参看 Timothy Wai Keung Chan, "In Search of Jade: Studies of Early Tang Poetry," PhD diss., University of Colorado, 1999, pp. 292-310.

② 学界对王勃的关注相对寥落,高木重俊的《初唐文学论》对王勃进行了深入挖掘,见高木重俊『初唐文学論』,研文出版,2005;英语学界也有两篇论文,Timothy Wai Keung Chan, "Restoration of an Anthology by Wang Bo," pp. 493-515; Ding Xiang Warner(丁香), "'A Splendid Patrimony': Wang Bo and the Development of a New Poetic Decorum in Early Tang China," *T'oung Pao* 98 (2012): 113-144.

③ 参看高木重俊:《初唐文学论》,第 244—277 页。

尽管少年早慧，但十八九岁的王勃却未能如愿入仕；而由于一些未知的原因，他于公元 669 年入蜀（今四川）游历数年。在这段时期，王勃创作颇丰，或许受益于当时正巧也在蜀地的骆宾王等友朋的激励，671 年初写成的《春思赋》亦作于此地此期。① 序后的赋文所涉观念甚众，作者明明是抱怨自己受挫于升官之途，却将宦海失意的半流放境遇与形影相吊的宫廷女性以及其他为春意所烦搅的形象相联系。虽然王勃也描述了春临京洛，但其笔墨更偏重于江南和蜀地。在这里，蜀地似乎也代表着南方的流放之地。

王勃还将自己的三十首诗汇编成集，题为《入蜀纪行诗》。② 这些诗可能是王勃为拜谒显贵王公以求引荐而作的干谒诗，当中流露出他对自己未来入仕的想象期许。因此，从某种意义上说，王勃的"旅寓巴蜀"可能根本不是流放。王勃遂在行驿旅途中感受到一连串的矛盾情绪，从孤独、遗憾，到愉悦、期待，涉及的诸多典型春日情境，无不反映在这篇赋文之中。在序文中，春天被表述成使人萌生千思万绪的季节：

> 咸亨二年，余春秋二十有二，旅寓巴蜀，浮游岁序。殷忧明时，坎禀圣代。九陇③县令河东柳太易，英达君子也，

---

① 王勃在四川与骆宾王和卢照邻的互动与影响研究参看高木重俊：《初唐文学论》，第 270—275 页。
② 散见于 Timothy Wai Keung Chan, "Restoration of an Anthology by Wang Bo."
③ 今四川彭州。王勃著，蒋清翊注：《王子安集注》卷 1，第 1—2 页。

仆从游焉。高谈胸怀，颇泄愤懑。于时春也，风光依然。①古人云："风景不殊，举目有山河之异。"不其悲乎！仆不才，耿介之士也。窃禀宇宙独用之心，受天地不平之气。虽弱植一介，穷途千里，未尝下情于公侯，屈色于流俗，凛然以金石自匹，犹不能忘情于春。则知春之所及远矣，春之所感深矣。此仆所以抚穷贱而惜光阴，怀功名而悲岁月也。岂徒幽官狭路，陌上桑间而已哉。屈平有言："目极千里伤春心。"因作《春思赋》，庶几乎以极春之所至，析心之去就云尔。

序中有两段引文凸显出整首赋的重心所在：一段出处是《世说新语》，讲述在陌生版图上避乱奔逃之苦与欣赏风景之惬并存的情景，另一段来自《招魂》倒数第二句，所引文字为通行版本。《世说新语》引文出自周顗之口："风景不殊，正自有山河之异。"②这里王勃联系"春思"引此语典特指流逐境遇，原话通过比较他们新旧处境的异同来反映南奔避难的北方人的内心悲哀。但让王勃特别感兴趣的点在于周顗内心情感的含混暧昧，他一边沉迷于欣赏周遭风景，一边忍受其所唤起的离思乡愁。而王勃把这种新旧异同的相互影响挪用到自身处境上，特别适用于眼前的春

---

① "依然"意为"一如既往"，但也包含了可能更为丰富的情感变化，经典例证见于江淹《别赋》并置神仙与凡人之于离别的不同态度："惟世间兮重别，谢主人兮依然"，见萧统编，李善注：《文选》卷16，第755页。
② 刘义庆著，余嘉锡注：《世说新语笺疏》卷2，第92页。其历史背景是晋室沦丧后洛阳士族衣冠南渡，传世文本与王勃引语略有出入，英译参看 Richard B. Mather（马瑞志），*A New Account of Tales of the World*, 2nd ed. Ann Arbor, MI: University of Michigan, Center for Chinese Studies, 2002, p. 47.

日主题。虽然王勃的失意失落必与其仕途息息相关,但他坚称这种挫败感是春天的本质特征。为了说明这一情感的普遍性,他又援引系名于屈原(如《史记·屈原贾生列传》所载)的《招魂》,抄录"目极千里兮伤春心"这一通行版本。他对这一句的含混复义性同样兴味盎然,既欣赏春日南方的景色,也体验因春而起的伤悲。

《春思赋》的大段篇幅都在阐述与春天有关的各种话题,尤其着力于宫中孤独女性以及对自己入仕抱负的深入反省。王勃既赞颂春之喜,也称美春之哀,以至于他在整篇赋文中反复运用"春"字来达到一种同字双关的修辞效果,即同形异义字的迭用。王勃在接近结尾的一段文字(第169—176句)中以一种惹人注目的方式总结与春天的特定联系:

> 为问逐春人,年光几处新?
> 何年春不至,何地不宜春?
> 亦有当春逢远客,亦有当春别故人。
> 风物虽同候,悲欢各异伦。

王诗复杂费解,须得将之视为一个整体,并置之于其短暂生命历程的语境中,诗句才能更好地被欣赏。这里需要强调的是王勃对春天概念所投射的复杂心情,他没有一心沉浸在春天的喜悦中,而是觉察出春天本身晦暗忧郁的一些面向。由于诗中情感也与王勃的个人境遇有关,所以我们不能确知他是否有意将其泛化呈现为春日的一般特质,不过王勃对《招魂》的引用还是透露出他顺由此诗去印证楚地春日的某种郁结惆怅。

王勃对这一主题的沉迷在他的《他乡叙兴》①《羁春》②《春游》③等律绝中亦可见一斑。虽然这些诗作系年仍待考订，但考虑到主题和语言上的相似性，把它们置于《春思赋》写成的同一时间应该是合理的。④ 在成书于南宋的诗选集《唐人绝句诗》⑤的主题分类中，《他乡叙兴》没有跟春日主题的绝句⑥排列在一起，似乎另属一独立主题，⑦ 但这里王勃直接将春日和流离联系在一起：

> 缀叶归烟晚，乘花落照春。
> 边城琴酒处，俱是越乡人。

这是王勃反复关注"他乡"这一主题的极佳示例。这和流放的概念不一样，因为王勃并没有像后来一些唐代诗人那样在政治上被流放；但无论是在蜀地还是别的地方，他都有一种漂泊羁旅、格格不入之感。⑧《羁春》诗中进一步深化这一关系，其以化用《招魂》乱辞开篇：

---

① 王勃著，蒋清翊注：《王子安集注》卷3，第98页。
② 同上书，卷3，第96页。
③ 同上书，卷3，第97页。
④ 参看彭庆生：《初唐诗歌系年考》卷3，北京大学出版社，2012，第130页。
⑤ 译者注：即《万首唐人绝句》。
⑥ 译者注：即《早春野望》。
⑦ 参看 Timothy Wai Keung Chan, "Restoration of an Anthology by Wang Bo."
⑧ 比较高木重俊：《初唐文学论》，第208—209页。

> 客心千里倦，春事一朝归。
> 还伤北园里，重见落花飞。

虽然整诗读起来像是哀悼"春归如过翼"，但从最后一句来看，其真正含义更为复杂难辨，因为首联已经把羁旅悲艰与春天本身加以关联。这在某种程度上只是时间的巧合——诗人遇春而悲未必是因春而悲——而这种关联进而影响着对后一联的解读，这里着意于春去春回、花开花谢的轮回复现，考虑到征引《招魂》乱辞的用意，这一复现就格外情凄意切。《春游》诗对"伤春"给出了最简单明了的诠释：

> 客念纷无极，春泪倍成行。
> 今朝花树下，不觉恋年光。

王勃并非抱怨春临世间之事，而是带着一种心理脆弱的哀悯之感，一如艾略特(T. S. Eliot)的"四月是最残忍的时节……"（April is the cruellest month），或霍普金斯(Gerard Manley Hopkins)的"瞧瞧春天是怎么从要命的春寒开始的"（See how Spring opens with disabling cold）的诗句。王诗浓墨重彩地描摹出对春季的系列交叠的情感反应，而不只耽于单纯的负面呈现；虽然形式繁复却极具象征意义，在《招魂》的灵光中寻求诸多情感寄托，并将其传统风格进一步深化而非颠覆。这些诗中展现出生命同时兼备凄美和纤缛特质，这也是中古日本文化的灵感源泉，吉田兼好的隽句"世因无常才美好"（世は定めなきこそいみじけれ）是对这种纤巧感性的最佳概述。①

伤春之恸在很大程度上与流放经历休戚相关。正因为魂魄离散，"魂"游荡迷失于陌土异乡，故而《招魂》原本语境中"伤春"所唤起的忧大于乐；当然，这也是在神话层面上对屈原自楚放逐故事的重新演绎，而流放他乡或流离失所的不断上演，又总是跟烙刻着流放文化印记的楚国特定地点（如湘江、江南等）保持关联。因此，喜春/悲春的情感二元性既与入楚/去楚的地域二元性类同，也与离魂/守魄的魂魄二元性对应。

李白诗中的楚之春

李白在诸诗中多有挪用《招魂》的语词，但其赋中更普遍地采用骚体韵律和文风，其中最突出的一例莫过于他的《拟恨赋》。②由于在文体上与江淹原作亦步亦趋，该作的原创特征很容易被忽视③——赋中一段提及屈原。屈原是中国文学传统中愤世嫉俗、自尊自怜的典范形象，江淹远比李白为人谦逊，这大概是他拒选屈原在他的作品中代言的原因。④

> 昔者屈原既放，迁于湘流。

---

① 吉田兼好『徒然草』（新日本古典文学大系），岩波书店，1989，第7章。
② 英译全文见 Michelle Sans（桑慕雪），"A Better View of Li Bai's 'Imitating the "Fu on Resentment,"' *T'ang Studies* 18-19 (2000 – 2001): 41-59.
③ 对江淹原赋的讨论，参看拙文，"Self-Portrait as Sea Anemone, and Other Impersonations of Jiang Yan," *Chinese Literature: Essays, Articles, Reviews* 34 (2012): 131-157.
④ 李白著，王琦注：《李太白全集》卷1，中华书局，1977，第15页。

> 心死旧楚，魂飞长楸。
> 听江风之嫋嫋，闻岭狖之啾啾。
> 永埋骨于渌水，怨怀王之不收。

"心死"一词不是出自《恨赋》，而是来自其姊妹篇《别赋》，①但在原出处中仅用以刻画悲伤情状而已。而在这里其与"旧楚"搭配、与"魂飞"对仗，则被赋予了全新意义。正如这一段的第一联重写《离骚》，这一联事实上就是对《招魂》极为简洁生动的再叙述。这段赋文提醒读者，作为理解楚辞意义的先决条件，我们如果没有考虑那套神话体系的话，那么对于屈原是否为楚辞作者这一历史争议的认识，可能就会谬以千里。

李白现存的八篇赋中有四篇都与《招魂》有着班班可考的联系。李白的《明堂赋》《大猎赋》《大鹏赋》三篇长赋类型各异，但他存世的其他四篇赋都是与离别场合(以及其他主题)相关的骚体赋，皆可归于江淹等南朝诗人的感伤诗的传统中；这几篇赋尽管在众多面向上拓深转向，但仍能与江淹诸诗一样被看成是楚辞传统的绪余。《剑阁赋》在提醒友人王炎蜀地险峻之余，也诉说秋愁传统中宾朋送别之情；② 类似主题的一篇《悲清秋赋》的场景设于湖南的九嶷山，赋中提及《蜀道难》中的"鸟道"，结尾以《招魂》里的招辞收束："归去来兮，人间不可以讬些，吾将采药于

---

① 这种挪移是拟诗的典型特征，参见拙文 Nicholas Morrow Williams, "A Conversation in Poems: Xie Lingyun, Xie Huilian, and Jiang Yan," *Journal of the American Oriental Society* 127.4 (2008): 504.
② 其与《蜀道难》可能的联系，参看 Paul W. Kroll, "The Road to Shu, from Zhang Zai to Li Bo," *Early Medieval China* 10–11.1 (2004): 252.

蓬丘。"

最后，还有两篇赋互为对照，连标题也如出一辙：《惜余春赋》和《愁阳春赋》，二赋与《剑阁赋》《悲清秋赋》一起，构成了一组关于悲伤与时季、地方和离别的抒情四重奏，其中还应包括诸如《拟〈别赋〉》之类的作品，惜未传世。这并不是说李白最初作赋是为了让人们这样解读，恰恰相反，除了《剑阁赋》之外的诸作的创作缘起都相当含糊不明。两篇春赋在主题上甚至在个别文辞上的交叠意味着二者之间难以厘清的关系。赋文现状与编排多半是后世的编纂者"经手"造就，而短赋更可能只是残篇断章。尽管如此，就现状而言，它们也构成了事关追慕和失去，相互关联的一组赋作。①

两篇春赋同中有异，《惜余春赋》强调了春尽乃惋伤之因，而《愁阳春赋》在标题中没有给出直接原因。

惜余春赋②

天之何为令北斗而知春兮，回指于东方。

---

① 比如王琦对这些赋的排序是《大鹏赋》《拟恨赋》《惜余春赋》《愁阳春赋》《悲清秋赋》《剑阁赋》《明堂赋》《大猎赋》，首篇是独具一格的《大鹏赋》，次以《拟恨赋》，接着是一系列的抒情短赋，春秋时序相应，最后分以宫廷大赋作结；而蜀本《李太白文集》排序为《明堂赋》《大猎赋》《大鹏赋》《剑阁赋》《拟恨赋》《惜余春赋》《愁阳春赋》《悲清秋赋》，《剑阁赋》单列，但一组季节赋仍由与其主题相应的《拟恨赋》为肇。
② 赞克(Erwin von Zach, 1872—1942)未译此赋，而是征引晁德莅(Angelo Zottoli, 1826—1902)的拉丁译文，见 Angelo Zottoli, *Cursus litteraturæ sinicæ*：*neo-missionariis accommodatus*, Part V：*Pars oratoria et poetica*, Shanghai：Zikawei Catholic Mission, 1882, pp. 672-675。这本经典的中国典籍教程值得更多关注，参看 Erwin von Zach, "Lit'aipo's poetische Werke：Buch I," *Asia Major*, First Series 1 (1924)：432. 李白著，王琦注：《李太白全集》卷1, 第17—20页。

水荡漾兮碧色,兰葳蕤兮红芳。
试登高而望远,极云海之微茫。
魂一去兮欲断,泪流颊兮成行。①
吟清枫而咏沧浪,② 怀洞庭兮悲潇湘。
何余心之缥缈兮,与春风而飘扬。　　　　　[1 节]
飘扬兮思无限,念佳期兮莫展。
平原萋兮绮色,爱芳草兮如剪。
惜余春之将阑,每为恨兮不浅。
汉之曲兮江之潭,把瑶草兮思何堪。
想游女于岘北,愁帝子于湘南。③　　　　　[2 节]
恨无极兮心氤氲,目眇眇兮忧纷纷。
披卫情于淇水,④ 结楚梦于阳云。⑤　　　　[3 节]
春每归兮花开,花已阑兮春改。
叹长河之流速,送驰波于东海。　　　　　　[4 节]
春不留兮时已失,老衰飒兮逾疾。
恨不得挂长绳于青天,系此西飞之白日。　　[5 节]

---

① 晁德莅"lachrymaeque defluentes genis conficiunt sulcos"这一句很难译成英文。
② "枫",一本作"风"。沧浪当是地名。
③ 此二句关涉源自《九歌》的一个楚国传说,如《湘夫人》所言"帝子"乃尧之二女以配帝舜,见洪兴祖:《楚辞补注》卷2,第64页。岘山在今湖北襄阳附近,在羊祜任荆州都督镇襄阳之时赢得声名之后,其愈发频繁现于诗作中。原书言"帝子"是舜之女,当误。
④《诗经·卫风·竹竿》的主题是女子离家远嫁,见毛亨传,郑玄笺,孔颖达疏:《毛诗正义》卷3—3,阮元:《十三经注疏》,第325—326页。
⑤ "阳云"出自宋玉《高唐赋》场域发生的"阳云之台",见萧统编,李善注:《文选》卷19,第875—882页。

若有人兮情相亲,去南国兮往西秦。
见游丝之横路,网春晖以留人。　　　　　　　　[6节]
沉吟兮哀歌,踯躅兮伤别。
送行子之将远,看征鸿之稍灭。
醉愁心于垂杨,随柔条以纠结。　　　　　　　　[7节]
望夫君兮咨嗟,横涕泪兮怨春华。①
遥寄影于明月,送夫君于天涯。　　　　　　　　[8节]

第一节以李白标志性的杂言体长句开篇,强调了倏瞬无常的主题,这里的招魂辞令主要是为友朋分离而作。首节次节的过渡句以顶真法来映射情深友于和离愁别恨的主题。② 篇幅几乎等同于第一节的第二节继续对南方风光加以描写,与全诗情感基调隐约相融。

之后部分的赋文主要由首句入韵的律绝次第构成。第三节有两句是援引了楚国和卫国二典相对的妙联:

披卫情于淇水,结楚梦于阳云。

"楚梦"典涉楚怀王与巫山神女的遇合,出自宋玉的《高唐赋》。虽然笺者多采此说,但这里李白将其变成自己的梦而"结"

---

① "春华"也可意指"青春",晁德莅译为"indignor vernis splendoribus(I resent vernal splendors)"。
② 顶真是指前一节末尾的一个词/词组复现于后一节的开头。关于早期中古中国诗这一修辞手法的运用,参看拙文"A Conversation in Poems: Xie Lingyun, Xie Huilian, and Jiang Yan," *Journal of the American Oriental Society* 127.4(2008): 505–506.

之。楚梦代表的是一夜之间旋生旋灭之物,就像巫山神女一样,终会消逝于梦里,这自然而然地引出第四节的一联:

春每归兮花开,花已阑兮春改。

正如楚梦一样,"春归"随即"春改",春去春回,稍纵即逝。

第五节主题一转,赋予春季以永永无穷来拒绝倏瞬无常。这也构成《愁阳春赋》结句的异文,亦是二赋之间诸多互文关系的一例,其用超现实的语调为全诗主旨注入一种更乐观的对应面向。第六到第八节关注即将离别的友人,李白说要"寄影"伴人、送君天涯的时候,呼应了《招魂》中的萨满神力的余响,类似于某些萨满教文化中所谓的"自由灵魂",① 因此李诗就为因魂魄分离而恼春的古老神话注入了源头活水。

另一赋清晰明了地刻画"伤春":

愁阳春赋②
东风归来,见碧草而知春。
荡漾惚恍,何垂杨旖旎之愁人。
天光青而妍和,海气绿而芳新。　　　　　　[1节]
野彩翠兮阡眠,云飘飖而相鲜。

---

① Ivar Paulson, *Die primitive Seelenvorstellungen der nordeurasischen Völker: eine religionsethnographische und religionsphänomenologische Untersuchung*, pp. 278–280.
② 德译见 Erwin von Zach, "Li t'aipo's poetische Werke: Buch I," p. 432–433; 英译见 Florence Ayscough(艾思柯) and Amy Lowell(罗厄尔), *Fir-Flower Tablets: Poems Translated from the Chinese*, Boston: Houghton Mifflin, 1921, pp. 32–33.

演漾兮夤缘，窥青苔之生泉。①
缥缈兮翩绵，②见游丝之萦烟。
魂与此兮俱断，醉风光兮悽然。　　　　　　　　　　[2节]
若乃陇水秦声，江猿巴吟。
明妃玉塞，楚客枫林。
试登高而望远，痛切骨而伤心。　　　　　　　　　　[3节]
春心荡兮始波，春愁乱兮如雪。
兼万情之悲欢，兹一感于芳节。　　　　　　　　　　[4节]
若有一人兮湘水滨，隔云霓而见无因。
洒别泪于尺波，寄东流于情亲。
若使春光可揽而不灭兮，吾欲赠天涯之佳人。　　　　[5节]

像前诗一样，这首诗也以春讯着笔，对春天满怀期待之余也伴随着些许焦虑，这里强调风光葱郁，"荡漾惚恍"这样的叠韵双声用在赋体上，可谓恰如其分。又一如前诗，前两节相对篇幅较长且以赋法为主，第三节则转向内在性和文学典故，此节可能是李白对江淹文风的拟摹或对江淹原作的改写：在拟作中"楚客"像是指屈原，而原作中也有明妃王昭君，两赋都是四言体式。

---

① "青"，一本作"新"，"新"字似乎更合文意。
② 此句似化自宋玉《大言赋》："飘妙翩绵，乍见乍泯"，见欧阳询：《艺文类聚》卷19，第346页；严可均：《全上古三代秦汉三国六朝文·全上古三代文》卷10，第1b、72页，出处在《小言赋》而非《大言赋》。

三四节的过渡句是异体顶真的一个特例,前文讨论过《招魂》乱辞中"伤(荡)春心"的数种异文的情况,而这里李白同时列出两种异文就很微妙:

……痛切骨而伤心。春心荡兮始波,春愁乱兮如雪。

诗节之间的换韵也值得特别留意——韵脚从悲怅绵延的[-əm]换成了劲健急促的入声[-ɛt],不过换韵和换节与"心"和"春"字的连续重复形成对比。接下来的两句诗中,"伤春"被表现为囊括各种现象经验的一种情感符号:"兼万情之悲欢,兹一感于芳节。"并不是所有诗节之间的界线都是浊泾清渭、一望而知,这些诗节都带有一种与其含混隐晦的文风相符的朦胧性,但也可能在文本流传中被人为地互加混淆。不过这一情况在第四节中并未出现,感春的所有混沌情绪在这四行诗中都被打上"伤春"的烙印。

"伤春"的延展

"楚地伤春"是从《招魂》中的神秘形象发展而来的文学惯用主题,而这一形象也可以其他方式拓深。不过,对"楚地伤春"进行的苦乐参半的阐释并不纯属臆断。"春""瞬"在上古汉语中互训，①到了唐代，"春心"的异文演变可看成是对这一词源学关系的又一印证。根植于春日喜悦中的失落之感，亦可通过构建春日长驻不息的理想世界之对立面来感受，李诗的最后一节正是展现了这样的另类奇想，对春日倏瞬的否定让这一惯用主题在更为广泛的传统中激起共鸣回响。

《愁阳春赋》最后两联终究以反问表达了"愿春暂留"的愿景。桃花源的神话也有很多版本，其中春花是通往仙土秘境的"路标"，② 比如李白的《山中问答》中就有"桃花流水窅然去，别有天地非人间"之句。③ 唐代有一则著名逸事很好地诠释了这种春日象征意义的可能性：李公佐"有仆夫自布衣执役勤瘁，昼夕恭谨，迨三十年，公佐不知其异人也。一旦告去，留诗一章"，结句如下：④

---

① 《说文》释"萅"（"春"字旧体）为"推"，按白一平著 A Handbook of Old Chinese Phonology，"萅"音 * thjun，"推"音 * thuj，是为谐音互训。《诗经·小雅·沔水》中"水""隼"二字押韵也证实了 * -uj 和 * -un 音近之实。值得注意类似情形与英语中的 spring 和 fall 不同，事实上，fall 中的 drop 义与 spring 而非 autumn 同源，拉丁语 vēr、英语 vernal、梵语 vāsanta 等中的印欧词根 * wesr，也构建出梵语 vāsara（早晨）、古爱尔兰语 áir（黎明）、威尔士语 gwawr（黎明）等词，古音复构参看 Calvert Watkins, *The American Heritage Dictionary of Indo-European Roots*, 2nd ed., Boston, MA: Houghton Mifflin, 2000, p. 101. 此外，英语 spring 的日耳曼词根最初表示"分裂、破碎"，甚至可喻指心碎，如"An C tymes hys herte nye sprange, / By that bors had hym the tale tolde"，参看 J. Douglas Bruce eds., *Le Morte Arthur: A Romance in Stanzas of Eight Lines, Re-edited from Ms. Harley 2252, in the British Museum*, London: Oxford University Press, 1903/1959, pp. 3920-3921.
② 对唐诗中这一主题的探讨，参看 Edward H. Schafer（薛爱华），"Empyreal Powers and Chthonian Edens: Two Notes on T'ang Taoist Literature," *Journal of the American Oriental Society* 106.4 (1986): 667-677.
③ 李白著，王琦注：《李太白全集》卷 19，第 874 页。
④ 彭定求编《全唐诗》卷 862，第 9746 页。《全唐诗》似从北宋的道藏类书《云笈七签》中摘引，见《云笈七签》卷 99，四部丛刊本，第 3b—4a 页。

莫言东海变，天地有长春。

该诗还提到"江南神仙窟"。对中国中古时期的神秘主义者而言，仙境福地并非触不可及，它们可能就坐落于江南的某些名山之巅，甚至也不是千古不朽、"游于时间之外"，但毕竟是长存不息、彼岸世界的延伸，此中春日长驻不去或必定复归。

考虑到这另一传统，李白的"若使春光可揽而不灭兮"是否只是在反问？对李白而言，这样的季节并不只限于今生的凋敝春日，他在《古风》其四中描摹的世界是这样的：①

时登大楼山，② 举首望仙真。
羽驾灭去影，飙车绝回轮。
尚恐丹液迟，志愿不及申。
徒霜镜中发，羞彼鹤上人。
桃李何处开，此花非我春。
惟应清都境，③ 长与韩众亲。④

---

① 李白著，王琦注：《李太白全集》卷2，第94页。
② 在贵池县南四十里，参看 Wu Yeow-chong（吴耀宗），*Poetic Archaicization: A Study of Li Bo's Fifty-nine 'Gufeng' Poems*, Seattle, WA: University of Washington Press, 2000, pp. 269-270.
③ 传说中"天帝之所居也"，参看杨伯峻注：《列子集释》卷3，中华书局，1979，第93页；此外它还有修道炼丹之义，见 Stephen R. Bokenkamp（柏夷），"Li Bai, Huangshan and Alchemy," *T'ang Studies* 25 (2007): 50.
④ 韩众（一名终）是《楚辞·远游》第30句提及的一位仙人，后引申为仙丹之名，参看 Paul W. Kroll, "On 'Far Roaming,'" *Journal of the American Oriental Society* 116.4 (1996): 664.

与同样颂美追求长生不朽的《古风》其五互为表里,① 此诗开篇虽是说祥鸟衔书谶兆,但如果理解成李白本人的话也能说得通——或许更富深意。李白对宗教传统和古典掌故的运用之所以如此诗意盎然,当然是因为他将其与自身联系在一起。他在末句提到的仙人韩众,在《远游》中代表着"得一"而成仙的身份,② 但李白在诗中却与之平起平坐。

以此观照的话,全诗的高潮出现在李白说"此花非'他'春",生动传神地并置不同层次的差异体验:春逝与春驻、现实与超验、个体与宇宙等。这里他暗用了汉武帝时的《郊祀歌》第九首的典故,此诗开篇如下:③

> 日出入安穷,时世不与人同。
> 故春非我春,夏非我夏,秋非我秋,冬非我冬。

该诗接下来叙述日驾六龙的游天之旅。原文比较含混,但李白以此颂扬长生不朽之功、春驻不息之态,其所追寻的不是繁花

---

① 《古风》其五的英译及对道教象征主义的详论,参看 Paul W. Kroll, "Li Po's Transcendent Diction," *Journal of the American Oriental Society* 106.1 (1986): 115–117.
② "奇傅说之托辰星兮,羡韩众之得一",英译参看 Paul W. Kroll, "On 'Far Roaming,'" p. 660;中文原文见洪兴祖:《楚辞补注》卷5,第164页。
③ 班固:《汉书》卷22,第1059页。柏夷所撰他文的高论中忽略了对这一关键出处的引征,相关翻译和注释参考 Martin Kern(柯马丁), *Die Hymnen der chinesischen Staatsopfer: Literatur und Ritual in der politischen Repräsentation von der Han-Zeit bis zu den Sechs Dynastien*, Stuttgart: Franz Steiner, 1997, pp. 224–226.

倏春而是白日长春。① 然而，李白拟前作而写的同题乐府《日出入行》却也有一些类似于"此花非我春"的观点，在对《郊祀歌·日出入》加以粗略概写之后，他专意于草木的细节，② 春风永驻不逝，但是否是"我春"就不一定了。③ 世间春季无限，这一春、又一春，一春去、一春留。

要了解或成为一名唐代诗人，在某种程度上就得要掌握和辨识"此春"和"彼春"、"春"与"我春"等诗意的多义和区别。这种认识论功夫跟百炼成丹、以求长生的炼金术或修身养德、臻于至善的道德观类似，而要到达"炉火纯青"都需要自律与奋勉加持，这不是每个人都能做到的，只有一些天选之子方可实现。有一个楚国传说正好可以作为例证，其源自宋玉与楚王的对问：④

客有歌于郢中者，其始曰《下里巴人》，国中属而和者数

---

① 李白借鉴此诗作《日出入行》一首，但语调更显庄子式风格："草不谢荣于春风，木不怨落于秋天"（见李白著，王琦注：《李太白全集》卷3，第211页），此联化自郭象注释《庄子》"无心于物，故不夺物宜"一句（见庄周著，郭庆藩辑：《庄子集释》卷6，第232页）。不过，在原初语境中，郭象描述的是圣人之于自然现象的态度，而李白则是直接刻画自然现象本身，因此这一类比的意义并非完全一致。在李白诗中，当他宣称天地状态时有多能适用于他自己的情况有时是模糊难辨的。
② 译者注："草不谢荣于春风，木不怨落于秋天"句。
③ 比较王融收录在竟陵王的《净住子》里的礼佛颂诗中也有引用《日出入》："春非我春秋非秋，一经长夜每悠悠。"收入释道宣：《广弘明集》卷27，《大正藏》52册，2103号，316C页。在此他超越人世短暂而至达涅槃之境，英译参看 Richard Mather, *The Age of Eternal Brilliance: Three Lyric Poets of the Yung-ming Era* (483-493), vol. 2: *Hsieh T'iao (464-499) and Wang Jung (467 – 493)*, Leiden: Brill, 2003, pp. 424-425.
④ 引文见刘向：《新序》卷1，四部丛刊本，第9a—b页；萧统编，李善注：《文选》卷45，第1999页。

千人；其为《阳陵采薇》，① 国中属而和者数百人；其为《阳春白雪》，国中属而和者数十人而已。② 引商刻角，③ 杂以流徵，国中属而和者，不过数人。④ 是其曲弥高者，⑤ 其和弥寡。

李白在《古风》其二十一中对此加以改写：⑥

郢客吟《白雪》，遗响飞青天。
徒劳歌此曲，举世谁为传。
试为《巴人》唱，和者乃数千。
吞声何足道，叹息空凄然。

由于这首诗及其出处的英译文本读起来差别不大，故而要理解该诗的精妙之处稍显困难，它没有直接引用故事文本而是对其要而言之，故而译成英文后的散文句式读起来就像是对诗本事略加概述而已。但其实李白以新观点、新机巧、新余音进行的改写让其诗远胜且远别于英译文段。这首诗可被齐整地分为绝句二首，前一首提到《阳春白雪》的雅韶之属让其不太能记诵流传，后一首俚俗的《下里巴人》却在民间广为传唱而令李白"叹息空凄

---

① 译者注："阳陵采薇"，《文选》作"阳阿薤露"。
② 译者注："数十人而已"，《文选》作"不过数十人"。
③ 译者注："引商刻角"，《文选》作"引商刻羽"。
④ 译者注："不过数人"，《文选》作"不过数人而已"。
⑤ 译者注："是其曲弥高者"，《文选》作"是其曲弥高"。
⑥ 李白著，王琦注：《李太白全集》卷2，第116—117页。

然"。两首绝句相互映照,雅歌出现在首联与俗曲安排在颈联相对,而颔联和尾联都是李白自己在评论,这种对偶关系使诗人的新视角与原本的旧故事错落交织。

易被遗忘的雅涩之曲到底是什么?虽然出处逸事里给出完整标题《阳春白雪》,不过后世文本多单用《白雪》或《阳春》,① 这可能是原初四字标题的异文。农历春雪要比公历春雪更为寻常,但"春/雪"的悖论性共存仍是富有深意的诗学式并置组合。尽管鲍照确在自己诗作的一联中②截半二题独立成对,似可证其能分属两诗/歌,但整体观照的复合式题名也是没问题的(即使其曾是由两个独立曲名组合而成,这一复合仍具意义)。③ 虽然李白在此把曲子仅称为《白雪》,但他当然希望读者能够联想起整篇曲目的来龙去脉,尤其是《白雪》《阳春》彼唱此和,毕竟这首诗的主旨建立在对整体而非特定的典故赏鉴上。就像能轻松辨识位于大熊星座的北斗七星一样,识微见远的读者能预见"雪已至,春不远"。

只有最有文才的人才能解开"春日"概念的秘旨,这也给了我们一个全新视角去体察中国诗中的"伤春"主题。"招魂"的典故带动起本文在开章部分所建构的复杂关联,要求读者在复义中去选择和阐释,进而发现"阳春"中的"雪"或"白雪"中的"春"。李白诗中的春日引申义并未在《招魂》乱辞中囊括无遗,但它们一并构成了后世流变诸本的主题核心,即使这一主题意义并未在原出处中被完全确立。这一神秘锁钥在不断加码、解码之后仍然神秘待

---

① 后一情形参见范晔:《后汉书》卷61,第2032页。
② 译者注:"蜀琴抽白雪,郢曲发阳春"句。
③ 逯钦立:《先秦汉魏晋南北朝诗》,第1305页。

解,"伤春"持续出现在新的放逐流亡里,提醒每位读者:只要还活在这个世界上,"我们所有人都是流离失所的"。

因此,这一惯用主题到唐代时已与其地缘出身相去甚远,南国的地方色彩更多地转向情感意义符号而非地理身份标志。不过,诗人仍对这些典故的地域渊源了然于心,比如"阳春白雪"这一概念在文学想象中仍与楚地脉脉相系。如果说古代楚国的诗人确在"伤江南",那么到了唐代,对此"伤"的拓深、阐释和救赎已然成了一门无比繁复精深的艺术。

(杜沁玲　参译)

羊公碑与山公醉：襄阳的两个诗学典故

吴捷(Jie Wu)

　　襄阳地处华中之间、汉江之南，中古时期起就是荆楚(主要是今湖北、湖南二省)的通衢要塞。① 自汉代以来，祖籍为襄阳或出生于襄阳的文人辈出，如唐代诗人杜审言、孟浩然和皮日休等。在襄阳的诸多名胜中，以习家池和岘山在历史和诗文中最为独领风骚。②

　　岘山坐落于襄阳以南四公里处，山上有一块为纪念西晋羊祜

---

① 自战国至唐代的襄阳简史，参看 Paul W. Kroll(柯睿), *Meng Hao-jan*, Boston, MA: Twayne, 1981, pp. 23-25. 戚安道(Andrew Chittick)在其论著开篇介绍了自春秋初期到南朝伊始的襄阳城史，参看 idem., *Patronage and Community in Medieval China: The Xiangyang Garrison, 400-600 CE*, Albany, NY: State University of New York Press, 2009, pp. 12-17; 中译本见戚安道著，毕云译：《中古中国的荫护与社群：公元400—600年的襄阳城》，南京大学出版社，2021; 汉末襄阳史参看上田早苗「後漢末期の襄陽の豪族」『東洋史研究』28.4，京都大学日本東洋史研究会，1970，pp. 295-300.
② 柯睿详述了襄阳地区的诸多名胜古迹，包括岘山、习家池，分见 idem., Chapter 2 ("The Land and Lore of Hsiang-yang") in *Meng Hao-jan*, pp. 34-38, 39-44.

而立的石碑；习家池南距岘山1.6公里，由东汉光武帝的近臣、封襄阳侯的习郁下令修凿，而西晋将军山简尤喜于此游池饮酒。

较之襄阳的其他地景，习家池和岘山在诗文中更受追捧。习家池总是跟山简的饮、醉、宴之举脉脉相通，而七世纪以来对岘山的文学书写又绝少不了提及羊祜或羊公碑。这两个文学惯例似乎格外地永固延绵。

本文打算通过追溯岘山和习家池的诗学典故的形成与发展来探讨其文学表现，此山此池在诗中既非单纯地理方位，也非凝聚着历史语境、文学典故、符号意义和象征想象的概念场域。[①] 在羊祜和山简的两则早期逸事中，和二人分别相对应的岘山和习家池与在文学中反复出现的数个主题息息相关，而这些惯用主题决定了岘山和习家池在后世诗歌中的表现方式，并赋予两地以象征意义。这两个文学典故的形成与襄阳及荆楚地区作为南朝的战略要地的兴起是齐驱并进、步调一致的，不过，这些惯用主题最终在文学想象中得以独立存在并挪为他用，一些诗人在描述与这些惯用主题相关之地（既可是地理上也可是概念上）的同时，通过把自己的处境遭遇和个人命运与"此地"相关的历史名人加以联结，从而寻求自己的身份认同。

[①] 参见郑毓瑜：《文本风景：自我与空间的相互定义》"导论"，第18页。郑著原文是"并不等于从自然地域或文物遗址上所标示的方位"，"也不是单单从个人记忆就可以聚合出来"。

文学典故的形成

关于岘山和习家池的文学典故分别源自羊祜和山简的两则逸事。羊祜是西晋大官，269年，晋武帝任命其为荆州都督，① 羊祜登岘山和为其树碑之事见于《晋书》：②

> 祜乐山水，每风景，必造岘山，置酒言咏，终日不倦。尝慨然叹息，顾谓从事中郎邹湛等曰："自有宇宙，便有此山。由来贤达胜士，登此远望，如我与卿者多矣！皆湮灭无闻，使人悲伤。……"襄阳百姓于岘山祜平生游憩之所建碑立庙，……望其碑者莫不流涕，杜预因名为堕泪碑。

习家池的历史可上溯到公元一世纪，习郁，襄阳人，佐刘秀建东汉，晚年归于故里，筑堤凿池，大池长六十步、宽四十步，引沔水（今汉江）为源，池中垒一钓鱼之台，旁另凿一小鱼池。习

---

① 房玄龄：《晋书》卷34，第1014页。"荆州"的地域范围在不同朝代和时期多有变动，在西晋时主要包括今湖北、湖南二省。
② 同上书，卷34，第1020、1022页。本文英译借用宇文所安的译文并稍加修改，见 Stephen Owen, *Remembrances*: *The Experience of the Past in Classical Chinese Literature*, Cambridge, MA: Harvard University Press, 1986, pp. 22-23, 中译本见宇文所安著，郑学勤译：《追忆：中国古典文学中的往事再现》，生活·读书·新知三联书店，2004，第28页。

郁独钟于二鱼池消磨年岁，临终前亦嘱其子要埋骨池畔。① 习家在公元三、四世纪是襄阳权尊势重的名门大族，②《晋书》如此形容习郁后裔习凿齿："宗族富盛、世为乡豪。"③

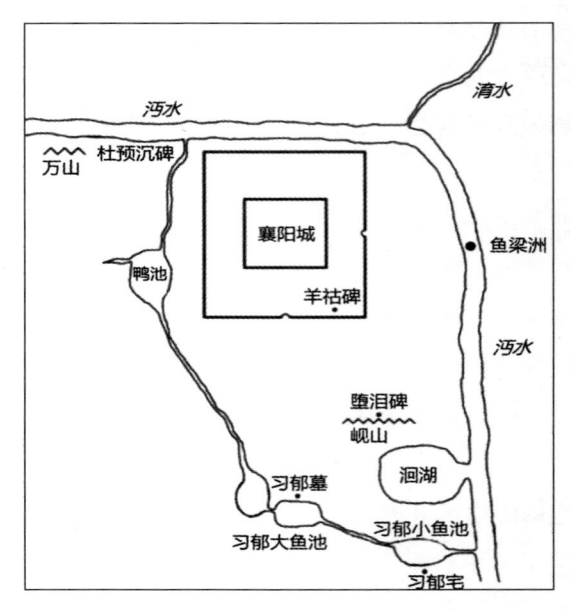

襄阳地图

地图出处：
杨守敬、熊会贞：《水经注图》，观海堂刻本，1905，第7a页。

---

① 关于习家池、习郁和山简的文学记载主要见于习凿齿的《襄阳耆旧记》（一名《襄阳耆旧传》《襄阳记》），此书校补参看黄惠贤：《魏晋南北朝隋唐史研究与资料》，湖北人民出版社，2010，第495—563页。单行本见习凿齿著，黄惠贤校：《校补襄阳耆旧记》，中华书局，2018。
② 东汉末年的习家情形，参看上田早苗「後漢末期の襄陽の豪族」，pp. 283-305, esp. pp. 290-292.
③ 房玄龄：《晋书》卷82，第2152页。

永嘉三年(309)，山涛的幼子山简"出为征南将军，都督荆湘交广四州诸军事、假节，镇襄阳"，在当地与习家诸士相熟，于习家池多有流连。山简赴襄两年后，刘曜即率兵攻破京师洛阳、掳获晋怀帝(司马炽)。据《晋书·山简传》所载，"于时四方寇乱……，朝野危惧"，而山简疏忽职守，"优游卒岁，唯酒是耽"，①"(习家)有佳园池，简每出嬉游，多之池上，置酒辄醉，名之曰'高阳池'"。② 襄阳市井小儿有歌唱曰：

  山公出何许，往至高阳池。
  日夕倒载归，茗艼无所知。
  时时能骑马，倒着白接䍦。③
  举鞭向葛疆："何如并州儿？"④

  这两则逸事在后世诗歌中被反复征引，似乎使得羊祜和山简的其他经历都成过眼云烟；而与此山此池相关的其他历史人物，在诗歌书写中也远不如羊、山二人受欢迎。例如，鱼池的始建者

---

① 房玄龄：《晋书》卷43，第1229页。
② 郦食其为刘邦帐下谋士，高阳(在今河南)人，投效刘邦时他自称"吾高阳酒徒也，非儒人也"(刘邦闭门谢客以"方为天下为事，未暇见儒人也"为由)，见司马迁：《史记》卷97，第2704页。
③ 接䍦是一种以白鹭羽为冠饰的帽子，参看徐震堮：《世说新语校笺》，中华书局，1984，第396—397页。
④ 参看房玄龄：《晋书》卷43，第1229—1230页。葛疆是山简的爱将，并州人(今山西北部与陕西北部地区)，此曲异文诸本及山简轶事参看户崎哲彦「山簡の故事と李白「襄陽歌」：東晋・習鑿歯『襄陽耆旧記』の復元」『滋賀大学経済学部研究年報』5，滋賀大学経済学部，1998，pp.73-98。

习郁就从未被任何诗作提及;而羊祜的荆州都督接任者杜预对声名的关切程度并不亚于他的前任,史载"预好为后世名,常言'高岸为谷,深谷为陵'(焉知此后不为陵谷乎)",故"刻石为二碑,纪其勋绩,一沉万山之下,一立岘山之上"。① 然而,就诗学传统而言,杜预和他的二石碑皆湮灭至于无闻。②

造成这种落差的原因有很多,正如宇文所安在他的一篇研究金陵文学传统的文章中指出的,一个地方主要是通过文本而被知晓和被记住的:"文本中变幻莫测、反复无常的选择和强有力的意象构成了对后来的时代而言的历史,勇敢的死亡、英雄的行动和值得追忆的情景常常完全被忘却。同时,次要的、不可靠的,甚至是虚构的事件,却通过强有力的文本,成了真正的历史……"③关于羊祜和山简的逸事可能并不纯属完整的历史现实,但作为"反复无常的选择"的结果,它们铸成了岘山、习家池的"这段"历史,并不断形塑着中国诗中的此山、此池的常见形象。

除了"反复无常的选择"外,这些逸事还融入了一些在文学中经常出现的题材,这也使得它们备受青睐。羊祜事典涉及"怀古"这一特定文学题材中的数个典型的传统主题,其中之一是人类生

---

① 房玄龄:《晋书》卷34,第1031页;Paul W. Kroll, *Meng Hao-jan*, p. 31.
② 杜预的后裔杜甫曾在《回棹》诗中提及先祖刻碑于岘山之事:"吾家碑不昧",参看仇兆鳌:《杜诗详注》卷23,中华书局,1979,第2086页。欧阳修在其《岘山亭记》中温和地批评羊祜和杜预过于重视声名,本文后详。
③ Stephen Owen, "Place: Meditation on the Past at Chin-ling," *Harvard Journal of Asiatic Studies* 50. 2 (1990):420,中译本见宇文所安著,陈跃红、王军译:《地:金陵怀古》,收入乐黛云、陈珏编《北美中国古典文学研究名家十年文选》,江苏人民出版社,1996,第140页。

命的短暂与自然宇宙的永恒之间的对立，一如羊祜自言，"自有宇宙，便有此山"，但贤达胜士却"皆湮灭无闻，使人悲伤"，而"悲伤"也是这一题材的又一常见主题。距岘山羊公之哀数百年后，孟浩然也登临此山，写下《与诸子登岘山》一诗，全诗如下：

> 人事有代谢，往来成古今。
> 江山留胜迹，我辈复登临。
> 水落鱼梁浅，天寒梦泽深。①
> 羊公碑尚在，读罢泪沾襟。②

孟浩然在此诗中呼应了羊祜事典的诸多传统主题。前半首诗是对岘山羊公之哀的诗化复述，人事"代谢"与江山"留胜迹"形成对应，"复"字表明了孟浩然如何理解怀古主题中他所在的位置，即一代又一代先辈登临的同一处所，自己和"我辈"亦重复如是，以此之举他遂在时空体系和岘山的文本传统寻求自我身份认同。诗的结句中的"泪"是孟浩然读罢羊碑的情绪反应，就此而言，他再度呼应了羊祜事典中襄阳百姓"望其碑者莫不流涕"的情感模式。

---

① 鱼梁洲在汉水江心。位于今湖北境内的云梦泽曾是一片大湖巨沼，但历经时代变迁后现已消失殆尽，参看邹逸麟：《中国历史地理概述》，福建人民出版社，1993，第32—35页。
② 彭定求编《全唐诗》卷160，第1644页。对羊祜轶事和孟浩然此诗的深入讨论，参看Stephen Owen, *Remembrances*, pp. 22-26；中译本见宇文所安著，郑学勤译：《追忆：中国古典文学中的往事再现》，第28—33页。

傅汉思(Hans Frankel)在分析了上引的羊典和孟诗之后总结出唐诗中与怀古相关的四[①]大传统：登高是对过去的思考，象征大自然的永恒持久与人类世界的短暂易逝形成对比、超越时空的通常界限、[②] 联系某些特定历史遗址或纪念地、描述某些无关历史联系和情感的风景。[③] 岘山是一处理想的怀古圣地，登上山巅能使人视野高于日常，俯瞰天下能以自然的亘古不灭印证自我的人生朝露。羊公碑是过去的遗物，提醒后人勿忘羊祜功绩。岘山的地形风貌、与羊祜的关联以及一些文学惯用主题，共同建构了此山的文学典故传统。

　　山简习池醉酒的事典是六朝时期关于酒和醉的流行话语中的一例，[④] 这一时期的许多文献都互见此事，[⑤] 其中最早的出处当

[①] 译者注：原书作"六"，似有误。
[②] 译者注：原书无"they transcend the normal limits of space and time"(超越时空的通常界限)一句，据傅著补。
[③] Hans H. Frankel, *The Flowering Plum and the Palace Lady*: *Interpretations of Chinese Poetry*, New Haven, NJ: Yale University Press, 1976, pp. 111-113；中译本见傅汉思著，王蓓译：《梅花与宫闱佳丽》，生活·读书·新知三联书店，2010，第212—215页。译者注：原书此句似有误，傅著原文是"the ancient tradition associating ascent with the writing of poetry"(与作诗相联系的古老传统)。
[④] 刘若愚(James J. Y. Liu)指出"醉"常被译为 drunk，但二者含义有别；"醉"倒是"含有精神上'逍遥自得'的意思(being mentally carried away from one's normal preoccupations)"，故而将其译为"rapt with wine"，见 idem., *The Art of Chinese Poetry*, Chicago, IL: University of Chicago Press, 1962, pp. 58-59；中译本见赵帆声、周领顺、王周若龄译：《中国诗学》，河南人民出版社，1990，第72页；参较 Nicholas Morrow Williams, "The Morality of Drunkenness in Chinese Literature of the Third Century CE," in Isaac Yue and Siufu Tang eds., *Scribes of Gastronomy*: *Representations of Food and Drink in Imperial Chinese Literature*, Hong Kong: Hong Kong University Press, 2013, pp. 27-43；中译本见魏宁：《3世纪文学中的"醉"德》，收入余文章、邓小虎编，刘紫云、姚华译：《臧否饕餮：中国古代文学中的饮食书写》，北京大学出版社，2018。
[⑤] 见于《襄阳耆旧记》《世说新语》及《水经注》，本文后详。

是《世说新语·任诞》。①《任诞》篇中若干则故事都与毫无节制地饮酒和放纵怪僻的行为有关，这些做法跟疏忽政务一样，在魏晋之际备受推崇。纵酒被认为是彰显自我的自由精神和无视社会礼法传统的一种方式，因此，山简非但没有因为他的玩忽职守而饱受批评，反而还因为他纵情于酒而为人敬仰、醉酒高阳（习家池）而为人铭记。

自四世纪以来，习家池因为山简而与饮酒事典息息相通。不同于岘山常被视为一个地理空间，习家池很少被当作是一个物理空间，而是成为盛筵、饮酒、醉醺的代名词。

山简醉酒的形象首次出现在诗文中是在南朝晚期，在庾信的笔下展现得格外灵动，庾诗有四首都描述了山简醉酒。在《对酒歌》中，山简身在何地并未明指，但他显然正当"池上置酒辄醉"之时，而这一形象又与其他三位或舞或乐、营造欢愉的人物同时并举：

    山简接䍦倒，王戎如意舞。②

---

① 徐震堮：《世说新语校笺》卷23，第396页。
② 庾信在《答王司空饷酒》诗中亦言王戎起舞事："开君一壶酒，细酌对春风。未能扶毕卓，犹足舞王戎。"见庾信著，倪璠注：《庾子山集注》卷4，中华书局，1980，第347页。石崇常于金谷别馆（当今河南孟津）设宴，参看 David R. Knechtges（康达维），"Jingu and Lan ting: Two (Or Three) Jin Dynasty Gardens," in *Studies in Chinese Language and Culture: Festschrift in Honor of Christoph Harbsmeier on the Occasion of His 60th Birthday*, Oslo: Hermes Academic Publishing, 2006, pp. 395-405。平阳坞在今陕西眉县东，马融曾"独卧郿平阳坞中，有洛客舍逆旅，吹笛为《气出》《精列》相和"（《长笛赋》序），见萧统编，李善注：《文选》卷18，第807—808页；英译见 David R. Knechtges trans., *Wen xuan, or Selections of Refined Literature*, vol. 3: *Rhapsodies on Natural Phenomena, Birds and Animals, Aspirations and Feelings, Sorrowful Laments, Literature, Music, and Passions*. Princeton, NJ: Princeton University Press, 1996, p. 259.

> 筝鸣金谷园，笛韵平阳坞。①

庾信在描述完四位人物后总结陈词："人生一百年，欢笑唯三五。""接䍦倒"的山简形象正代表了庾信主张的"享受当下、蔑视礼法"的人生态度。

《杨柳歌》诗哀悼了梁朝的覆灭，② 在隐喻性地描写了梁朝君王误采劣策、招致亡国（"定是怀王作计误，无事翻复用张仪"）之后，庾信以山简为典，通过反讽的方式表达了自己的失望之情——如果局势于事无补，不如一醉忘千愁："不如饮酒高阳池，日暮归时倒接䍦。"庾诗此联并不是说他要身处习家池饮醉，而只是借习家池之名来作为纵己醉饮的象征罢了。

初唐诗人推崇庾信，他们可能也从他手上习得了对山简典故的不同用法。除开庾子山的影响之外，初唐的两个文本对山简习家池醉酒事典的流行推波助澜。一部是编纂于大唐开国伊始的《艺文类聚》，据编纂者欧阳询所撰序言称，该书旨在"览者易为功，作者资其用"。《艺文类聚》中的"池"部摘引习凿齿的《襄阳

---

① 逯钦立：《先秦汉魏晋南北朝诗》，第 2347 页；庾信著，倪璠注：《庾子山集注》卷 5，第 387 页。森野繁夫对《杨柳歌》和《对酒歌》有日文逐句详释，见森野繁夫「庾信の楽府」『中國中世文學研究』(33) 31，广岛大学文学部中国中世文学研究会，1998，pp. 36-39, 60-65.
② 逯钦立：《先秦汉魏晋南北朝诗》，第 2353 页；庾信著，倪璠注：《庾子山集注》卷 5，第 411 页。庾信另有诗提及习池，如《卫王赠桑落酒奉答》，见《先秦汉魏晋南北朝诗》，第 2392 页；《庾子山集注》卷 4，第 344 页。再如《咏画屏风诗二十四首》其八，见《先秦汉魏晋南北朝诗》，第 2396 页；《庾子山集注》卷 4，第 355 页。译者注：《卫王赠桑落酒奉答》，逯本题作《卫王赠桑落酒奉答诗》；《咏画屏风诗二十四首》，逯本题作《咏画屏风诗二十五首》。

耆旧记》提到了习郁的大鱼池、山简"每临此池辄大醉而归"的故事以及襄阳"城中小儿歌"四句。① 山简、醉酒和鱼池之间的关联被认为是初唐普通文人所应具有的基本文学常识。

强化了这一关联的另一作品是李峤的一百二十首咏物诗中的一首《池》诗，习家池的典故出现在首联："彩棹浮太液，清觞醉习家。"②葛晓音教授认为这组咏物诗"应作于武周时期"，亦即约为七世纪末，她指出李峤"百咏"是"提供一种律诗咏物用典的范式"，包括提及习家池的那首在内的这组咏物诗中，"所选典故和范文都是常用的"，在七世纪后半叶为童稚启蒙和初学士子作诗入门"提供便于效仿的创作范式"。③

然而，这些文学典故的发展并非孕育自历史或地理真空，而是与战略地位与日俱增的襄阳地区的繁荣昌盛齐头并进的。从更广义的角度来说，荆楚地区隶属古荆州，也就是早在《尚书》中就有记载的"九州"之一，④ 在春秋时期地归楚国。东汉迁都洛阳以后，荆楚与王权中心的联系更为紧密。⑤ 东汉末年，包括习家在内的诸多豪门大族均居于襄阳。⑥

东汉末年以来，荆楚的重要地位有增无已，公元 190 年，刘

---

① 欧阳询：《艺文类聚》卷 9，1974，171 页。
② 彭定求编《全唐诗》卷 59，第 705 页。"太液"是汉武帝元封元年（公元前 110 年）所开凿的皇家池苑。
③ 葛晓音：《创作范式的提倡和初盛唐诗的普及——从〈李峤百咏〉谈起》，《文学遗产》1995 年第 6 期，第 30—34 页。
④ 孔安国传，孔颖达疏：《尚书正义》卷 6，阮元：《十三经注疏》，第 149 页。
⑤ Andrew Chittick, *Patronage and Community in Medieval China*, p. 15.
⑥ 上田早苗「後漢末期の襄陽の豪族」、pp. 290-292.

表将荆州的行政治所移至襄阳。① 随着东汉末年豪强相互攻伐、割据渐剧,通连中原、蜀地、江左的荆楚在战略上变得至关重要。② 四世纪初,晋室皇族在建康(今南京)建都之后,荆楚不仅是拱卫京畿所在的江左地区的镇防要区,而且是抵御北方诸国兵戎侵扰的前沿阵地。东晋一位重臣如是概括当时荆楚的重要性:"荆楚,国之西门,户口百万,北带强胡,西邻劲蜀……得人则中原可定,失人则社稷可忧。"③正是基于这样的考量,唯有皇帝的心腹才能被任命为荆楚之官长,刘宋的开国皇帝刘裕"以荆州居上流之重,土地广远,资实兵甲居朝廷之半,故遗诏令诸子居之"。④

羊祜和山简都算得上是皇家亲信:晋武帝任羊祜为荆州都督以启动征讨江东孙吴的计划;而山简则因为跟皇室的姻亲关系而"都督荆湘交广四州诸军事、假节,镇襄阳"。⑤ 羊祜和山简的事典最早出自习郁后裔、襄阳乡人习凿齿所著《襄阳耆旧记》,该书是现存最为古旧的关于荆楚地区的地记,存世三卷残本中既载襄阳名流逸事,亦录当地山川名胜;作者习凿齿还特别细述了他的先祖所凿的两口鱼池。

---

① 东汉末年时,荆州地界包括今湖北、湖南二省大部及河南、陕西和贵州的部分地区。
② 上田早苗指出襄阳经由沔水(今汉江)通达四川盆地和长江下游地区,溯淯水(今白河)而上经由南阳抵达黄河以南中原地区, ibid., p. 297.
③ 时为345年,参看司马光:《资治通鉴》卷545,第3066页。
④ 同上书,卷122,第3838页。
⑤ 张春华系山简祖父山曜之表亲,司马懿之正妻,司马师及司马昭之母,晋武帝司马炎之祖母,参看房玄龄:《晋书》卷31,第948页。

《襄阳耆旧记》是六朝时期涌现出的地记代表之一,① 荆楚地区的都督或刺史的一些掾属,有时会出于兴趣或需求而编纂有关当地的地记。② 戚安道(Andrew Chittick)教授指出,"五、六世纪荆楚在地书写的地记残本多有记录一些刘宋诸王造访当地、立迹延功的轶事,这让我们有理由相信,对皇室,特别是委以编纂之任的皇子的颂美,很可能是这类地记的一个重要关注面",③ 这些地记有东晋范汪的《荆州记》、④ 刘宋盛弘之的《荆州记》(刘义庆之僚属)、⑤ 刘宋郭仲产的《南雍州记》(刘义宣之从事)⑥和萧梁鲍至的《南雍州记》,⑦ 等等。有些荆楚地记是出自本籍人士之

---

① 戚安道对"地记"的定义参看 Andrew Chittick, "The Development of Local Writing in Early Medieval China," *Early Medieval China* 9 (2003): 36–37.
② 戚安道和王琳各自撰文探讨六朝时期地理诸作编纂的动因和动机,参看 Andrew Chittick, "The Development of Local Writing in Early Medieval China," pp. 39–42, 65–66;王琳:《六朝地记:地理与文学的结合》,《文史哲》2012 年第 1 期,第 94—98 页。
③ Andrew Chittick, "The Development of Local Writing in Early Medieval China," pp. 65–66.
④ 范汪传见于房玄龄:《晋书》卷 75,第 1982—1984 页。他是庾翼属吏,后桓温代翼治荆楚、屯荆州为其长史。范汪《荆州记》未载于《隋书·经籍志》,其可能在六朝末期就已失传。范氏《荆州记》残篇见陈运溶、王仁俊辑,石洪运校:《荆州记九种》,湖北人民出版社,1999,第 91—92 页。
⑤ 盛弘之系刘宋临川王刘义庆僚佐,后者于 432 年任荆州刺史,见司马光:《资治通鉴》卷 122,第 3838 页。盛氏《荆州记》辑佚本参看《荆州记九种》,第 14—76 页。
⑥ 郭仲产系刘宋南谯王刘义宣之幕僚,后者于 444 年任荆州刺史,见沈约:《宋书》卷 68,第 1798 页。郭氏《荆州记》残篇见《荆州记九种》,第 96 页。南雍州的情形参看 Andrew Chittick, *Patronage and Community in Medieval China*, p. 20; 沈约:《宋书》卷 37,第 1135—1136 页。
⑦ 鲍至为萧纲属官,萧氏于 523—530 年为雍州刺史,鲍氏与郭氏《南雍州记》辑佚本见于黄惠贤:《魏晋南北朝隋唐史研究与资料》,第 564—582 页;习凿齿著,黄惠贤校:《校补襄阳耆旧记》,第 152—163、164—176 页。

手，比如习凿齿的《襄阳耆旧记》、江陵人宗懔的《荆楚岁时记》等。① 王琳教授指出，六朝地记兴盛的原因之一是"国家大一统的盛况不再……地方势力及地区观念增强"。唐代史学家刘知幾在他的《史通》中对当地人编纂郡书一事评论"（其）矜其乡贤，美其邦族"，"人自以为乐土，家自以为名都"。刘知幾的批评在一定程度上揭示了编纂这类地记的动机：作者们由是欣赏本土风光之美和祖上盛德之光，因此有意将之著于竹帛。②

六朝编纂的在地书写地记大多是关于南方州郡的，这是"政治经济文化中心南移之局势的必然反映"。③ 羊祜和山简的事典，以及记载和传播它们的数部地记，一起构成了中古中国文化南方发展脉络的有机部分。

此二事典在唐代的发展

岘山和习家池的文学表现是紧紧围绕着与这二地相关的传统文学主题而发展演变的，此山彼水既是地理空间处所，也是诗人在其间定义或质疑自我身份的文本文化传统，它们在一些诗作中

---

① 更多地记参看王琳：《六朝地记：地理与文学的结合》，第95—96页。宗懔为湘东王萧绎臣僚，萧绎于547年任荆州刺史。西魏攻破梁都江陵，宗懔被虏入北，约555年于西魏治下完成《荆楚岁时记》。参看李裕民：《宗懔及其〈荆楚岁时记〉考述》，见宗懔著，宋金龙注：《荆楚岁时记》，山西人民出版社，1987，第10页。
② 参看浦起龙：《史通通释》卷10，上海古籍出版社，2009，第275—276页。本文英译参照 Andrew Chittick, "The Development of Local Writing in Early Medieval China," pp. 39, 67.
③ 王琳：《六朝地记：地理与文学的结合》，第97页。

分别与两个颇具影响力的形象表里相依：荒弃的"堕泪碑"和不羁的"山简醉"。

最早把岘山和"怀古"传统主题联系起来的是初唐诗，一代代诗人登顶岘山，缅怀羊公、目睹碑碣，一般都会把个体生命和人世盛衰加以联结，像是陈子昂和张九龄就将追寻自我身份纳入了文学传统主题。陈子昂在《岘山怀古》诗中追忆羊祜和诸葛亮于此山的游历，思索着二人身后所遗为何："犹悲堕泪碣，尚想卧龙图"，① 羊祜事典中的哀婉语调，在这里以"悲"字为始，贯穿全诗。此诗下引数联体现出"怀古"这一题材的惯用主题，诸如永恒不变与短暂无常的对立，进一步揭示了陈子昂"悲"因何在：

> 丘陵徒自出，贤圣几凋枯。
> 野树苍烟断，津楼晚气孤。
> 谁知万里客，怀古正踟蹰。

运用"自""断""孤"等字来刻画暮景显然隐含着诗人的自我情感，渲染出茫茫愁思和踽踽独行的情绪。不同于盛唐诗人孟浩然本就是襄阳乡人，陈子昂不过是"万里客"，末联的"谁知"二字以反问句式表明知音难觅，"无人会、登临意"，其岘山所感是一种失联于历史时间和地理空间的孤独感和隔绝感，把自己塑造成一个茕茕孑立的游子形象，他只能借山中的前贤遗迹聊以自慰。

---

① "诸葛亮宅，在(襄阳)县西北二十里"，见李吉甫著，贺次君校：《元和郡县图志》卷21，中华书局，1983，第529页。

张九龄的《登襄阳岘山》在很多方面与陈子昂的《岘山怀古》读起来似曾相识,二诗皆重复着怀古题材的惯用主题,也都带着传统的感伤情怀,但张诗流露出更为深沉的悲哀感和空虚感。张九龄也在诗中提及永恒与短暂的对比,这一点与陈诗一致,不同的是,他的这次再度登临岘山旋即与他过去的数次登临形成一种对照:"信若山川旧,谁知岁月何。"①对山川的感知不是因为它们就在那里,而是在与过去的对比中形成的。张九龄也像陈子昂一样忆起来过岘山的诸葛亮和羊祜,但他强调二人无甚留下,漫灭难辨的羊公碑象征着时光流逝的无情和人生功绩的虚无。张九龄进而哀叹荣光欢愉皆难持久:

蜀相吟安在,② 羊公碣已磨。
令图犹寂寞,嘉会亦蹉跎。

二联不是简单复述哀怨的传统惯习,而是传达出一种更深刻的空虚和无助的情感,正如下联的景物描摹"宛宛樊城岸,悠悠汉水波",其所运用的文学传统主题,即对无关历史联想的景物加以形容,使得这一情感体验更为强烈。天行有常,不为尧存,

---

① 参看彭定求编《全唐诗》卷49,第603页。顾建国将此诗系于718年,参看顾建国:《张九龄年谱》,中国社会科学出版社,2005,第88页;罗韬认为此诗当作于其自韶州赴洛入朝为官途中,但未系年,参看罗韬订、刘斯翰订:《张九龄诗文选》,广东人民出版社,1994,第78页。
② "蜀相吟"指诸葛亮出山前钟爱吟唱的乐府古曲《梁甫吟》(一作《梁父吟》),"亮躬耕陇亩,好为《梁父吟》",参看陈寿:《三国志》卷35,第911页;郭茂倩:《乐府诗集》卷41,第605页。

不为桀亡。历尽人世沧桑，以万物为刍狗，宇宙自然，自行其道，张九龄随即赋曰"逶迤春日远，感寄客情多"，又跟陈子昂类似，他也是"客"居此地，其丰富感情既是由"逶迤春日"所赐，也是由"寄客"处境所定，"寄"字暗指世上芸芸众生浮生如寄，而客寄于襄的诗人此刻感触最深。① 张九龄以叹收束全诗："（与诸葛、羊公）同心不同赏，留叹此岩阿。"在陈子昂经历孑然一身之感的地方，张九龄寻得了与先哲前贤的共鸣，但却不能真正与他们一时同在，而这种缺憾终令其喟然长叹。

正如陈诗和张诗所示，岘山的文学表现在某种程度上可以说是由"怀古"这一题材的传统所形塑的，其被描述的场景是围绕"怀古"题材的传统文学主题和诗人的个体经历而共同构建的。既然天行有常、人生如寄，那么自然风光就多显得不具人情或带着疏离冷漠的意味。

下文关于岘山怀古主题的另引二诗也昭示了对延续和继承羊公事典遗产的关注。810 年的某天，被贬为江陵士曹参军的元稹写下《襄阳道》一诗：

　　羊公名渐远，唯有岘山碑。
　　近日称难继，曹王任马彝。②

---

① "人生忽如寄，寿无金石固"是早期中国文学里表达人生如寄主题的一例，参看逯钦立：《先秦汉魏晋南北朝诗》，《古诗十九首》之十三，第 332 页。
② 曹王指唐太宗之子李明的玄孙李皋。马彝为李皋宾佐，史载"初，扶风马彝未知名，皋始辟之，卒以正直称"，劝阻曹王李皋买下张柬之的襄阳林园，见刘昫：《旧唐书》卷 131，中华书局，1975，第 3640—3641 页；欧阳修、宋祁：《新唐书》卷 80，第 3583 页。

> 椒兰俱下世,城郭到今时。
> 汉水清如玉,流来本为谁。①

与元稹同时代而年岁稍长的曹王,是元稹认为能继承羊祜遗产的少数贤达之一,颔联由是在诗中激起了些许希望;然而,当元稹写作此诗之时,曹王已溘然辞世,预示着羊祜遗产继者难寻。第五、六句写古今名士皆已离世(由"椒兰"喻指),为全诗注入暗黑悲郁的气息;末句以反问句式表明汉水不悲不喜、无语东流,无关人世盛衰兴废。诗中的以"城郭"和"汉水"为代表的自然景物同样呈现为不变不易、无情无心的物象。

晚唐诗人任翻的《经堕泪碑》诗也设定在一个当代语境——当地人犹记羊祜功绩,因而敬重羊氏后裔。前三联中的每一组对句都表现了留存的和消失的之间的对立,这是"怀古"题材中一种常见的惯用主题,但这些对比还是强调了羊祜遗产的延绵未绝,因而诗风相对乐观:②

> 羊公传化地,千古事空存。
> 碑已无文字,人犹敬子孙。
> 岘山长闭恨,汉水自流恩。
> 数处烟岚色,分明是泪痕。

---

① 彭定求编《全唐诗》卷399,第4476页。
② 同上书,卷727,第8334页。

颈联对景物的刻画表明羊祜的文化遗产已经与当地风光熔于一炉,岘山变成了羊公的永恒丰碑,汉水承载着羊公的甘棠遗爱,因此,此山此水都被赋予了象征意义,不断向后人讲述/重述着羊公逸事和记忆。任诗以欢欣的语调入题起笔,但跟张诗相似的是仍以悲郁凄怆作结,泪水不只从诗人眼中流出,也被投射到远景中融情于景,后半首诗是通过重复"怀古"题材中的数个惯用文学主题来表现风景。

初唐诗中对山简和习家池的典故使用更为频繁,多数诗人的用典策略与庾信相差无几:以醉酒来代表一种人生态度,以鱼池之名来象征宴、酒、醉之事,或对诗本事加以反转。习家池的典故首度广为所用是在九世纪八十年代的一次群贤毕集的同题组诗里。九位诗人受廷臣高正臣所邀赴宴而会聚于洛阳,他们均以《晦日重宴》为题各自赋诗一首,九首诗中有六首都用到了习家池之典。此典在这组诗中被广泛征引的主要原因是"池"字是限韵之字,[①] 就是说每位诗人必须得从"池"字所属的"支"(上平·四支)韵部中挑选韵字,而且"池"字必须作为韵脚出现。习家池自南朝后期以来总是意味着饮酒、泥醉、宴集,故而格外适合这一语境,其押韵规则和文学关联使得三分之二的与宴诗人都不约而同地以这一特定方塘为典在诗作中咏歌这场朋酒之会。

正如近似于庾信所写"不如饮酒高阳池"主题,上述六位诗人中也有人写到向习池或宴习池,尽管他们作诗时都身在洛阳。周彦晖在其诗尾联把微醺的与宴宾客比作山简:"兴阑巾倒戴,山

[①] 计有功:《唐诗纪事》卷7,上海古籍出版社,1987,第86—87页。

公下习池。"①韩仲宣也把宾朋比成山简而把主人比成好客的陈遵:"陈遵已投辖,山公正坐池。"②高瑾描述的是他和他的密友在宴会上的情形:"正开彭泽酒,来向高阳池。"③在这些对句中,习家池在其文本传统中渐成盛筵和嗜酒的一种象征符号。初唐以降,一些诗人仍在继续操用习家池的这一象征含义。比如杜甫的"日有习池醉,愁来梁甫吟"一联,④ 写诗之时杜甫人在成都,因此出句实际应读作"日有如山简般习池醉";武元衡的"偶寻乌府客,⑤ 同醉习家池",⑥ 对句实际也应读若"同醉于如山简曾酩酊的习家池"。

孟浩然在一首宴饮诗的结尾也写到"向习池",而这一宴集恰好是在岘山举办的。孟浩然也把满座宾朋比作羊祜和山简,诗末他提到了山简的闻名逸事:⑦

叔子神如在,山公兴未阑。
传闻骑马醉,还向习池看。

---

① 本文采用《古今岁时杂咏》本《晦日重宴》的文本,参看蒲积中编,徐敏霞校:《古今岁时杂咏》卷9,辽宁教育出版社,1998,第112—113页。
② 《汉书·陈遵传》载陈遵宴客,"每大饮,宾客满堂,辄关门,取客车辖投井中,虽有急,终不得去",见班固:《汉书》卷92,第3710页。
③ "彭泽"指陶渊明,其曾任彭泽(今江西)令。
④ 《初冬》,见彭定求编《全唐诗》卷228,第2485页。黄鹤注:"此广德二年(764年)冬在幕府时作",见仇兆鳌:《杜诗详注》卷14,第1196页。
⑤ 《汉书·朱博(卒于公元前5年)传》云:"其(御史)府中列柏树,常有野乌数千栖宿其上",后"乌府"借指御史府(御史大夫府邸),见班固:《汉书》卷83,第3405页。
⑥ 《酬元十二》,见彭定求编《全唐诗》卷316,第3555页。
⑦ 《庐明府九日岘山宴袁使君张郎中崔员外》,见孟浩然著,佟培基注:《孟浩然诗集笺注》,上海古籍出版社,2000,第286—287页。羊祜,字叔子。

尾联出句呼应着襄阳童儿歌中的山简形象:"茗艼无所知"和"时时能骑马"。孟浩然和友朋们是否真的"向习池看"已很难确知,一方面,"向习池"的说法在孟浩然的时代已是一种陈腐的文学套话;另一方面,由于宴集正好是在岘山,孟浩然是可能去实地造访就在岘山附近的习家池的。在此诗中,习家池既是醉酒的象征符号,也是诗人可能亲临的物理场地。

在用及习池之典的诸作中,有两首诗对习家池及其周遭环境特别进行了详细刻画。孟浩然在《高阳池送朱二》的前半首中想象了山简时代的习家池风光,这也许是习家池的垂钓功用性首次出现在诗作中:①

当昔襄阳雄盛时,山公常醉习家池。②
池边钓女日相随,③ 妆成照影竞来窥。④
澄波澹澹芙蓉发,⑤ 绿岸毿毿杨柳垂。

孟浩然下笔之际,襄阳的全盛光景早已与习家池的如织游客一起成了过眼云烟,孟诗接着就把当下的黯淡无光与过去的辉煌荣光加以对比:

---

① 彭定求编《全唐诗》卷159,第1630页。此处英译借鉴 Paul W. Kroll, *Meng Hao-jan*, p.40,略有微调。
② 译者注:"常",佟本作"恒"字。见孟浩然著,佟培基注:《孟浩然诗集笺注》,第179页。
③ 译者注:"日",佟本作"自"。同上书。
④ 译者注:"妆",佟本作"装"。"竞",佟本作"竟"。同上书。
⑤ 译者注:"澄",佟本作"红"。"澹澹",佟本作"淡淡"。同上书。

> 一朝物变人亦非，四面荒凉人径稀。
> 意气豪华何处在，① 空余草露湿罗衣。②

　　当习家池作为地理场所呈现的时候，它就是一处抚今追昔、思考对比过去与现在之地，这是"怀古"题材中的常见主题。然而在上引二联中，自然宇宙不再代表亘古不变。"四面荒凉人径稀"，习家池一带几近废弃，人迹罕至，不复当年的名士风流与豪族奢淫。"露"隐喻短暂无常，以"湿罗衣"之姿提醒着当下一代浮生如寄、白驹过隙。即使别宴就是在习家池原址举办，但与该池相关联的"醉酒"含义仅出现了一次，只是在对山简的史实引用中略加提及这一传统主题，而习家池的现状是"人径稀"，亦不再有醉饮的文学典故。

　　晚唐诗人皮日休的《习池晨起》写的是在习家池畅饮的情形，全诗如下：③

> 清曙萧森载酒来，凉风相引绕亭台。
> 数声翡翠背人去，一番芙蓉含日开。
> 菱叶深深埋钓艇，鱼儿漾漾逐流杯。
> 竹屏风下登山屐，十宿高阳忘却回。

---

① 译者注："在"，佟本作"去"。见孟浩然著，佟培基注：《孟浩然诗集笺注》，第179页。
② 译者注："罗"，佟本作"征"。同上书。
③ 彭定求编《全唐诗》卷613，第7066页。

对周遭景物的描述来自诗人的亲眼所见而非驰骋在想象或文本空间,此外,习家池的象征意义同样存在,"酒"字及酒典在全诗中出现了三次:第一句的"酒"字、第六句的"流杯"和最后一句的"高阳(池)"。后半首诗将地理空间和象征意味上的习家池融为一体,搬用习家池史典来称美当下。颈联中涵盖了鱼、钓(习家池的最初功用)、饮(习家池的衍生含义)几个意象,它们把习家池实景与文典缀连成线。孟诗《高阳池送朱二》着意于今昔之比,少有涉及习家池的文学典故,但皮诗末句的"高阳"则让习家池的地理和象征意味水乳交融,此举颇类同于孟诗的"还向习池看"。

李白诗中经常出现羊祜、岘碑、习池、山简,但他处理这些意象的方式跟其他诗人大相径庭:他既不为"堕泪碑"垂泣拭泪来反抗"怀古"这一题材的影响,观瞻岘山也是别具只眼而非因循守旧,甚至还为山简事典平添了一些创意细节。此外,李白还拓深了庾信在《杨柳歌》中所用的"及时行乐"这一传统主题。

及时行乐的主题在中国文学中可追溯到汉代的《古诗十九首》,"醉"被刘若愚(James J. Y. Liu)教授解读为"是从世间苦难以及个人情感中解脱出来的象征",[1] 换言之,饮酒就意味着行乐。李白在《襄阳曲》和《襄阳歌》二诗中把羊祜和山简事典相提并论,各以坍弛的"堕泪碑"和泥醉的山公简为意象符号来承载。李白以二人形象来鼓吹及时行乐的人生态度,[2] 而用山简

---

[1] James J. Y. Liu, *The Art of Chinese Poetry*, pp. 58–59;中译本见刘若愚著,韩铁椿、蒋小雯译:《中国诗学》,长江文艺出版社,1991,第72页。
[2] 参较户崎哲彦「高陽の酒徒・李白と山簡:唐詩における山簡の故事の使用および李白の山簡に対する敬愛とその意味」『彦根論叢』315, 319,滋贺大学经济学会,1998, 1999, pp. 155–70, 45–64.

纵酒任诞的习家池来指代"今朝有酒今朝醉"的传统主题中的酒醉欢愉。

《襄阳曲》是乐府传统旧题,题中襄阳城多是声色犬马或雨意云情之地。①

李白此曲依循旧例,营造出及时行乐主题"恣欢谑"的基调。组诗的第一首中,襄阳的历史、歌舞、风光无不透出闲适怡悦:②

> 襄阳行乐处,歌舞白铜鞮。③
> 江城回渌水,花月使人迷。

延续这一追欢取乐的笔调,山简醉的形象出现在第二首,而这首差不多是基于襄阳童儿歌的改写。正如前述的庾信诗,"接䍦倒"这一放诞不羁的精神象征再次登场:

> 山公醉酒时,酩酊高阳下。
> 头上白接䍦,倒著还骑马。

与第二首类似,第三首诗仍以客观描述行文,但跟前两首诗的行为放诞和落拓喧嚷相比,此诗的情感基调偏于静默黯淡。漫漶碑碣上的青苔,与化身为耸峙岘山、长流汉江和如雪岸沙的永

---

① 郭茂倩:《乐府诗集》卷48,第703—706页。
② 李白著,王琦注:《李太白全集》卷5,第294—295页。"白铜鞮"作"《白铜鞮》"。
③ 《白铜鞮》一曲源于襄阳附近的徙居羌民侨寓区,见 Ping Wang, "Southern Girls or Tibetan Knights: A Liang (502–557) Court Performance," *Journal of the American Oriental Society* 128.1 (2008): 69–83, esp. 75–77.

恒自然，形成了鲜明对照：

> 岘山临汉水，水绿沙如雪。
> 上有堕泪碑，青苔久磨灭。

最后一首诗里出现了羊公碑和山公醉的形象，复现了第一首诗的悦怿基调，描绘了逍遥散诞的山简在襄阳小儿的哄笑中"欲上马"的诙谐一幕：①

> 且醉习家池，莫看堕泪碑。
> 山公欲上马，笑杀襄阳儿。

李白这里说"且醉"，以及"莫看"象征着悲哀和衰朽的堕泪碑，其理由巧妙地嵌在了四首组诗的谋篇布局上——以声色好景开始，以哄堂大笑作结。山简形象在第二首诗中是生动而滑稽的，而羊祜形象在第三首诗中则被他身后字迹磨灭的碑碣所代表，李白对比二者形象所要传达的主张一目了然，山简醉被推为及时行乐的典范。

在另一首《襄阳歌》中，李白再次并举山简醉和羊公碑来象征对待人生的不同态度，诗以复述山简故事为开篇：②

---

① 彭定求编《全唐诗》卷164，第1701页。
② 彭定求编《全唐诗》，卷7，第369页。

> 落日欲没岘山西,倒着接䍦花下迷。
> 襄阳小儿齐拍手,拦街争唱白铜鞮。
> 旁人借问笑何事,笑杀山翁醉似泥。

跟《襄阳曲》组诗第二首相比,《襄阳歌》对前曲的复述更为精妙,并补缀了些许情节敷演。首句是对襄阳童儿歌中的"日夕"的扩写,接着李白发挥想象添加了山简"花下迷"和小儿"拍手""拦街"的情节,并生造出一个"旁人"形象来跟小儿们展开对话,为其叙事增加了第三者的客观视角,结句以山简"醉似泥"收束故事的重叙,深化了山简滑稽和放诞的形象性格。

考虑到本诗的语境,这种复述应该视为李白的一种自我形塑,他以纵酒无度、举止乖张、无视礼法、罔顾他言之举将自己跟山简等量齐观,故而本诗第二句依柯睿(Paul W. Kroll)的译法读作"(我)花下迷",而结句的"山翁"也可认为是李白自己。

李白在重叙山简事典之后继续拓深爱酒好酒的主题,元稹和任翻诗中无情无心、不变不易的自然景物汉江,在李白的冥思遐想(或是酒中幻觉)中变成了葡萄美酒:"遥看汉水鸭头绿,恰似葡萄初酦醅。"他写道"一日须倾三百杯",说要怜取眼前、活在当下。何以如此?李白给出他的理由:

> 咸阳市中叹黄犬,何如月下倾金罍。
> 君不见,晋朝羊公一片石,龟头剥落生莓苔。
> 泪亦不能为之堕,心亦不能为之哀。

清风朗月不用一钱买，玉山自倒非人推。①

　　李白在这里用了两个反面例子来说明权势声名都难以维系长久：李斯曾是权倾一时的秦国丞相，但在与其子同刑处死之前不免有"欲与若复牵黄犬俱出上蔡东门逐狡兔"之憾；漫漶难辨的羊公碑也未如预期实现自身存在的意义。二例都是李白怀古之主题，但他既不对李斯抱以同情，也不从羊碑堕泪的传统，而是主张要抓住此刻，倾杯求醉、任性自然、寻欢作乐。在这一点上李白力推名流饮者嵇康，将其尊为自己的理想化身。

　　在一首送别友人的诗中，李白给山简和醉酒之间的传统关联加入了反转，宣称自己的酒量和醉度都要比山简高出一筹："高阳小饮真琐琐，山公酩酊何如我。"②夸耀酒力之外，李白还说自己比山简更懂杯中精神。在名篇《将进酒》中，他解释了自己好酒贪杯、嗜酒如命的原因："古来圣贤皆寂寞，惟有饮者留其名。"③他认为饮酌更能留下不朽声名。无论是把山简奉为醉酒楷模，还是故意贬损山简酒力不胜，实际上李白的书写都是在饮酒这一传统题材的影响下进行的，习家池的实体在其象征意义中渐褪其形、趋于不见，就像岘山在残败的羊碑形象中渐行渐远、云消雾散。

　　李白在《岘山怀古》诗中没有提及岘山和羊祜之间经年累月的

---

① "玉山"指嵇康，山涛言其"其醉也，傀俄若玉山之将崩"，见徐震堮：《世说新语校笺》卷14，第335页。
② 选自《鲁郡尧祠送窦明府薄华还西京》，见彭定求编《全唐诗》卷175，第1792—1793页。
③ 同上书，卷162，第1683页。

关联，而是尝试独具慧眼地从一个全新角度去观瞻岘山：①

> 访古登岘首，凭高眺襄中。
> 天清远峰出，水落寒沙空。
> 弄珠见游女，② 醉酒怀山公。
> 感叹发秋兴，长松鸣夜风。③

李白分别运用郑交甫和山简的事典，但这两个史实引用并没有给全诗带来特定的含义或基调，而只是呈现出与过去的距离本身；对风景的描述也非基于永恒与短暂的对立这一惯用主题。既然对岘山的惆怅哀思的传统主题源自羊祜事典，当此诗不再列出羊祜之名、堕泪之碑时，哀与泪也就遁形无迹了，所以这首诗几乎读不出"怀古"题材所特有的郁结忧愁之感。末联甚至没有具体揭示李白的心境：他没有解释他何以"感叹"，也没有阐明他的"秋兴"是否格外忧伤。

李白对羊祜事典的创意重构让这一典故与本事之间的关联显得模糊含混，但对传布维系襄阳城的声名仍起到了助推作用。

---

① 李白著，王琦注：《李太白全集》卷22，第1034页。
② "江妃二女者，……出游于江汉之湄，逢郑交甫。见而悦之，不知其神人也"，其"解佩与交甫"乃宝珠也，参看刘向：《列仙传》卷上，丛书集成本，第19—21页；上海古籍出版社，1990，第8页。
③ 彭定求编《全唐诗》卷181，第1847页。

结　论

　　自宋以还，中国古代文人对"堕泪碑"的文学典故的余音影响有了更多的不耐不从，以李白为代表，有些文人不再见碑垂泪感伤，有些文人认为否定碑碣能令名垂万古。此外，批评碑碣的原初用意也可视为对与岘山有关的传统主题的某种反转，这一反转初现于李白诗中，承载了一定的价值观点的羊公碑和山公醉的形象，开始脱离于其地理空间的位置和景观。1070 年，欧阳修为修葺据称是羊祜歇止之处的亭子而撰文《岘山亭记》，① 他"疑其（羊祜和杜预）反自汲汲于后世之名者"，又温柔敦厚地批评他们"岂皆自喜其名之甚而过为无穷之虑欤"。②

　　同样，元人张可久也正是用羊祜事典来批评以牺牲自我之实现来追求文学之声名的风气。张可久在散曲《满庭芳》中提到羊碑，起句"光阴有几，休寻富贵"之后，他评道：

　　　　羊祜空存断碑，牛山何必沾衣。③ 渔翁醉，红尘是非，

---

① 《岘山亭记》，见欧阳修著，李逸安校：《欧阳修全集》卷 40，中华书局，2001，第 588—589 页。
② Stephen Owen, *Remembrances*, pp. 27-28；中译本见宇文所安著，郑学勤译：《追忆：中国古典文学中的往事再现》，第 34—35 页。
③ 春秋时期，齐景公"游于牛山，北临其国城而流涕曰：'若何滂滂去此而死乎？'……晏子独笑于旁……对曰：'使贤者常守之，则太公、桓公将常守之矣；使勇者常守之，则灵公、庄公将常守之矣。数君者将守之，则吾君安得此位而立焉？"牛山，在今山东临淄南部，景公登牛山悲之事见吴则虞：《晏子春秋集释》卷 1，中华书局，1962，第 61 页。

吹不到钓鱼矶。①

张可久只是通过人物意象和文学典故来透露心声,因此断碑的位置和周遭的景物对他而言并不重要。为了表达其观点,张可久还别举泪洒某山的另一场景:齐景公在牛山悲叹享乐未尽、犹不欲死而俯泣沾襟。"牛山悲"在后世诗文中少有同情之应,如陆机《齐讴行》诗云:"天道有迭代,人道无久盈;鄙哉牛山叹,未及至人情。"李白《古风》诗之二十三云:"景公一何愚,牛山泪相续。"②而在张可久的这首散曲中,他延续着否定"牛山悲"和"羊公碑"意义与价值的传统。就像前引李白《襄阳曲》和《襄阳歌》所示,张可久所追慕的理想生活模式的代言人,也是一位"醉"渔翁,尽管曲子中的"醉"并不与山简或习家池有关,但就放诞不拘的精神而言,"渔翁"跟山简是神似的,张可久也暗示说隐和醉是远离"红尘是非"的良方。

陆长庚在系年于万历癸巳(1593年)的《襄阳耆旧传》刻本的序中说"人物山川,相待而显"。③ 名人和他们在某地的逸事能为该地带来价值和意义,欧阳修《岘山亭记》写到"岘山……盖诸山之小者,而其名特著于荆州者,岂非以其人哉。其人谓谁?羊祜

---

① 〔满庭芳〕《感兴简王公实》,见隋树森编《全元散曲》,中华书局,1964,第867页。
② 陆机《齐讴行》诗云:"天道有迭代,人道无久盈;鄙哉牛山叹,未及至人情",见郭茂倩:《乐府诗集》卷64,第933页。李白《古风》其二十三云:"景公一何愚,牛山泪相续",见李白著,王琦注:《李太白全集》卷2,第118页。
③ 黄惠贤:《魏晋南北朝隋唐史研究与资料》,第554页;习凿齿著,黄惠贤校:《校补襄阳耆旧记》,第111页。

叔子、杜预元凯是已";① 作为习郁的二钓池的习家池也是在山简"每出嬉游，多之池上，置酒辄醉，名之曰'高阳池'"以后才逐渐出现在诗中的，此后习家池不再是鱼池，而是一个象征着宴饮的概念化空间。明清的孩童学习诗律对句时，用的都是"豪富石崇，邀客不空金谷盏；风流山简，驻军常醉习家池"这一联。② 另外，"堕泪碑"(以及岘山)和习家池已然成了羊祜和山简的纪念丰碑，在各自的文本传统的此山此池又承载着二人的历史和文学典故，故而在地理和文本双重意义上，羊祜和山简在二地的文化语境中更加名闻遐迩。

岘山和习家池之文学典故的成形是中国中古时期版图南方和文学南方发展史上的有机构成部分。随着东汉末期荆楚地区的领土和军事重要性的与日俱增，《襄阳耆旧传》《荆楚岁时记》等地记也如雨后春笋般涌现，今天要了解包括羊祜、山简逸事在内的荆楚历史和地理，这些传世文献就是其中一些窗口。随着时间的推移，历史在随机汰选中留下了一些大事件小事情，山简嗜酒就是一例，山公泥醉为人激赏，而其疏忽朝政、身处乱世却极少为诗文评及。山简和羊祜的事典之所以能够流传还因为它们融入了一些传统主题，比如怀古、纵酒、行乐等，都是文学中极为常见的。

岘山的文学典故定型之后，陈子昂、元稹等诗人倾向于在遵循文学典故惯例的同时掺杂自己的个体经验，而另有一些诗人则

---

① 欧阳修著，李逸安校：《欧阳修全集》卷40，第588页。
② 司守谦：《训蒙骈句》，多版本通行于世。

试图抵制这一惯例，但讽刺的是这样做其实仍然未能脱离这一惯例的影响。就习家池来说，杜甫和武元衡在诗中征引的是习家池的象征意义，而李白则加入及时行乐的主题来为自己塑造一个理想化的身份。这些不同的处理方式构成了与此山、此池相关的文学传统主题延续复现或衍变丛生的谱系，诗人们在这些地方的地理空间和文本传统中书写着自己的处境状况，寻找着自己的身份归属；而无论多么独特的诗人在这些熟悉的文学主题上有什么样的个体差异，都不影响襄阳城本身的声名远播。随着荆楚地区在中古时代的异军突起，古代诗人们亦追随这一新贵地方的掌故传说来重新形塑自我的身份认同。

九世纪以来的江南：论心欲的惯习化

宇文所安（Stephen Owen）

某一地方呈现的气质很大程度上取决于是否"在此地"，"此地"拥有自身的独特乡味，迥然有别于"不在此地"、渐行渐远的他乡。对于南朝人来说，"江南"不是完全家国意义上的"此乡"，北方流亡遗民于此寓居，以充满北方指代传统的文学语词试着将"江南"当作另一"离散故国"。在约七世纪初始，南方不复为政治中心之时，南方文本世界几乎完全取代和遮蔽了北方文学遗产。但在唐朝人看来，"江南"只作为一种"被置换的"文本意境而在此存照，若非羁旅行役或拜官授职不会亲临其境，而在地统治的贵族精英大多是北人，故而在大多数情况下，"江南"成了文本想象中的心欲之境而非现实归属的桑梓之地，一如近代早期的意大利之于西欧人而言。

江南其魅虽是一种文化的陈词滥调，但并不意味着江南失去了它原有的吸引力。打个比方，就像一枚钱币，即使流通多时、磨损严重乃至漫漶难辨，其币值亦不会贬跌。甚至一提及"江南"

之名，随之可搭配一连串固定的述语式词组，比如"可采莲"，或"佳丽地"，或单单缀以一"好"字。

每一固定的述语皆源自一曲一诗。"江南可采莲"最为古旧久远(乃至难以考证)，其衍生出关涉采莲女子的诸多诗作，遂构成了关联"江南"意象群的有机部分。"江南佳丽地"出现稍晚，确切时间当是南齐永明八年(490)，"佳丽地"一说虽已存现于更早文本中，但在这里始与江南响和景从。该诗值得全文征引，因为此说是时就像(前文喻代的)钱币甫一流通时的那样锃亮新奇。

入朝曲①

江南佳丽地，金陵帝王州。
逶迤带绿水，迢递起朱楼。
飞甍夹驰道，垂杨荫御沟。
凝笳翼高盖，叠鼓送华辀。
献纳云台表，② 功名良可收。

谢朓的《入朝曲》乃应制《隋王鼓吹曲》十首其一，由题目可知此为王公贵族上朝而作。

开篇名句典出曹植的《赠丁仪王粲》：③

壮哉帝王居，佳丽殊百城。

---

① 逯钦立：《先秦汉魏南北朝诗》，第 1414 页。
② "云台"是汉明帝刘庄绘制东汉开国二十八将画像之地。
③ 逯钦立：《先秦汉魏南北朝诗》，第 452 页。

这里谢朓以"建康"取代了曹诗中的"邺城",一如他的这联在声名上也盖过了曹诗;而最重要的是,其不仅仅是说一城一地的繁华绮丽,而是整个"江南"的无限旖旎。

"江南"并不代表南齐的全域疆土,但却是帝国的新拓腹地,许多更逢宠遇的王侯贵族都于此封邑授职。这一整体空间是以"建康"为中心加以建构的,正如诗题"入朝"所示,诗文本从京畿辅地写到帝国中心——先泛说金陵,再细叙建康周遭地名,远处则见扬子绿水、宫城朱楼,伴随箫鼓之乐、车水马龙继续行进,沿"驰道"、跨"御沟",最后行至"云台",这里是见证着江南各郡王侯功成接受封赏之所。

在"建康"这一政治空间中"佳丽"并非必要,不过是文辞上的藻饰添益,是为了使南方的"新京"在文本意义上胜过北方的"故都"。该诗整体上来说渐为后世遗忘,但这句中去政治化的"江南"永以"佳丽地"之名而被铭记。

当帝国重回北土故地、再建中枢旧都之际,"江南"似乎已成历史烟云——毕竟,"佳丽"不单指"帝王居",也代指整个江南地区。写于八世纪的这首极负盛名的江南诗值得留意,来自岑参的《春梦》:[1]

> 洞房昨夜春风起,遥忆美人湘江水。
> 枕上片时春梦中,行尽江南数千里。

---

[1] 岑参著,廖立笺:《岑嘉州诗笺注》,中华书局,2004,第766页。

这里提出的"江南竟在何处"这一"妙"问，本章末亦会予以回应。对谢朓来说，江南的疆界显然并不明晰，但其中心乃建康（唐曰"金陵"，后称"南京"）无疑；而中华帝国晚期乃至近现代时期的文化想象都认为"江南"是江苏和浙江，其边界仍然模糊未定，但公认中心是苏州和杭州。此外，扬州也多被划归"江南"（字面意即"长江以南"），尽管其实际坐落于长江北岸。

岑参的这首绝句似乎把湘江与湖南也视为"江南"部分，这也许有悖于"江南"的当代概念；但在唐代，湘江流域和今湖南省大部都归置于"江南西道"。换言之，岑参对"江南"的地域涵及认识程度可能跟谢朓差不多。

春风裹挟着温暖的信号与情欲的暗示，使他"忆"起一位"美人"及远在南方的湘江，"遥"既指涉时间也关涉空间，这里展演的是梦境短暂（"片时"）与行旅路距（"千里"），但诗句中并未提及梦里邂逅美人，唯见行旅之程。较之前述谢诗中预设一假定目的地来组织叙事动力，在岑诗这里，目的地却消失在千篇一律的行旅空间中，"江南"不过是充满心欲象征的"别处"。想象一下，如果"美人"身处"山东"而非"江南"的话，这首诗会被如何解读，就能了解这一女性形象在诗中并没有那么重要。

岑参《春梦》诗声名远扬，其诗意痕迹就顺理成章地出现在九世纪初——长短句词体开始兴起的早期阶段——的一首词作《梦江南》（又名《望江南》《忆江南》）中。如果把这些词牌别名视为一组的话，那就意味着叙述者始终身居"别处"而非真正心系之地。这不仅仅是为求所爱而要跨越的地理空间，更是本心向往的那块应许之地。

接下来要考察的是《梦江南》早期词作中一首曼妙诡谲的作品，由皇甫松作于九世纪三四十年代。①

> 兰烬落②，屏上暗红蕉。闲梦江南梅熟日，夜船吹笛雨萧萧。人语驿边桥。

和岑诗相似，此诗也以闺阁场景引入主题。"春风"不再，但融入灯油的兰香馥郁芬芳，绘于屏上的蕉图顾盼生辉。③ 烛影摇红，微光明灭，兰香花影渐隐渐淡、没入晦黯，将读者带入梦境——这里不是去往江南之路，而是亲临江南之地。在这一夏夜时分，笛声、雨声、人语声共同营造出声色之境，梦里游魂似乎找到了归处，在其心欲之所，沿江缓缓而行，彷徨徘徊；笛声、雨声声声入耳，可知他由此听到了人语声，但却无从知晓聊谈内容。梦中人觅得一个与人情、归宿、动因无关的纯粹时空瞬间，这是一种唐人对"自由"的奇幻想象，这种"自由"应该需要(或者起码是乐见)诗人暂离帝国的地理版图。"江南"或许是公认之地，但在诗学意义上它仍是未定之疆。

这一主题与此后新兴的词学传统极为相似，其本质特征都是唤起心欲。

---

① 张璋、黄畲编《全唐五代词》，上海古籍出版社，1986，第180页。
② 译者注：原书将"兰烬落"译为 Sparks fall from the eupatorium-oil lamp，古人煎兰草为油来点灯，灯花爆出也称为"兰烬"，如李贺《恼公》诗："蜡泪垂兰烬，秋芜扫绮栊。"
③ 据知"美人蕉"之名不早于明代，若是唐代已有此说的话，或可视为对岑参诗的遥相呼应。

把皇甫松的这首小令置于一个更宏大的"江南词"的文本体系的语境中更便于理解：其通常先以一些定性的叙述话语开头，比如"江南好"或"江南忆"，接着就是对诗意江南的召唤（延续基于某一既定主题的诗歌写作传统而在变体中乐得其异）。① 这种追忆甚至可追溯至现存最早的词作中，如敦煌曲子词《泛龙舟》（据信是隋曲），第二句即有"恍忽忆扬州"之说，接着就描述当地风光美景。② 白居易的《忆江南》连章组词就明白晓畅地展现出这种结构：③

其一

江南好，风景旧曾谙。日出江花红胜火，春来江水绿如蓝。能不忆江南。

其二

江南忆，最忆是杭州。山寺月中寻桂子，郡亭枕上看潮头。何日更重游。

---

① 这一特定书写套式是对江南诗及早期江南词诸多作品的反映模式，也出现在敦煌曲子词中的一些佳作中，如《浣溪沙》三首，见任半塘（任讷）：《敦煌歌辞总编》，0075、0117、0166—0167，上海古籍出版社，2006，第 409、499、601 页。

② 任半塘：《敦煌歌辞总编》，0061，第 379 页。《泛龙舟》首句"春风细雨沾衣湿"与张志和名篇《渔父》的尾句"斜风细雨不须归"极为相似，与其说是直接借用，不如说是早期词（也包括相当数量的诗）在一定程度上是由合式合律的词句组合而成。扬州虽位处长江以北，地理上并非完全意义上的"江南（长江以南）"，但属于"江南"的想象空间。

③ 张璋、黄畬编《全唐五代词》，第 121—122 页。"连章"指"一题数咏"，使用同一词牌曲调创作一组作品，其出现要早于曲体中的"套数"，不过曲中也常用"连章"。

其三

江南忆,其次忆吴宫。吴酒一杯春竹叶,吴娃双舞醉芙蓉。早晚复相逢。①

我且把这种技法称为"速写快照",其与皇甫松《梦江南》所现极为相似,而前两句为"文字说明":

江南好,风景旧曾谙。

江南忆,最忆是杭州。

江南忆,其次忆吴宫。

首章直指"江南",次二章续陈江南最具魅力的代表都市之二——杭州和苏州,接着再进入一联七字句的"速写快照"的诗性本体,结句是对"速写快照"的情感反应:

能不忆江南。

何日更重游。

---

① 译者注:"早晚"一词在中古汉语中是"何时"(when)之义,此处字文误译为"sooner or later"。

早晚复相逢。

尽管看似程式化，但在词作中谈及"江南"时，这一定式书写在后世确是流传甚久，或许以"诗中嵌诗"描述这一结构最为恰当。框架部分首尾诸句里的心声属于"是时此地"，而嵌入部分中间数句中的美景则是"那时彼地"所追忆、梦见，或只是幻念的。如梦、如幻，这是叙述者意欲去往之地；念兹，在兹，也是叙述者渴望归返之境。

这一体式虽是从律诗（而非形式上更为接近的绝句）结构上发展而来，但它标志着新兴词体的一个重要特征开始显现，即"诗性"成分总是嵌在叙事者的分类说明或情感反应之间来"展现"，这个"诗性"由"是时此地""他"的声音以直接引语的方式呈现，"他"在此情、此景，或过去、未来里，思忆、期盼、想象着"那时彼地"的诗性意象。

白居易的《忆江南》连章与另一组扑朔迷离的《菩萨蛮》曲子词颇为相关，该词的异文情况有三个早期版本：一是托名李白的小令，收于《尊前集》；二是与上一版文句近似，错序分派于韦庄《菩萨蛮》五首中的两首，载于《花间集》；三是与韦庄的《菩萨蛮》第一首大致雷同，个别文辞稍有差异，而歇拍另起炉灶的冯延巳之作，录于《阳春集》。《菩萨蛮》最早出现于九世纪，[1] 因此归名于李白之说不太能立得住（虽然学界都无法忽视此说）；此

---

[1] Daniel Bryant(白润德), "On the Authenticity of the *Tz'u* Attributed to Li Po," *T'ang Studies* 7 (1989): 105–136.

外，在《花间集》中其系于韦庄名下更为早出，所以也不可能是冯延巳的作品。但这并不是说此词定是韦庄所作无疑，其与另两位可能的作者之间的关联恰恰表明其在词文本传播的过程中并没有确切作者，而《花间集》中系于韦庄的文本很可能只是他对一首流行唱词加以更迭改写后的样貌。此词或许还有更早的文本，因为在白居易的《江南好》连章中述语"好"搭配"江南"已有引用。

下引《菩萨蛮》现存的不同版本（异文之处加点标识）：

李白版①

游人尽道江南好，游人只合江南老。未老莫还乡，还乡空断肠。

绣屏金屈曲，醉入花丛宿。春水碧于天，画船听雨眠。

韦庄版②

其一

人人尽说江南好，游人只合江南老。春水碧于天，画船听雨眠。 垆边人似月，皓腕凝双雪。未老莫还乡，还乡须断肠。

---

① 这一作者归属的谬误始于《尊前集》（编于十一或十二世纪）。
② 张璋、黄畬编《全唐五代词》，第527—529页。

其二

如今却忆江南乐,当时年少春衫薄。骑马倚斜桥,满楼红袖招。 翠屏金屈曲,醉入花丛宿。此度见花枝,白头誓不归。

冯延巳版与韦庄版其一大同小异,只是冯版首句改"尽说"为"说尽"略拙,而"凝霜雪"远胜于原作"凝双雪"。其歇拍为:

此去几时还,绿窗别离难。

不过是小词而已,读者不必对冯延巳不能"返归"江南耿耿于怀,因为他从未"离开"江南。

然而值得注意的是,韦庄二词中描绘江南所用的开场白与白居易《忆江南》连章的首句如出一辙。现存文献中并没有充足的其他文本来佐证这类排序逻辑到底是一种对前辈作品的模仿(无论是白居易对前代民歌组曲的沿袭,还是韦庄对白居易作品的互文书写),还是在连章创作这类组词时所采用的一种更具普适性的原则(本文在此重申,唐代长短句诗余数量既少,也非全貌)。韦庄词的内部结构也与白居易的《忆江南》雷同:开篇定性叙述之后是对江南风物的描写,最后以评述结尾。(李白版有别于此词的地方是其以江南意象作结,一如皇甫松的《梦江南》)。

饶有趣味的是,《菩萨蛮》一词以如此多的形态系于不同人的名下,那它究竟是如何照应词首句"人人尽说江南好"的呢?是

"人所共识"或"陈词滥调",① 这还得取决于如何看待这一说法的意义。江南作为心欲的场域早已司空见惯,而词中的"诗句"功能②在于构建一种文本图景来获取唐人的普遍认同。

《花间集》中韦庄的《菩萨蛮》组词最后一首明显套用了《江南好》的结构模式,不过以洛阳及其知名胜迹取代了"江南"。这首《菩萨蛮》开篇首联以江南为转义修辞并次韵前作:

洛阳城里春光好,洛阳才子他乡老。

有趣的是,这既不是对江南词的再度演绎,也并非扩而充之,更不为旧曲改编,而明显只是《江南好》异文本的文学转义而已,实际上其可能是韦庄借鉴民歌的创制。

到了十世纪晚期,这一文学主题持续发酵,如李煜的两首《望江梅》(《忆江南》之别名)。如果这两首词确是李煜所作(系于李煜名下的词作大多无法确指),那应该作于其房居北宋汴京之后,是时江南旧曲将重构一种特殊的苦雨凄风之感。

其一

闲梦远,南国正芳春。船上管弦江面绿,满城飞絮辊轻尘。③ 忙杀看花人。

---

① 唐诗中有这样一种结构类型,即提出"之于某物,何处最佳"的问题,诗人旋即给出一个或多个答案。对这首曲的阅读就应参照对这一结构语境的判断而提出共识。
② 译者注:或即"诗中嵌诗"。
③ 译者注:"辊",曾本作"滚"。见曾昭岷、曹济平、王兆鹏、刘遵明编《全唐五代词》卷3,中华书局,1999,第755页。

其二

　　闲梦远，南国正清秋。千里江山寒色远，芦花深处泊孤舟。笛在月明楼。

　　像是提到"江面绿"这类的基本结构和特定主题延续未变，但先前连章中（"江南好""江南忆"之后）不规则的随机对句承续在这里转变为一组闭合对应："南国正芳春"与"南国正清秋"。自宋以降，从本体叙事逻辑到分点呈现连章的转变成了一种总体趋势。正如皇甫松的《梦江南》既跨越了空间也超逾了时间而来到"江南梅熟日"，李煜则转至"江南"（这里更形式化的表述为"南国"）的两大代表性季节（"正"意为在某季中最具特征的时候）。

　　其中最一成不变的地方是定性叙述开场白和对"所忆"内容的诗意描写（"最忆是……"），但两类迥然相异的结句也很醒目：一是重回加以点评的叙述者声音上（"何日更重游/早晚复相逢"），二是直接描摹具体图景意象，如李白版《菩萨蛮》、皇甫松《梦江南》以及李煜这二首组词。

　　词评家们总是强调词如何为音律所左右、为乐曲所赋形，在这一问题上当是不刊之论，但同时他们经常忽略被形塑的究竟为何物。应该说事实上存在着涵盖了惯用的场景、意象、结构等方面的某种"词材库"，其能轻而易举地将此曲改彼曲、旧曲换新曲，而在很大程度上，这就是一位词人的填词经历：他（或通常可能是身为歌伎的"她"）在一首新曲中"排布"既有的"词材"，这与他/她倚声填词时重写或改编一首"诗"并无二致。① 不同词牌曲调对其既有的"词材"的择取各不相同(故而众所周知"词美"在于其呈现方式而非词材本身),但实际成形的文本是由词牌韵调所赋予的形式加上各种文本素材的传统阐释融合而成。

"词材库"的流动本质允许语词表述的变化、引申和归纳,以及不同词作间某些要素的对等同化,认识这些是非常必要的。早期词本质上就是一种"异文"艺术,其不仅定现于对已有词牌"排布"词材之时,而且异文现象本身也可纯供娱情。虽然"诗"也可作如是观,但词更具如此表征,这种异文解读特别注重细微差异,尤其是一种惯见结构被重组或重述时所产生的艺术效果更显独特。

比照"江南"的词作传统,若李煜确是书写了"南国","南国"一词确会因其异文差异而占有特殊分量,使得在传统词场中出现某种意义上的"吾南国"时也不会不合时宜。较之《菩萨蛮》系列和白居易的《忆江南》而言,"江南"诚然曰"好",但是无论用多么华丽的辞藻来堆砌说明,"好"也只是一句平淡无奇的称许而已。

诗人王禹偁所填《点绛唇》一阕代入更古早、更文学化的江南称谓"佳丽地",这与本文所谓的"江南词"传统存在一种有趣而隐晦的关系。② 作为一名饱读诗书的文人才子,王禹偁感兴趣的是江南"旧称"何谓而非"人人尽说"的内容,显示出他对文化历史的

---

① 此即"檃栝",是将原有文本改写而呈现或重现为另一种形式,通常是将诗句重写为词句,或甲词牌改写成乙词牌,有时也适用于将文赋改变为词句的情形。
② 唐圭璋编《全宋词》,中华书局,1965,第2页。

关注远大于不灭之幻象。既不同于在五世纪谢朓诗中所呈现的帝国辉煌，也没有前述唐代词中所蕴含的官能感受，他精心挑选烟水迷离、朦胧哀婉的"江南"审美意象用以勾勒江南"佳丽"的风景，这在九世纪的古典诗中司空见惯。

　　　　雨恨云愁，江南依旧称佳丽。水村渔市，一缕孤烟细。
　　　　天际征鸿，遥认行如缀。平生事。此时凝睇。谁会凭阑意。

　　以晦暗阴密的云雨之景导入（此可视为天气对心境的反映，又或带些许情色暗示——这就是江南意象的有机部分），这便是解读江南"佳丽"的文本语境。不必"忆"江南或是"梦"江南，诗人分明就"在"江南，但却同样怀揣失落与寂寥。

　　"佳丽"一词出现的微妙变化值得关注，在唐诗中其指涉美女与美景（多以谢朓诗句为文化背景），但并未蕴含此人此处的孤寂忧郁意味。而在唐词中，对江南美的定性叙述之后总是紧跟着描摹其美的旖旎风光，但在这首《点绛唇》中，"水村渔市，一缕孤烟细"却被赋予了阻遏屏绝及孤独寂寥的意味，这一场景并不像唐代江南词那样唤起心欲，而是引发凝想。

　　王禹偁是以诗名著称的诗人，除了与前代文学传统保持清晰可辨的承袭关系以外，他还以其他方式展现出对古典诗歌的创作敏感性。唐五代江南词中的描述性的对句尽管时见对仗，但基本上属于"曲辞句"，并不似更富文学性的古典诗里的"警句"那样，在形式格律上句法相类、平仄相对和意义相关。王禹偁在此虽未用对偶，但在处理"换头"时仍表现出"诗人"的感性，"一缕孤烟细"的纵向句之后紧接"天际征鸿,遥认行如缀"的横向句以相应。无论是"一"(孤)的字形书写,还是其承载的传统形象意义,归巢觅处的鸿影没于天际,雁行之景遂在一缕孤烟中烘托出孤独阻绝之感。

随后王禹偁自己也亲临文本语境中参与置评,这里可以算得上体式上的天才创新之一:尽管晚唐诗人常把古典诗的整句断为并行的词组短语,这些结构之间所能生成的丰富多元的联系,最终还得取决于诗句与对仗联的语体性质。然而,词中短句使得名词性短语逐渐独立出来,并与述语式短语产生了一种表面含混却意味深长的联系。从某种程度上说,词作开篇数句业已呈现这一取向,但在结句部分可以更清楚地见证此种变化:

平生事。此时凝睇。

"凝睇"既指涉"眼中景",也唤起"心中情",而二者和诗人"平生事"之间的关系是存而不论、悬而未解的。然而,这是诗人从当下立场回望过往个人经历的以今视昔之姿态,正如此时此景中的"佳丽"一词挪用了过去的提法,尽管江南风光未改,但具体经验上可能异曲同工。早期江南词中惯用的"空间穿越"在这里可能是时间意义上的位移。

作为北宋"江南"文学书写主题的诸相分身之一,王禹偁的《点绛唇》很好地例示了这一主题中叙述者从江南"穿越"的身份是如何在新的谋篇布局中得以留存的,叙述者又是掺杂着怎样的寂寥失落之感来端详旧景的。

对江南主题简洁而更常有的改写是将其从幻象之境书写为更为本土化与具象化的所在,正如白居易的连章先总述江南,后分写苏杭。潘阆的十首《酒泉子》连章便是聚焦于钱塘、西湖、孤山以及杭州周边胜迹。①

这组词与白居易的《忆江南》有着显而易见的渊源关联,但在九世纪的连章里的定论表述之举(如"江南好""江南忆")出现的位置,在潘词中自始至终用的是"长忆",只是所忆之地不断变化,由此构成了一幅杭城内外胜景方舆图。潘阆之于早期文学传统的自觉性在《酒泉子》其三中表现得淋漓尽致,"野人只合其中老"一句显然是改自《菩萨蛮》中的"游人只合江南老";而在《酒泉子》其四中"正清秋"的季节描述,也与李煜《望江梅》"诗联"②中的清秋意象毫无二致(《酒泉子》中"正清秋"之后换头处也是紧跟一组七言对句)。

其一

长忆钱塘,不是人寰是天上。万家掩映翠微间。处处水潺潺。 异花四季当窗放,出入分明在屏障。别来隋柳几经秋。何日得重游。

其四

长忆西湖,尽日凭阑楼上望。三三两两钓鱼舟。岛屿正

---

① 唐圭璋编《全宋词》,第5—6页。
② 译者注:"千里江山寒色远,芦花深处泊孤舟"句。

清秋。　笛声依约芦花里,白鸟成行忽惊起。别来闲整钓鱼竿。思入水云寒。

其十

长忆观潮,满郭人争江上望。来疑沧海尽成空。万面鼓声中。　弄涛儿向涛头立,手把红旗旗不湿。别来几向梦中看。梦觉尚心寒。

江南弄"闲",这一标签也跟席勒(Schiller)的《论素朴的诗和感伤的诗》(*Naïve and Sentimental Poetry*)中所说的"世界非其现状,还是应有其样"(the world not as it is, but as it should be)的表征意义本同末异。对江南及其胜迹的风格表现并未完全失却其独特性,但它也渐成心欲之地的意象图景。欧阳修曾知颍州(在今安徽),尤钟是地而在致仕后退居于此,撰有描绘颍州西湖的名作《采桑子》连章组词。① 由于颍州西湖不像扬州瘦西湖那样在名称上别具标识性,所以欧阳修词中的"西湖"很容易与闻名遐迩的杭州西湖相混淆,特别是他还刻意在连章每首词里都以"西湖好"来收束首句。这里的述语"好"所对应的主语本应是"江南",杭州西湖代表"江南"可能更适合些——反正不该是安徽以北的某湖。

欧阳修选择致仕所居的心欲之境常以与江南诗词相关联的惯用语词来呈现,因而他的书写中,"江南"不可思议地与真实地理方位渐行渐远而成为理想之地的文学意象。

---

① 唐圭璋编《全宋词》,第121—122页。

在《采桑子》组词其一中不难发现，即使是当下有意重返颍州行乐，这首词仍可使人联想起理想之境的幻象，其不必万古长存，但诗性表述的时间与当下展演的时间是可以彼此交叠又无须雷同一律的：

> 轻舟短棹西湖好，绿水逶迤。芳草长堤。隐隐笙歌处处随。　无风水面琉璃滑，不觉船移。微动涟漪。惊起沙禽掠岸飞。

欧阳修写作这首词时，或许想到过潘阆那首描写更负盛名的杭州西湖的《酒泉子》其四中的"笛声依约芦花里，白鸟成行忽惊起"之句。

不能说江南意象已经完全失却其地理意义上的独特风味。千百年来，为着江浙胜迹慕名而来的游人不绝如缕，追忆着传统诗词中所形塑的"闲境"。江南既是典故意象的奥府，也是文化繁盛的产业，不过旅人们仍想要把现代景点想象成历代文学文本中的那个"江南"。闲地逸景总被"现状世界"随意填塞而非"应有其样"。

我们再来看一首令人称奇的宋词名作，其使得对"江南"概念的考察更为含混复杂。学界对词学研究的热点人物周邦彦其实知之甚少，只知道他是杭州人氏，仕途平平，曾任溧水知县。这里有必要介绍一下地理信息，溧水在南京以南，北距杭州约225公里——既非邻，亦不遥。宋代行旅驿程较为迂缓，彼时世界也不似如今繁忙。溧水有山，但不至绵延近杭，而即使以最狭义的定

义来说,溧水也绝对地属江南。下引此词《隔浦莲》:①

> 新篁摇动翠葆,曲径通深窈。夏果收新脆,金丸落、惊飞鸟。② 浓霭迷岸草,蛙声闹,骤雨鸣池沼。 水亭小,浮萍破处,帘花檐影颠倒。纶巾羽扇,困卧北窗清晓。屏里吴山梦自到,惊觉,依然身在江表。

借由置于床帏前绘有江南风光的屏风而入梦江南,这类描述在词中已成惯例,甚至可说是陈词滥调。周邦彦构筑了一个只属于自己的、美妙绝伦的溧水之景,此中他被引至水亭、困卧入眠,如岑参那样"闲梦江南",尤见画屏之上的"吴山"。在以往的词作中,叙述者从寻常"梦江南"中初醒之时,总是发现自己已不在"江南"。

而周邦彦"惊觉"时自己"依然身在江表"。虽不妨说"吴山更在此地南",不过此处也有大美"吴山"之所在。众所周知,词人榻边屏风上的"吴山"并非确指当地县郡的某座峰峦,其只是幻象催生或艺术加工的意象而已。"身在江表"句中用以押韵的"表"字出自"江表"一词,不言自明的是,"江表"在表意功能上等同于(在格律上并不叶韵的)"江南",意即"长江以南"。

周邦彦似乎在暗示读者:"我不在江南,而是在江表。"江南和"吴山"只能栖身于想象和艺术之中,是意欲去往的心念之地。

---

① 唐圭璋编《全宋词》,第 602 页。
② 这种脆果被用作五陵少年用弓弩以击鸟的金色弹丸。

"江表"或许拥有与"江南"大致相同的地域,但在现实世界中,其不过是周邦彦担任知县的帝国一隅。如果真正身处杭州和"吴山"(即苏州附近的山峦)的胜迹,那就不能说与之梦遇,只能通过文学遗产来加以铭记。虽然不复梦见江南,但却不能不迷恋江南。

不管怎么说,周邦彦都已是身在"江南"。值得注意的是,该词上半阕中溧水秘境中的奇崛之美,根本不像是他在梦中追寻的"吴山"风光。

周邦彦无法将梦中之地称为"江南",同样,梦中之山亦非"吴山"。"江南"与"吴山"都是非特指的心欲之地。甚至,他也无法用"江南"及"吴山"来指称他当下所在之处,他只是身处溧水间、身处帝国中,或说身处"江表"里;而"江南"只能在梦中相近相亲。

尾 声

最终,"江南好"凝结为典而频被征引,但其承载的厚重关联之义在简单的表述中渐趋遁形。以苏轼《满庭芳》为例:[1]

> 蜗角虚名,蝇头微利,算来著甚干忙。事皆前定,谁弱又谁强。且趁闲身未老,尽放我、些子疏狂。百年里,浑教是醉,三万六千场。 思量。能几许,忧愁风雨,一半相

---

[1] 唐圭璋编《全宋词》,第278—279页。

妨。又何须,抵死说短论长。幸对清风皓月,苔茵展、云幕高张。江南好,千钟美酒,一曲满庭芳。

苏轼一开篇就谈及那些江南诗着意抛却的诸多身外之物,直至歇拍他才提及本词意图的情境:援引"江南好"的歌辞,又添加皇甫松无需的"千钟美酒",再点题自己的一曲《满庭芳》,这让他想到自己竭尽全力试图逃离的纷繁复杂的外部世界,正纠缠束缚着他去往"此心安处"。

(唐佩璇　参译)

致　谢

　　收入本书中的大多数论文都是先期发表于 2012 年 10 月 26 日到 27 日在普林斯顿大学召开的"诗歌与地方"（Poetry and Place）学术会议上的。本书主编衷心感谢本次会议的联合主办方——普林斯顿国际与区域研究院和普林斯顿大学人文科学委员会，感谢所有与会者的深刻洞见和宝贵建议，此外特别感谢香港浸会大学孙少文伉俪人文中国研究所的大力支持。

译后记

说起来，决定翻译这本书，大概是我自己也是南方人的缘故。长久以来，我都深觉我们文学史的书写意识是一种霸权式的。主流文学史永远都是男性的、精英的、连续的、父权的、二元论的，女性的、平民的、断裂的、平等的、多元论的声音却是被压制、被贬抑、被胁迫的。一旦有非主流式的另类审视或异动，主流话语体系就全力以赴令其销声匿迹，营造出一幅岁月静好、普天同庆的画面。而南方视角的文学史观，同样也处在一种被北方中心论所排挤、倾轧、摈斥的位置，仿佛一提到南方，就是孱弱、柔媚、积弱的。这多少让我有点愤愤不平，却无从反驳，要从传统文化去找支撑资源和证据，又不知从何下手。

2020年初，当我搭乘新加坡航空班机飞往南非度假之时，装在Kindle里的电子书恰好就是此书。我行旅天下，边走边读，在开普敦去过好望角之后，于"彼南"读"此南"，心中甚是感慨，冥冥之中似乎明白了文化南方的身份概念被建构成帝国一统诗学的进程，当下就产生了把此书中译之后回传国内学界的念头，听听康达维、宇文所安、柯睿、田晓菲等学术前辈如何说道。不过由于之前的一本译著出版一拖就是四年，难免觉得翻译学术专著有些费力不讨好，但年过四十，最起码懂得的一个道理就是：做自己喜欢且擅长的事儿，不必盲从某些升等规则，终究是保持内在充盈的长生灵药。不过一人之力，独木难支，没有他们的支持，也不会有这本书的问世。

然而这本译著的出版同样命运多舛。在遭遇一次难过的毁约事件之后，又在另一家出版社积压了整整一年时间而始终未有合约保障和出版进展。正值沮丧期，Annty 冯榕姐仗义拔刀、火中取栗，替这本译著找到诚意满满的陕西人民出版社而终得拨云见日、柳暗花明。有趣的是，这本研究文化南方的译著最后花落于一家北方的出版社，是不是要印证一种"建构论"呢？

感谢香港大学出版社的版权专员张承禧先生在版权事务上的鼎力相助。跟禧哥的交流不限于这一本书的命运浮沉，他还在很多方面给了我足够丰富透明的资讯，让我有更为自主的选择。致力于汉学出版的香港大学出版社是北美和欧洲之外的又一重镇，希望我们彼此的合作能让更多的汉学著作回传至简体中文的视界。

感谢我的学生王劭康、唐佩璇、杜沁玲、李国栋、陈驰、姬洁如在翻译、校释此书时所作的重要贡献。他们是我所教过或带过的学生。他们通过文本细读来进行字斟句酌的翻译工作，然后再由我来重新翻译或校对,保持译文风格的整体性。当然现在的最终版早已非当时他们翻译的原貌,不止是相去甚远,简直可以说是改头换面,但我这样说,并不是嫌学生做得不够好,而是这样手把手交流切磋,其实是增进彼此了解、促进教学相长的方式。我很高兴他们当中有些人在学术之旅上继续摸索前行,以这样的方式参与他们的人生也是我身为教师的意义所在。

感谢我学习和工作过的学校,在我不断修炼的过程之中给予我最宝贵的场域。我永远感恩在西南师范大学、四川大学、西南大学、俄勒冈大学、屏东大学、伦敦大学亚非学院、孔敬大学遇到的人与事。

感谢豆瓣。每天自律地工作、学习、锻炼,一个怪异中年大叔的养成过程在这里被忠实地记录下来,在这里我才觉得我自己不是那么格格不入。希望这个精神"病"角落能够不要媚俗堕落到面目可憎。

感谢国家社科基金中华学术外译项目。虽然并没有直接资助本书的翻译出版,但它让我知道,原来学术翻译者本身并不是二等公民。翻译学术著作能让我这种写不出高水平论文的废柴可以安心沉浸在自己的世界里,以另样的方式给我物质和精神上的双重支持。这样说来,好像还应该感谢更多宏大叙事的组织机构,但那些千篇一律的空洞言辞他们应该也听得太多,并不会共情,那就权且点到为止吧。

最后,感谢我的家人。朴实的父母希望我留在他们身边,但也给我外出求学的空间。温和的太太跟我学业共进,但也不时让我停下工作，体验生活。调皮的儿子总在要这要那，但照顾家人是我最乐意承受的甜蜜负担。

是为记。